Royal Fake

Sarah J. Brooks

ISBN-13: 9798646744525

Royal Fake

Für meine Leser

INHALT

Kapitel 1

Avery

Ich hatte mein ganzes Leben lang auf diesen Augenblick gewartet. Ich war zur New York Fashion Week im Juni eingeladen worden und stand kurz davor, einen Exklusivvertrag mit Nordstrom zu unterzeichnen. Mein Zeug war genauso, wie ich es haben wollte, hip, bewusstseinserweiternd und sozialverträglich, zu einem Preis, den die Leute sich leisten konnten. Ich war voll auf Kurs! Ich fand, nichts auf der Welt hätte je schöner sein können, außer vielleicht wenn ich meine beste Freundin und ehemalige Mitbewohnerin Kylie ansah, mit ihrem kleinen Sohn und ihrem schneidigen Mann Alec, dem Milliardär. Ich warf diesen Namen mit Freude um mich, wann immer er in der Nähe war, weil ich wusste, wie sehr er ihn nicht ausstehen konnte. Haha, das war die Rache dafür, dass er uns unser Mädchen vor der Nase weggeschnappt hatte. Madison und ich, die beiden noch verbliebenen Mitbewohnerinnen in unserem Loft in Manhattan, vermissten unsere schöne dritte Musketierin, das ehemalige Supermodel.

Es war schön, Kylie so glücklich zu sehen, doch ihr Glück erinnerte mich auch daran, dass ich trotz meines aufstrebenden Modelabels und meiner endlich anlaufenden Karriere niemanden hatte, mit dem ich das alles teilen konnte. Natürlich hatte ich einen Haufen Freunde, aber die gingen nachts nicht mit mir nach Hause. Zumindest die meisten nicht, ich hatte da ein paar Fehltritte gehabt. Ich war wohl nicht gerade ein Flittchen, aber ich hatte doch schon auch selbst bereits mit dem einen oder anderen schneidigen Kerl angebandelt. Man lernte sich kennen, freundete sich an, landete irgendwann im Bett und schwupp … Das war's. Ja, ich hatte meine Lektion gelernt, als mein ‚Freund' mit gewissen Vorzügen sich auch gewisse Freiheiten herauszunehmen begann, wie etwa gar nicht mehr nach Hause zu gehen, nie den Abwasch zu machen und den ganzen Tag in der Unterhose Bier zu saufen. Es war, als hätten wir die Romantik, die Hochzeit, die Flitterwochen und das Zusammenziehen glatt übersprungen und wären direkt in die Phase ‚Ich hasse dich, stecke aber bei dir fest' gewechselt. Nachdem ich den Typen vor die Tür gesetzt hatte, war der Beschluss gefallen, dass ich nie wieder mit Kumpels pennen würde.

Ich hatte nicht gerade viel Zeit für Online-Dating, aber wenn ich es tat, waren es meistens eher Treffer ins Blaue, und die Treffer … Na sagen wir mal so, es war fast so schwer, einen anständigen Kerl zu finden, wie eine Wohnung an der Lower East Side. Hatte er alle Vorzüge eines menschlichen, nicht batteriebetriebenen Dates, musste man sich in der Regel mit hundert anderen Kandidatinnen in die Reihe stellen. Ich hatte meine Modelinie und die machte Spaß, aber ein Liebhaber, mit dem ich meinen Erfolg teilen konnte, schien mich zu meiden wie einen Krankheitserreger.

Als ich nun also Kylie mit ihrem kleinen Elijah in der von mir entworfenen Trageschlinge bei einem gemeinsamen Charity-Event hereintanzen sah, war ich gleichzeitig bezaubert und vor Neid erzürnt, aber das hätte ich sie natürlich nie wissen lassen.

Die Veranstaltung heute war einer der vielen Benefizabende für Every Dream, eine Stiftung, die wir zur Unterstützung von Waisenkindern und obdachlosen Jugendlichen geschaffen hatten, um sie von der Straße zu holen und ihnen einen sicheren Ort zum Leben zu bieten. Wir brachten sie auch mit Mentorinnen und Mentoren in Kontakt, die ihnen dabei halfen, ihre Ziele und Träume zu verwirklichen. Wir waren nun seit über einem Jahr in Betrieb und die Stiftung war ein Erfolg. Viele derer, in deren Dienst wir standen, hatten ihr Leben in den Griff bekommen, und einige hatten sogar schon ein neues Zuhause und eine Familie gefunden. Es war eine erfüllende Aufgabe. Die Stiftung war von Anfang an mit meiner Modemarke gekoppelt gewesen, Flower Street. Einige der Kids waren unsere Models, andere halfen beim Entwurf der Designs, es war eine tolle Zusammenarbeit, und leider waren das die einzigen Gelegenheiten, wo ich Kylie noch zu Gesicht bekam.

Dieser Event im Speziellen war zur Gänze mein eigenes Ding. Ich hatte ihn geplant und so aufgezogen, dass er mit der Präsentation meiner neuen Sommerkollektion zusammenfiel. Die Farblinie bestand aus einer Mischung verschiedener Grüntöne und so waren auch alle Gäste der Veranstaltung in irgendeiner Form von Grün erschienen, wie auf der Einladung erbeten.

Kylie hatte mich mehr oder weniger im Stich gelassen und mir mit dem Event nicht sehr viel geholfen, aber ich konnte es ihr nicht verübeln. Sie hatte gerade erst geheiratet und war kaum von ihren Flitterwochen zurück. Ich freute mich schlicht, dass sie mit ihrer Familie gekommen war, alle in grün gekleidet. Sie fehlte mir. Madison, meine Mitbewohnerin, die an der Wall Street als Aktienhändlerin arbeitete, war ebenfalls schwer beschäftigt und hatte es nicht geschafft. Aber wenigstens lebte ich mit ihr zusammen, sodass uns noch unsere Wochenendtraditionen blieben.

Die Party, die zum St. Patrick's Day in der Dome Bar stieg, war ein Kracher. Alles mit Rang und Namen war da, sogar der Prinz von Irland, was mich zum Lachen brachte. Seit wann hatte Irland einen Prinzen? Maralis Gutierrez, Kylies ehemalige Managerin und jetzt unsere Geschäftspartnerin, hatte es arrangiert, dass er zum Event geladen war. Er war Teil einer ganzen Ansammlung hochkarätiger Gäste und ich klopfte mir selbst auf die Schulter dafür, dass ich das so gut hinbekommen hatte.

„Ave!", rief Kylie über die Köpfe hinweg und fuchtelte mit den Armen. „Sorry, wir sind spät dran", entschuldigte sie sich. Alec und Elijah klebten an ihrer Seite, wie immer, Alec an ihrem Arm und Elijah in seinem Tragetuch. „Der Kleine hat mich komplett vollgekotzt, gerade als wir hier angekommen sind. Musste zurück zum Wagen und mich umziehen."

Sie spreizte die Arme und wir gaben uns eine dicke Umarmung, wobei wir den friedlich schlummernden Elijah zwischen uns ein wenig zusammenknautschten.

„Der arme kleine Kerl, hoffentlich geht's ihm jetzt besser." Ich strich mit der Hand über die weichen Härchen auf dem Kopf des Babys.

„Ihm geht's gut, hat nur zu schnell gegessen, der kleine Stinker. Für so einen kleinen Mann, der zuerst gar nicht essen wollte, ist er inzwischen ziemlich gierig", kicherte sie.

„Kann man wohl sagen", meldete sich auch Alec zu Wort und schaute ganz verliebt.

Sie war meine beste Freundin, also gab ich mir Mühe, mich von ihrer abartigen Zurschaustellung häuslicher Perfektion nicht angeekelt zu fühlen, aber ganz ehrlich … Ich musste echt schon fast würgen.

„Er wird richtig groß. Noch gar nicht lange her, da war er nur ein winziger Knopf." Elijah war eine Menge gewachsen, seitdem er zu früh zur Welt gekommen war. „Er ist seit Mittwoch bestimmt zwei Meter größer geworden." Ich wusste ja, wie gerne Kylie über das Baby sprach, also machte ich fast immer zuerst irgendwelche Bemerkungen über ihn, was es für gewöhnlich leichter machte, danach auch über andere Dinge zu reden.

„Haha, so viel vielleicht nicht gerade, aber ich wette, er wird eines Tages genauso groß und gutaussehend wie sein Vater." Sie warf Alec einen schmachtenden Blick zu und mein Magen wollte sich schon wieder entleeren.

Sie war nicht immer so kitschig verliebt gewesen, tatsächlich hatte man ihr früher für die Medien das Image eines großen Partygirls aufgedrückt und eine Weile lang war sie so ziemlich die berühmteste Person der Welt gewesen … Naja fast. Und dann hatte sie geheiratet und sich allmählich aus der Szene zurückgezogen. Sie hatte mit dem Modeln aufgehört und konzentrierte jetzt all ihre Energie auf ihre Familie und unsere Stiftung. Ich hatte ihr aus der ersten Reihe beim Erwachsenwerden zusehen können. Wir kannten uns schon seit der

Mittelschule und während sie Ehefrau, Mutter und Business-Ein-Frau-Armee geworden war, war ich noch immer ich, exzentrisch-rechthaberisch, leicht zu unterhalten, noch leichter zu reizen. Ich hatte mal einen DNA-Test gemacht und herausgefunden, dass meine Wurzeln zu einem Achtel in Irland lagen, deshalb schob ich mein Temperament auf meine Herkunft. Tatsächlich war der Grund, weshalb ich den Charity-Event in der Dome Bar des Four-Seasons-Hotels abhielt, den Nationalhelden meiner zweitheimatlichen Insel zu feiern.

„Wer weiß?“ Ich hatte das Babythema reichlich satt. „Also, wir haben hier schon mal alles ins Rollen gebracht. Die Fashionshow startet in einer Stunde, das grüne Bier geht aufs Haus und das Abendessen mit gehacktem Corned Beef wird demnächst serviert …“

„Wow, da hast du ja die volle Ladung Irland ausgepackt.“ Kyle grinste breit und zeigte die Zähne, um zu demonstrieren, dass sie mich veräppelte, aber das war mir gleich.

„Nun ja, nachdem ich selbst irisch bin, ist das auch mein Tag“, prahlte ich.

Kylie lachte los. „Ach ja, wegen dem kleinen Fleck auf deinem DNA-Test“, äffte sie.

„In der Tat, die Iren sind mein Volk, mein Stamm.“ Ich blähte die Nüstern auf. „Das hier ist mein Feiertag.“

Alec versetzte mir einen seiner sexy finsteren Blicke. „Du kannst nicht zu einem Achtel Irin sein und ein ganzes Land und seine Traditionen für dich in Anspruch nehmen“, schien er tadeln zu wollen.

„Das nennt man dann kulturelle Aneignung. Man sollte ein Land wenigstens einmal besucht haben, bevor man es sich einverleiben kann“, scherzte er.

Alec und ich hatten so ein Hassliebe-Ding am Laufen. Ich mochte ihn vor allem wegen Kylie. Allerdings gab es oft genug so

Momente, wo ich auf seine große dominante Macker-Masche auch gut hätte verzichten können. Ich war ohnehin schon hitzig und manchmal entzündete ich mich an ihm. Aber nachdem er ja jetzt so ein Art Schwager von mir war, beschränkten wir uns auf mehr oder weniger freundliches Geplänkel, das es nur so aussehen ließ, als hassten wir einander.

„Nein, ich kann sehr wohl irisch sein, ohne das Land besucht zu haben. Hallo … Blut ist ja wohl dicker als Flugzeugtreibstoff.“ Ich funkelte ihn an.

„Kommt schon, ihr zwei, gebt Ruhe.“ Kylie wedelte mit einem Arm eine imaginäre weiße Flagge, während sie klein Elijah in seinem Tuch sanft schaukelte.

„Naja, Kylie, dein Ehemann hat offensichtlich keine Ahnung, was es bedeutet, irisch zu sein. Wollt ihr zwei ein grünes Guinness? Geht aufs Haus“, fragte ich, wohl wissend, dass Kylie nein sagen würde.

„Ich bin noch am Stillen. Schatz?“ Sie schaute hinüber zu Alec.

„Ich werde mir was von der Bar besorgen. Ihr zwei wollt sicher noch ein bisschen plaudern“, meinte er und entfernte sich dann.

Das brachte mich zum Lächeln. Es war ein seltener Genuss, sie ein paar Minuten ganz für mich allein zu haben. Wenn wir gemeinsam im Büro waren, ging es immer nur um die Arbeit, also verlor ich keine Zeit.

„Dann erzähl mal, wie waren die Flitterwochen?“

„Es war fantastisch. Bali ist so wunderschön und die Leute sind toll. Ich kann’s nur empfehlen.“ Ihr Gesichtsausdruck zeigte, dass ihr Geist in einen euphorischen Fiebertraum abzugleiten drohte, und meine Laune kochte über. Sie war meine beste Freundin, aber ihr fiel nichts Besseres ein, als von exotischen Gefilden und vermutlich endlosem Sex mit ihrem heißen, milliardenschweren Ehemann zu fantasieren.

„Habt ihr das Schlafzimmer auch mal verlassen?" Ich feixte sie mit einem Anflug von ‚Willst du mich verarschen?' an.

„Natürlich", schien sie sich verteidigen zu wollen. „Ein oder zwei Mal", fügte sie flüsternd hinzu und kicherte leise, um Elijah nicht zu wecken.

„Glückspilz", sagte ich.

Sie erkannte den Anflug von Neid. „Du findest deinen Mann schon noch, versprochen. Ich war nicht auf der Suche, als ich Alec gefunden hab, genau genommen hab' ich alles in meiner Macht Stehende getan, um ihn nicht zu finden. Das passiert dir schon auch noch." Sie lehnte sich heran, gab mir eine herzige seitliche Umarmung.

„Wo ist Maddy? Ich hab' sie noch nicht gesehen."

„Arbeitet länger", grummelte ich.

„Wow, dann wird das der erste Event, den sie verpasst." Kylie wirkte überrascht.

Die Wahrheit jedoch war, dass die Drei Musketiere, wie wir uns einst selbst genannt hatten, auf- und auseinander gewachsen waren. Dabei hatte ich absolut keine Sehnsucht danach, jemals erwachsen zu werden. Ich sah zu, wie Madison und Kylie zu kultivierten Frauen wurden, und schwor mir dabei selbst, sonderbar und kindisch zu bleiben, bis man irgendwann den Sargdeckel über mir zunagelte. Ich wollte keinen mächtigen Milliardär zum Mann und schon gar keinen Bürojob für Workaholics. Mir gefiel die Flexibilität, die mein Leben als Modedesignerin brachte. Ich arbeitete hart, soviel stand fest, aber ich vergrub mich sicher nicht in irgendeinem stickigen Büro oder kettete mich an einen Mann.

„Ja, ist scheiße."

Gerade als ich meinem Unmut noch mehr Ausdruck verleihen wollte, hörte ich hinter mir lautes Gepolter. Ein Tisch mit fünf oder sechs Männern war in tosendes Gelächter ausgebrochen und man prostete sich energisch mit Krügen voll grünem Guinness zu. Jeder von ihnen trug ein grünes Hemd, wie auf der Einladung vermerkt, also mussten sie für die Benefizveranstaltung gekommen sein, aber sie sprachen nicht unsere Sprache. Die Worte klangen eher schottisch oder irisch, was angesichts des Datums kein Wunder gewesen wäre, jedenfalls verstand ich nichts von dem, was sie sagten.

„Junge, die haben aber Spaß“, bemerkte Kylie.

„Ich frag mich, welche Sprache das ist?“ Ich konzentrierte mich, um zwischen all dem Gelächter besser hören zu können

„Ich glaub, das ist Gälisch“, schlug Kylie vor.

„Wahrscheinlich. Der Prinz von Irland ist heute auch da.“ Ich musste kichern. „Ich hab ihn kennengelernt, es ist der ältere Herr da in der Ecke, umgeben von seinen Leuten. Er hat um die hunderttausend Dollar für die Veranstaltung gespendet, ich werde mich also davor hüten zu behaupten, Irland hätte keine echte Monarchie!“, lachte ich.

„Ich bin sicher, dass sie da drüben in Irland ein nettes kleines Königreich haben“, mokierte sich Kylie ebenfalls, als Alec gerade mit Mineralwasser für sie und einem großen Glas Scotch für sich selbst zurückkehrte.

„Maralis hat mich soeben informiert, dass du in fünf Minuten ein Interview hast, drüben beim Brunnen.“ Er legte liebevoll einen Arm um ihre Hüfte und ich tat mein Bestes, um nicht das Gesicht zu verziehen.

„Ja, ist nur für einen Absatz in der Vogue, nichts allzu Aufdringliches, ich habe meins schon gegeben“, berichtete ich. Ich hatte ganz zu erzählen vergessen, dass Maralis für Berichterstattung über die Veranstaltung gesorgt hatte.

„Keine Sorge. Wir sehen uns dann später, Avery.“ Und damit geleitete Alec Kylie in Richtung der Kameras und ich blieb allein zurück.

Genau genommen fühlte ich mich auch dann allein, wenn ich bei ihr war. Ich beschloss also, dass ich entweder in Selbstmitleid baden konnte, mich selbst unter den Tisch saufen, flirten und mit Leuten intim werden konnte, die ich nicht kannte, oder aber ich konnte ein kleines Wagnis eingehen und mich an den Tisch mit den heißen Typen gesellen, die redeten wie Außerirdische. Sie waren bereits bei der nächsten Runde und schauten nach Spaß aus. Es war meine Party, wieso sollte ich mich also nicht ein wenig unter die Leute mischen?

Kapitel 2

Liam

Ich war am St. Patrick's Day bei einer Benefizveranstaltung in der Bar meines Hotels eingeladen und trank mit meinen Kumpels vom College, wir lachten viel und freuten uns, nachdem wir uns lange nicht gesehen hatten. Ich würde nur noch für kurze Zeit in Amerika sein, also hatte ich mir geschworen, das Möglichste rauszuholen. Bald schon würde ich meinen Platz auf dem Thron einnehmen müssen, obwohl mein Vater auch schon gedroht hatte, die Monarchie an meinen Cousin weiterzureichen. Er wollte König sein, ich nicht unbedingt, und meine alten Spießgesellen nach so langer Zeit wiederzusehen, erinnerte mich daran, dass die Krone für mich oft eine große Last sein würde.

Die irische Königsfamilie war eine Farce. Wir hatten keinerlei Macht oder Einfluss im eigentlichen Sinn, denn die Herrschaft unserer Familie hatte bereits hunderte Jahre zuvor geendet. Wir hatten allerdings unter Zuhilfenahme unserer royalen Abstammung eine Art Monarchie weitererhalten, indem wir unser Vermögen ausbauten und damit gute Taten im Dienste unseres Landes erbrachten. Dadurch waren wir doch zu einem gewissen Maß an Macht und Prestige gekommen, mit dem die moralische Verpflichtung einherging, auch weiterhin im Rahmen der strengen Regeln der Monarchie zu handeln. Um ganz ehrlich zu sein, hätte ich schon König sein wollen, allerdings nicht aus den richtigen Gründen. Mir gefielen die Vorteile, die es brachte, eine Repräsentationsfigur zu sein, mit der damit verbundenen Arbeit jedoch wollte ich nichts zu tun haben.

Ich hatte gemeinsam mit anderen Würdenträgern aus Irland die Cornell University besucht. Man hatte uns alle in die Vereinigten

Staaten verfrachtet, um uns eine Ausbildung zukommen zu lassen, und es wurde erwartet, dass ich danach nach Hause zurückkehrte. Die meisten meiner Kumpels durften in New York bleiben, ich jedoch musste nach dem Abschluss wieder nach Irland und mich meinen pseudoköniglichen Pflichten stellen. Als einziger Sohn und Thronfolger einer dahinsiechenden Dynastie hielt mich mein Vater an einer sehr kurzen Leine. Man zwang mich, dieselben strengen Gesetze und Riten zu befolgen wie vor Urzeiten, was zu einem mehr als unbefriedigenden Gesellschaftsleben führte. Ich hatte schon genug dieser benefizartigen Veranstaltungen für ein ganzes Leben mitgemacht, aber mein Vater hatte darauf bestanden, dass ich auch an dieser hier teilnahm.

Wir wollten in Irland eine ähnliche Stiftung gründen und nachdem Every Dream in den Staaten so schnell so viel Aufmerksamkeit erregt hatte, wollte mein Vater, dass ich mit den Verantwortlichen des Events Kontakt aufnahm. Ich dachte mir, ich würde schon noch dazu kommen. Ich lud meine alten Collegefreunde ebenfalls ein, so konnte ich zwei Fliegen mit einer Klappe schlagen. Ich konnte mit meinen Kumpanen saufen und gleichzeitig meine Pflichten der Krone gegenüber erfüllen.

Niemand hier wusste von der irischen Monarchie und wenn doch, dann scherte es niemanden, was eigentlich ein Vorteil war. Ich hatte es geschafft, meinen Butler James zu überreden, für mich in die Rolle des Prinzen zu schlüpfen. So hatte ich den Abend frei. Niemanden störte es, dass der Adlige, der eigentlich ein gutaussehender Mann Ende dreißig sein sollte, ein fast siebzigjähriger Diener des Hofes war.

James war seit dem Abschluss meines Studiums mein Butler. Er kannte sich mit meinen Pflichten besser aus als ich selbst und unterrichtete mich oft darüber, was von mir erwartet wurde. Ich hasste das Leben unter den strengen Regelungen der Monarchie und so genoss ich es umso mehr, mal einen Abend davon befreit zu sein. Darüber hinaus war die Party ein ziemlicher Kracher und ich amüsierte mich prächtig. An jeder Ecke traf man auf Filmstars und Berühmtheiten, die augenscheinlicheren Aspekte unseres Nationalfeiertages wurden ausschweifend zelebriert, die Musik war gut und die Frauen umwerfend.

Da mir aufgetragen war, mir eine Prinzessin zu suchen, durchkämmten meine Augen immer wieder den Saal, während meine Kumpels sich gegenseitig verarschten oder in alten Zeiten schwelgten. Ich musste um jeden Preis verhindern, am Ende des Jahres Lucy O'Day heiraten zu müssen. Mein Vater hatte mir ein Ultimatum gesetzt. Bis zu meinem vierzigsten Geburtstag hatte ich verheiratet zu sein und bereit für meinen Platz als König.

Er hatte seine Kinder ebenfalls erst spät bekommen. Er liebte meine Mutter, seine Frau und Königin, bis sie vor drei Jahren an Brustkrebs gestorben war. Sie hatten es nicht gleich geschafft, Kinder zu kriegen, und ich war als wundersamer Segen gekommen, als meine Mutter bereits Anfang vierzig war.

Mein Vater wiederum hatte wohl aus Angst, vor seinem Tod keine Enkel mehr zu bekommen, angeordnet, dass ich bis zu meinem einundvierzigsten Lebensjahr verheiratet und zum ersten Mal Vater zu sein hatte. Nach Erfüllung dieser beiden Anforderungen würde mir die Krone zuteilwerden und mein Vater würde als König abdanken. Die Abdankung plante er ungeachtet dessen, ob ich meine Pflichten würde erfüllen können, denn andernfalls würde mein Cousin Patrick, der Sohn des jüngeren Bruders meines Vaters, das Anrecht auf den Thron bekommen, zumal mein Onkel im vergangenen Jahr bei einem tragischen Autounfall ums Leben gekommen war.

Das würde bedeuten, ich musste meine Rolle als König um meinen vierzigsten Geburtstag herum einnehmen, und zwar mit einer Ehefrau an meiner Seite. Meine frischgebackene Königin würde jung genug sein müssen, um etliche Kinder produzieren zu können, und wäre hoffentlich schon zum ersten Mal schwanger, bevor ich einundvierzig wurde. Mein Vater hatte die erste und einzige Tochter von Lord Gloucester zu meiner möglichen Braut auserkoren. Nachdem die Uhr tickte und ich meine Wahl noch nicht getroffen hatte, wurde mir zu verstehen gegeben, dass Lucy, sollte ich nicht ein halbes Jahr vor meinem Geburtstag jemanden ausgewählt haben, zu meiner Frau gemacht würde, ob ich nun wollte oder nicht.

Mein Vater räumte mir ein paar Monate Spielraum ein, um zu heiraten und ein Kind in den Ofen zu schieben, doch sollte es dazu nicht vor Ablauf des Jahres kommen, würde ich die Krone an meinen Cousin verlieren. Trauriger weise hatte ich kaum noch Zeit übrig. Als daher jene schmucke, wohlgeformte Blondine an unseren Tisch gehopst kam, voller Tatendrang und Selbstvertrauen, war ich gleich auf dem Posten.

„Guten Abend, die Herren! Ich bin Avery Johnson. Ich bin Gründerin von Flower Street und dies ist unsere Benefizveranstaltung. Ich wollte mich nur mal kurz vorstellen und hier nach dem Rechten sehen." Ihr Lächeln ließ den Saal erstrahlen.

Die Unterhaltungen um mich herum erstarben und alle starrten Avery mit demselben gesunden Appetit an, wie auch ich es tat. Sie hatte Kante, war cool, süß, schlank, allerdings mit großer Oberweite, und sprudelte vor Temperament. Meine Kumpels waren alle verheiratet, abgesehen von Sean, und der steckte in einer sehr langfristigen Beziehung. So wandten sich ihre leuchtenden Augen alle an mich und warteten auf eine Rückmeldung von mir.

„Uns geht es ganz hervorragend. Ich bin Liam McMurrough und das hier ist der Clan." Ich machte eine ausladende Geste in die Runde und wollte nicht allzu viel Zeit mit der Vorstellung vergeuden, denn ich plante bereits, die reizende Avery weg von ihren Verpflichtungen und der Menschenmenge zu führen, sobald ich nur konnte.

Es war schon eine ganze Weile her, seit ich mich das letzte Mal so unmittelbar zu jemandem hingezogen gefühlt hatte. Was ihr Aussehen anging, war Avery ein Hingucker. Und da sie die Designerin war, die diese Party hier schmiss, war ich außerdem auch reichlich beeindruckt.

„Großartig, in etwa fünfzehn Minuten wird es eine Laufstegshow geben, die solltet ihr nicht verpassen.“ Da war wieder dieses umwerfende Lächeln.

„Hast du Zeit für ein Pint?“, fragte ich, woraufhin sie den Kopf schieflegte und mich komisch ansah.

Ich war nicht schlecht darin, amerikanisches Englisch zu sprechen, zumal ich meine Sommer in Martha’s Vineyard verbracht und vier Jahre Uni sowie zwei Jahre Masterprogramm in New York absolviert hatte, sodass ich einigermaßen akzentfrei sprechen konnte und die meisten umgangssprachlichen Begriffe kannte, aber manchmal griff ich eben doch daneben und ließ den Iren raushängen.

„Ein Pint, hoppla. Hättest du Lust, mit uns ein Bier zu trinken? Hast du ein paar Minuten?“ Ich gab mir Mühe, liebenswert zu klingen und nicht gebieterisch und herrisch, wie es meine Rolle sonst oft verlangte.

„Sicher doch.“ Sie ließ sich auf den Stuhl neben mir plumpsen und mein Herz machte einen kleinen Sprung. Sie war die reinste Freude, einfach nur hibbelig und strahlend, ohne jede Zurückhaltung. Das ließ mich hoffen, ob dieser Abend nicht später in meiner Hotelsuite noch um einiges besser werden könnte.

Ich winkte eine Kellnerin heran. „Noch eine Runde, bitte“, bestellte ich und sah sie an. „Magst du Guinness oder ist dir was anderes lieber?“

„Guinness passt mir gut.“ Ihre Augen funkelten im gedimmten Licht.

„Schön, dann Guinness für alle.“

„Dann bist du also aus Irland?“ Ihr Gesicht wurde träumerisch. Ich vermutete, dass sie eine gewisse Verbundenheit mit meinem Heimatland hatte, so verzückt wie sie schaute.

Ich gluckste ein wenig. „Ja, in der Tat, ich lebe auch in

Irland.“ Ihr Gesichtsausdruck trübte sich ein klein wenig ein. „Ich komme allerdings recht häufig nach New York.“ Das ließ sie wieder strahlen.

„Ich bin teilweise irisch“, verkündete sie stolz.

Ich fand Amis lustig, die damit prahlten, irgendwo in ihrer Abstammung irische Wurzeln zu haben. Ihre irischen Ahnen waren vermutlich irgendwann vor zweihundert Jahren rüber geschippert. Für gewöhnlich wussten die Leute nichts über die wahre Kultur Irlands, aber diese Party hier hatte immerhin eine Menge Grün und es gab Würstchen mit Kartoffelbrei. Und natürlich Guinness. Sie hatte also einige unserer Vorlieben ganz richtig getroffen und sie schmeckten vorzüglich.

„Das muss wohl so sein, das hier ist nämlich eine der authentischsten amerikanischen St.-Patrick's-Day-Feiern, die ich je erlebt habe, abgesehen mal von der Fashionshow, die gehört sonst nicht dazu, aber vielleicht könnte man das auch als eine Art Parade durchgehen lassen.“ Ich lachte und mein Kompliment schien sie zu rühren, denn sie richtete sich vor Stolz zu voller Größe auf.

„Ich liebe den St. Patrick's Day“, gestand sie, als unsere Biere gebracht wurden. „Wusstest du, dass der Prinz von Irland auch hier ist?“ Oh, sie war zum Anbeißen.

„Wer hätte gedacht, dass Irland überhaupt einen Prinzen hat?“, lachte ich.

Das war die eine Frage, die ich am allermeisten gestellt bekam. ‚Es gibt einen Prinzen von Irland?‘, oder einen König oder was auch immer … Ja, unsere Monarchie war schon so lange irrelevant, dass niemand mehr wusste, dass wir überhaupt existierten, außer den paar wenigen in der Republik Irland. Und selbst wenn niemand außerhalb meiner Familie und einiger Würdenträger sich darum scherten, waren wir die althergebrachten Herrscher unseres Königreichs. Wir hatten zwar noch ein wenig Einfluss, doch er reichte nicht weit. Tatsächlich hatte Flannigan O'Shay, der am anderen Ende des Tisches saß, als Sohn des Premierministers mehr Renommee und Macht als ich als Prinz von Irland. Global gesehen hatte er gewiss mehr zu melden, nur zu Hause hatte ich neben meinem Vater eine gewisse Position inne.

„Ich weiß es schon, aber ich muss leider zugeben, dass ich erst gestern davon erfahren habe." Ihre Wangen glühten vor Stolz und sie nahm einen Schluck von ihrem Guinness, wobei sie etwas die Nase rümpfte. Offenbar war sie kein Fan des kräftigen, bitteren Geschmacks. Das brachte mich zum Lachen, die kleine Heuchlerin.

„Ja, ich kenne ihn persönlich, den trübsinnigen alten Langweiler." Ich tat einen tiefen Zug von meinem Bier und schindete Zeit, um ihre Reaktion zu beobachteten.

Sie musste James begegnet sein und ich fragte mich, was sie wohl von ihm hielt. Er war in staatstragenden Angelegenheiten stets ein Mentor für mich gewesen, aber nahe gestanden hatten wir uns dabei nie wirklich.

„Er ist schon sehr korrekt, wie man sich einen Prinzen eben so vorstellt." Sie senkte die Stimme. „Aber er ist viel älter, als ich erwartet hätte." Sie hatte, wie so viele, offensichtlich so ihre Fantasien über einen hübschen Prinzen. Womöglich passte ich in jenes Wunschbild hinein. James hingegen tat es gewiss nicht.

„Er ist eine Antiquität." Es war wohltuend, mal zu lachen und ein paar Witze auf James' Kosten zu reißen. James war sich nicht nur bewusst, wie greisenhaft und altmodisch er war, er rühmte sich dessen geradezu.

‚Wir haben altehrwürdige Traditionen zu wahren', schalt er, wann immer ich etwas tat, was ihn enttäuschte, was so ziemlich alles zu sein schien, was ich tat. ‚Es wäre an der Zeit, dass Ihr euch mehr bemüht.'

Er war eigentlich erst Ende sechzig, wirkte und verhielt sich allerdings noch viel älter. Es war seine Aufgabe, mich in Zaum zu halten, was mir missfiel. Obwohl man mich in den Vereinigten

Staaten nicht kannte, hatte ich in Irland und England einen gewissen Ruf als begehrtester unverheirateter Prinz, aber zugleich auch als ungezogener Playboy und Frauenheld. James hatte alle Hände voll damit zu tun, mich von den Scharen an zügellosen Frauen fernzuhalten, denn ich war bekannt dafür, mich allzu gern unter ihnen umzusehen. Ich war stets gewillt für ein bisschen, oder eher ziemlich viel, Zügellosigkeit, aber leider stand Diskretion für mich an oberster Stelle und die Frauen, die sich so nach mir verzehrten, hatten mit Diskretion ganz sicher nichts am Hut.

Lucy, die semi-royale Gattin mit Doggengesicht, lauerte in meiner Zukunft und damit schlaflose Nächte voll uninspiriertem, aufoktroyiertem Geschlechtsverkehr zur Nachwuchserzeugung. Ich würde die angemessenste Frau haben, die sich ein König nur vorstellen konnte. Ich hatte die Unterzeichnung des Ehevertrags, der die Verbindung mit Lucy besiegeln sollte, schon mehrere Male hinausgeschoben in der Hoffnung, dass sie und ihre Familie den Wink mit dem Zaunpfahl verstehen würden. Ich hatte ihr selbst im Privaten auch bereits mehr als einmal offenbart, dass ich nicht die Absicht hatte, sie zu heiraten.

„Lucy", erinnerte ich mich an ein Gespräch, zu dem ich sie ins Schloss eingeladen hatte, mit dem spezifischen Zweck, ihr auf freundliche Weise zu verklickern, dass ich lieber sterben würde, als sie zur Frau zu nehmen. „Ich freue mich, dass du dich zu diesem Treffen bereiterklärt hast", hatte ich begonnen.

„Warum sollte ich das nicht, Eure Majestät. Ich bin überglücklich, dass Ihr mich endlich doch Eurer Gesellschaft als würdig erachtet." Meine Güte, ihre verfluchte Unterwürfigkeit, zum Kotzen.

„Nun, was das betrifft. Ich erachte dich natürlich zu jeder Zeit als meiner Gesellschaft würdig, ich hoffe, das weißt du. Aber was das Thema unserer Ehe angeht …" Ihre Augen blitzten erwartungsfroh auf. „Ich möchte, dass du es von mir persönlich hörst, nicht als Gerücht oder Tratsch." Ich atmete tief ein und schickte mich an, die Träume dieser braven Frau zunichte zu machen. „Ich habe keinerlei Absicht, dich zu heiraten. Ich sehne mich nicht so sehr nach dem Thron, als dass ich mein Leben dafür wegwerfen würde. Ich würde lieber zu Gunsten meines Cousins abdanken, als eine Frau zu heiraten, die ich nicht liebe." Ich hatte den ganzen Satz gesprochen, ohne auch nur einmal Luft zu holen.

„Ich glaube, wir lieben uns noch nicht." Ihre demütige Stimme war kaum zu hören. „Aber mit der Zeit werden wir aneinanderwachsen und uns lieben lernen, wie es schon viele Adlige vor uns getan haben." Bäh, schon ihre Erwähnung des Wortes ‚wir' verursachte mir Übelkeit.

„Ja, nun, da liegt genau das Problem. Ich habe nicht vor, zuzulassen, dass es so weit kommt." Ich nahm einen Schluck Tee, um meine Nerven zu beruhigen.

„Aber mein Vater ist der Lord von Gloucester, es war vorgesehen, dass ich Euch angetraut werde, das wurde vereinbart, als wir zwei Jahre alt waren." Es schien, als würde sie gleich zu weinen anfangen.

„Ich weiß, was für ein schrecklicher Handel ist das denn bitte? Man hätte dich nicht so an mich verschachern dürfen. Wir leben schließlich nicht mehr im Mittelalter. Du bist ein menschliches Wesen, geboren mit unabänderlichen Rechten. Du solltest dir einen Mann suchen, den du liebst, und ihn heiraten. Ich würde dir niemals deinen wahrhaftigen und rechtmäßigen Ehemann vorenthalten wollen." Die Unterredung lief nicht gut, aber ich musste hart bleiben.

„Ich liebe Euch, Liam. Das habe ich schon immer." Der armselige, vor Liebeskummer vergehende Blick in ihren Augen untermauerte die Aussage.

„Das Problem ist, Lucy, ich liebe dich nicht. Ich sehe dich mehr als die Schwester, die ich nie hatte. Und ich weiß dich als Schwester mehr zu schätzen, als ich es als Ehefrau je könnte." Ich kam der wahren Aufrichtigkeit immer näher.

„Aber Ihr könntet doch lernen, mich als etwas anderes zu lieben …“ Schon begannen die Tränen zu kullern.

„Und doch will ich das nicht.“ Da war es also ausgesprochen.

Sie blieb nicht mehr lange, nachdem ich diese Bombe hatte platzen lassen, und seitdem blieb sie auf Abstand, doch der Hoffnungsschimmer in ihren Augen sagte mir, dass sie noch immer dafür betete, die Umstände würden uns zusammenführen.

Wahrscheinlich hatte ich meine Albereien mit den Frauen nur noch verstärkt, um ihr zu beweisen, dass ich meinte, was ich gesagt hatte. Ich umgarnte jede hübsche Frau auf zwei Beinen, so berichtete es jedenfalls die Presse, was natürlich nicht ganz der Wahrheit entsprach. Das Schlimme war, dass Lucy, die Ärmste, so ein entsetzliches Mauerblümchen war. Nicht etwa, dass unscheinbare Frauen nicht auch hätten sexy sein können, ich hatte gewiss genug von ihnen gevögelt, um das zu wissen, aber Lucy hatte dazu passend auch noch eine mit Reizen ebenso schlecht ausgestattete Persönlichkeit. Doch ich war ihr technisch gesehen noch immer versprochen und mein Geburtstag lag nur noch erschreckend kurze zehn Monate entfernt. Ich musste meine Suche nach einer Frau schleunigst intensivieren oder ich wäre für immer verloren. Jemanden wie Lucy zu heiraten, wäre für viele vielleicht kein so übles Los gewesen, doch für mich entsprach es dem Äquivalent zur Hölle auf Erden.

„Und wie kommt es, dass du den Prinzen von Irland kennst?“

Ich betrachtete Averys hübsche Stupsnase und ihre funkelnden Augen, und die Gedanken an Lucy verflüchtigten sich. „Nun, mein Vater kennt ihn, sie stehen sich recht nahe.“ Ich blieb so vage wie möglich.

Ich hatte eine Frau gefunden, die nicht wusste, wer ich war, und ich gedachte, es dabei zu belassen, wenigstens für den Anfang. Es war schön, mal mit einer zu reden, die nicht einfach nur

Prinzessin werden wollte. Ich erfreute mich gerade an meinem Glück, als eine Frau über einen Lautsprecher verkündete, dass die Modenschau gleich beginnen würde.

„Sorry …" Averys Gesicht errötete. „Das ist mein Stichwort." Sie wirkte ein wenig unbeholfen, als sie ihr Bierglas abstellte, von dem sie kaum etwas getrunken hatte. „Hat mich gefreut, dich kennenzulernen", zwitscherte sie mit einer leichten Note von Enttäuschung. „Ich hoffe, wir haben irgendwann noch Gelegenheit, unsere Unterhaltung fortzusetzen."

„Komm nach der Show einfach zu uns zurück. Ich werde auf dich warten. Es gibt da nämlich eine Angelegenheit, die ich mit dir besprechen möchte." Ich achtete darauf, ein wenig Hitze in meine Stimme zu legen.

Ich hatte ganz gewiss noch nicht genug von der liebreizenden Miss Johnson. Ich dachte mir, ich würde ihre Wohltätigkeitsarbeit als Vorwand nutzen, um mich noch etwas mit ihr zu unterhalten, sodass ich nicht allzu aufdringlich wirkte, und dann musste ich herausfinden, ob sie vergeben war, auch wenn ich das stark bezweifelte, so offen kokett wie sie sich gab.

„Natürlich, zu gern." Sie strahlte, als sie sich mit einem Nicken von allen meinen Kumpels verabschiedete, die sie aus den Augenwinkeln beobachtet hatten.

Das war so ihr Stil, denn sie wussten sich aus meinem Territorium rauszuhalten und darüber war ich froh, denn obwohl fast alle verheiratet waren, lag ihnen der ein oder andere Flirt nicht fern, aber bei Avery hatten sie sich zurückgehalten.

„Ganz schön niedlich, Alter", warf Patrick in die Runde.

Just in jenem Moment betrat Avery die Bühne.

„Hallo, alle zusammen, und danke, dass ihr gekommen seid. Ich hoffe, ihr genießt das Guinness und haut euch danach nicht alle gegenseitig auf die Fresse …" Sie kicherte ob ihrer grottenschlechten Verwendung irischer Klischees. Es war definitiv zum Schreien.

„Ui, ihr zwei seid ja wie geschaffen füreinander“, blödelte Patrick.

„Findest du nicht auch!“, pflichtete ich ihm bei.

Und dann fing die irische Tanzmusik an und ich tat, was ich konnte, um keine schmerzerfüllte Grimasse zu ziehen. Das alles hier war eine sehr vornehme Angelegenheit und die Veranstaltung war bevölkert von New Yorks feinster Gesellschaft, doch die kitschigeren Elemente der kulturellen Aneignung waren nicht zu übersehen. Alles war in wohlmeinender Absicht gemacht, aber doch schon kurz vor dem Anstößigen. Das trübte dann doch ein klitzekleines Bisschen meine Anbetung jener kleinen Nixe gegenüber, aber dann begannen die Models über den Laufsteg zu marschieren, alle in verschiedenen zerrissenen Kleidern in Neon und Grün, und die Musik ging über zu einem elektronischen Beat. Die Show nahm sich selbst nicht so ernst und so liefen die Models zu einem fetzigen Offbeat im Kreis, wobei ihre Tittchen durch die grünschimmernden Fetzen hindurch zu sehen waren nebst allerhand Ärschen, sowohl männliche als auch weibliche, die kaum vom Stoff bedeckt wurden.

Die Menge ging so richtig ab, als die Models sich gegenseitig auf der Bühne packten und rumzumachen begannen. Ein Mann, der zwar Oberkörper frei war, dafür aber einen grünen Zylinder trug, küsste eine Frau in einem grünen Minikleid mit Springerstiefeln. Jedenfalls schienen sie je ein Mann und eine Frau zu sein, eigentlich war es aber nicht wirklich so leicht festzustellen. Es war alles sehr schräg und sehr cool und den Leuten gefiel es. Danach trat ein Mann mit einer Trommel heraus und schlug einen irren Rhythmus an.

Die Stimmung im Raum schäumte völlig über, als einer mit einem irischen Dudelsack zu dem Trommler stieß und ein Haufen Mädchen herausschwirrte, alle gekleidet in verschiedenen Tönen von grünem Tüll, Satin und Leder. Sie gingen hinaus bis ans Ende des Laufstegs und vollführten einen wilden und chaotischen Tanz. Mein Herz pochte und mein Schwanz regte sich. Avery wusste jedenfalls mit Theaterdonner um sich zu werfen und, verdammt noch mal, das machte mich sowas von scharf. Alle Outfits waren sexy, ganz schön provokant und doch zumindest teilweise auch vernünftig genug, um getragen werden zu können, abgesehen eben von der ersten Runde, die bestimmt nur für die Show gedacht war. Doch selbst wenn hier und da mal eine Titte rausrutschte, wirkte es nicht wie eine große Sache, … was der ganzen Show etwas unglaublich Cooles verlieh.

Kapitel 3

Avery

Die Laufstegsache lief sowas von gut, viel besser, als ich gehofft hatte. Wir hatten dafür so viel geprobt und geübt, dass ich schon dachte, die Models hätten es gründlich satt, aber die Menge flößte ihnen wieder frische Energie ein. Nie zuvor war die Show so gut gewesen wie am Abend der Aufführung. Die Generalprobe am Vormittag war schrecklich gewesen, aber als es drauf ankam, setzten sie die Bühne in Brand. Eine Welle von Stolz überkam mich. Da hätte ich fast den heißesten Typen vergessen, den meine Augen seit ewigen Zeiten erblickt hatten.

Er war groß und rau, aber dennoch kultiviert. Er hatte goldenes Haar mit einem roten Schimmer und hypnotisierend grüne Augen. Er war kräftig gebaut, aber kein Fleischklops, und sein Akzent, Gott, da wurde ich ja schon feucht, wenn ich ihm nur beim Reden zuhörte.

Ich hoffte, die Show würde weiterhin reibungslos verlaufen und dass ich hinterher nicht allzu viel Smalltalk würde betreiben müssen, denn ich musste dringend wieder zu diesem Kerl. Seit Jahren hatte mich niemand mehr so in Wallungen gebracht. Für mich war er locker der Sexiest Man Alive. Er konnte von Glück reden, dass ich mich nicht gleich auf ihn gestürzt hatte, als er mir das Bier anbot. Als der Applaus endete, bedankte ich mich beim Publikum, hieß die Leute essen, trinken und fröhlich sein, und dann stürzte ich mich ins Getümmel. Die erste, auf die ich traf, war Kylie.

„Mal im Ernst, Ave, das war ein Feuerwerk. Du bist so verdammt talentiert.“ Sie küsste mich und gab ihr Bestes, mir mit dem sabbernden Elijah zwischen uns eine ordentliche Umarmung zu geben. „Ich bin so stolz auf dich.“ An ihrem strahlenden Gesicht konnte ich sehen, dass es ihr Ernst war.

„Danke, Kylie, das bedeutet mir viel, aber du hast daran ebenso viel Anteil. Das hier ist unser Ding, schon vergessen?“

Sie wurde ein bisschen ernster. „Tut mir leid, in letzter Zeit hab ich dich hängen lassen.“

„Weiß ich, Schlampe. Was soll das? Du ziehst einfach los und stirbst fast bei der Geburt, dann wagst du es auch noch zu heiraten, in die Flitterwochen zu fahren und dieses ganze Geld für Every Dream zu beschaffen. Ich mein, wo hast du nur deinen Kopf, du alte Faulenzerin?“

Da konnte sie nicht anders und musste lächeln. „Okay, wenigstens vergibst du mir.“ Es war schön, mit ihr gemeinsam zu lachen. „Trotzdem, das wird dich wahrscheinlich nicht glücklich machen, aber Alec und ich müssen los. Elijah bekommt Zähne und …“ Sie zuckte die Achseln und beendete den Rest ihres Satzes nicht mehr. „Sorry …“

„Alles gut. Ich hätte gar nicht geglaubt, dass er so lange durchhalten würde“, versuchte ich sie aufzumuntern.

Ein Teil von mir hätte ihre Unterstützung gut gebrauchen können, denn ich musste noch den Rest dieses Events hinter mich bringen, doch ein noch größerer Teil von mir wollte ohnehin, dass sie ging, denn dann konnte ich ungestraft scham- und ruchlose Dinge mit jenem scharfen Stück aus Irland anstellen. Für gewöhnlich war ich eine sanfte und wohlerzogene Frau, aber an diesem Abend war die Versuchung groß, das Flittchen raushängen zu lassen. Ich meine, ein Mädchen durfte sich ja wohl mal einen ordentlichen One-Night-Stand gönnen, ohne gleich an der Schlampenolympiade teilnehmen zu müssen, oder? Sobald Kylie verkündet hatte, dass sie gehen würden, tauchte Alec hinter ihr auf, zog sie in seine Arme, küsste ihren Hals und, als er sich unbeobachtet fühlte, begrapschte er noch schön ihren Arsch. Verflucht, Sex in der Ehe sah echt nach Spaß aus.

„Und, Kylie, hast du die Nachricht schon verkündet?“ Er war geradezu fidel, nicht ganz der Alec, an den ich gewöhnt war. „Wir gehen heim. Die Laufstegshow war phänomenal. Du kannst echt stolz auf dich sein. Wirklich schade, dass wir losmüssen, aber wir sind jetzt verheiratete Langweiler.“

Alec war zwar wohl nicht mehr zwangsläufig ein Arschloch, er hatte aber immer noch seine arschigen Neigungen, die er für Kylie eben bändigte. Ich war in seiner Gegenwart stets ein wenig in Angriffshaltung, aber seitdem er Vater war, machte er deutlich weniger auf Alphamännchen und mehr auf Schmusekatze. Und wieder packte mich die Sehnsucht.

„Kommt gut heim, Leute. Kylie, ich ruf dich dann morgen an.“ Ich grinste breit, wir umarmten uns alle und nach ein paar Luftküssen gingen sie von dannen.

Das Herz wurde mir ein bisschen schwer, weil meine liebste Kumpanin mit ihrem Mann in den Sonnenuntergang davonritt, also wandte ich schnell meine Aufmerksamkeit wieder jenem Tisch zu, an dem der heiße Typ mit seiner Truppe saß. Genau in jenem Augenblick erwischte ich ihn dabei, wie er mich beobachtete. Ich hätte lügen müssen, wenn ich geleugnet hätte, dass mein Spaßzentrum dabei nicht ein kleines bisschen heiß und ein kleines bisschen feucht wurde. Verdammt, ich war so notgeil, ich hätte mich auf allerhand Unvernünftiges eingelassen. Ich stellte mich noch ein paar Reportern, einigen der Models, unserer PR-Magierin Maralis und einer anderen Modedesignerin, während ich mich schrittweise zurück zu meinem lauwarmen Guinness und jenem Mann arbeitete, den ich heute noch vernaschen wollte. Und als ich Mr. Fickmichjetzt dabei erwischte, wie er mich rundheraus anstarrte, hätte ich am liebsten gleich meinen Rock hochgeschoben und mich auf ihn draufgesetzt.

„Das war absolut abgefahren“, schwärmte er … Vielleicht lag das nur am Bier? Ich war nicht sicher.

„Danke?“ Mein ohnehin schon gerötetes Gesicht musste in Flammen aufgegangen sein, nicht nur war er der pure Sex auf zwei

Beinen, ihm hatte auch noch ehrlich meine Show gefallen.

„Hast du all diese Outfits entworfen?"

„Ja, und das Programm choreographiert." Ich hatte keinerlei Absicht, bescheiden zu sein, ich hatte mir schließlich den Arsch abgerackert.

„Du bist ein verfluchtes Genie." Wow … Okay.

„Danke, war eine Menge Arbeit, viel Rumprobieren, und wie das mit den Models so ist, kannst du dir ja vorstellen." Ich zeigte ihm ein sexy Grinsen.

„Und eine Menge Haut …" Sein Gesicht glühte. „Sehr sexy."

Ich lachte. Das mit der Haut war eine bewusste Wahl gewesen. Als ich einige der ursprünglichen Rituale zum St. Patrick's Day studierte, fand ich heraus, dass an jenem Tag die strengen Einschränkungen der Fastenzeit für die Katholiken gelöst wurden, sodass die Zechenden so viel schlemmen und dem Alkohol frönen konnten, wie ihnen beliebte. Nachdem ihnen in der Fastenzeit der Alkohol vorenthalten gewesen war, tranken die meisten maßlos, was zu Lüsternheit, schlüpfrigem Verhalten und Sex führte und zu einem Bevölkerungsanstieg neun Monate später. Das war also das Thema, das ich mir für meine Laufstegdarbietung ausgesucht hatte.

Ich gestaltete alles in grün und inszenierte eine wahrhaftig betrunkene Tanzparty auf der Bühne. Die zerrissenen Kleider, die rausrutschenden Nippel und das aneinander reiben allerhand fließend-geschlechtlichen Volkes waren als Freudenfest der bacchantischen Mode gedacht. Ich zielte darauf ab, aufreizend und skandalös zu sein. Sex sells, und nachdem wir ja nicht wirklich Sex verkauften, konnte uns niemand etwas vorwerfen. Tatsächlich stand dahinter eine tiefere und konträrere Bedeutung. Die Message, die wir im Programm abgedruckt hatten, sollte dem Publikum Anlass geben, sich von der wilden Modenschau etwas aus der Reserve locken zu lassen, denn es lief alles hinaus auf eine sehr ernüchternde Botschaft von Heimatlosigkeit und der Unsicherheit, der sich junge obdachlose

Menschen in der städtischen Wildnis oft stellen mussten. Die Nachricht lautete:

Danke, dass Sie zu Every Dreams Benefiz-Show zum St. Patrick's Day erschienen sind. Wir hoffen, dass Ihnen unser wildes, berauschtes Tanzvolk gefallen hat und dass Sie sich der ungetrübten Lust der nächtlichen Zecherei hingeben. Während die Mode und der Tanz den Geist der Feierlichkeiten zum St. Patrick's Day beschwören sollen, hoffen wir aber auch, dass Sie die tiefere Bedeutung dessen erkennen, was die wilden Straßen New Yorks für angsterfüllte Jugendliche bedeuten können, die ganz auf sich allein gestellt sind. Was, wenn ihre Kleider zu Lumpen werden und sie ihre Scham nicht mehr bedecken können? Was, wenn sich Mitglieder des Bürgertums der Stadt gewisse Freiheiten an jenen nehmen, die darum kämpfen müssen, im urbanen Dschungel einen sicheren Platz zu finden? Wir hoffen, dass unsere Darbietung heute nicht nur ihre Fantasie anregt, sondern auch ihren Geist dafür öffnet, womit sich andere womöglich tagtäglich konfrontiert sehen.

Die Bühnenshow mag zwar frech und keck sein, doch das Leben auf der Straße ist kein Fest. Die Mentalität, die dort fürs Überleben nötig ist, soll von den Models dargestellt werden. Jugendliche Obdachlose müssen wohl ein gewisses Selbstbewusstsein haben, einen gewissen Zorn und eine gewisse Berauschtheit ebenso, um sich durchzuschlagen, während fast alle von ihnen sich immer wieder ein Stück weit verlieren. Wenn Sie heute für Every Dream spenden, helfen Sie dadurch mit, dass jedes Kind ein Recht auf Träume bekommt, auf Sicherheit und auf ein Leben, in dem es sein volles Potential ausschöpfen kann. Danke für Ihre großzügige Spende.

Das Thema war brisant, aber es wurde verstanden und gut aufgenommen. Die Spenden flossen herein, denn die Leute bekamen offenbar ein Gefühl für das Leid anderer, und auch wenn das hier eine Spaßveranstaltung war, so war die Message doch laut und deutlich.

„Jedenfalls war es eine mächtige Show. Ich werde ganz sicher spenden. Und ich bin mir ziemlich sicher, dass dein Guinness inzwischen grauenhaft schmeckt. Soll ich noch mal was bestellen? Vielleicht etwas, das du auch magst?" Seine Augen funkelten und feixten.

„Ein Glas Rotwein wäre schön." Ich klimperte mit den Wimpern und versuchte ihm telepathische Nachrichten zukommen zu lassen. *Schlaf mit mir. Nimm mich mit zu dir. Lass mich nicht hier stehen.*

Ob des feurigen Grinsens, das in seinem Gesicht aufblitzte, hätte ich schwören können, dass er mich gehört haben musste. Er wandte sich an seine Freunde. „Jungs, ich bringe diese nette Dame jetzt mal an einen Ort, wo wir uns besser hören können. Dauert vielleicht ein bisschen. Können wir uns später in meiner Suite treffen, so um zehn vielleicht? Ich habe eine Menge Scotch, noch mehr Guinness, paar Chips und Zeug zum Snacken." Er war so charmant, seine Freunde brauchten keine weiteren Aufmunterungen. Alle nickten und bestätigten ihre Teilnahme. Insgeheim hoffte ich, ebenfalls zu der Afterparty eingeladen zu werden.

„Passt, dann bis später." Ich winkte ihnen zum Abschied und schon legte sich seine Hand auf mein Kreuz und er steuerte uns in Richtung Bar. „Dann besorgen wir dir mal ein Glas Wein."

Mein Herz stand vor dem Platzen. Allein schon seine Berührung jagte mich durch die Decke – verdammt, es war schon viel zu lange her. Wir gelangten an die Bar und ich bestellte meinen Wein, während er sich einen Scotch auf Eis geben ließ. Dann verfrachtete er mich in eine schummrige, stille Ecke. Ich hatte nicht wirklich gedacht, dass wir einen ruhigen Ort inmitten des ganzen Gedrängels und Getümmels finden würden, doch hier hinter der Bar in diesem kleinen Schlupfwinkel waren nur wenige Gäste und alle sprachen gedämpft. Es war eine Erleichterung, dem ganzen Wahnsinn entkommen zu sein. Ich hatte mein Ding durchgezogen, mit fast allen geredet, und jetzt war es Zeit für einen wohlverdienten Rückzug.

„Also, Avery", begann Liam. „Was hat dich zu all dem hier inspiriert?" Er deutete mit der Hand behutsam um sich.

Der durchdringende Blick in seinen Augen ließ meine Pussy

in Flammen aufgehen. Ich bezweifelte, dass er sich nach der Mode erkundigte, und falls er es doch tat, interessierte er sich wohl am ehesten dafür, weshalb an gewissen Stellen so wenig davon zu sehen war.

„St. Patrick's Day", war meine heißblütige Antwort.

„Hegst du eine Zuneigung zu meiner Heimat? Scheint mir, als hättest du dich heute Abend sehr ins Zeug gelegt." Sein Kopf legte sich verführerisch schief.

„Das tue ich. Ich habe Irland immer schon geliebt und nachdem ich zur Hälfte Irin bin, oder von mir aus zu einem Achtel, hab' ich stets eine Verbindung gespürt." Ich schlug die Augen nieder und flirtete im vollen Bewusstsein dessen, wie lächerlich ich klingen musste.

„Und deshalb hast du die Models in Lumpen gekleidet und sie zu Riverdance laufen lassen? Ich meine, es war ausgefallen und sehr sexy, aber auch unsere ‚Clans' kennen inzwischen Dinge wie das Internet. Wir zerren einander nicht mehr dauernd in der Gegend rum und tanzen ständig schmutzig." Er lachte und ich machte mir kurz Sorgen, dass ihn die Show irgendwie vor den Kopf gestoßen haben könnte. „Aber es hat mir gefallen. Ein echter Ire hätte es nicht besser hinkriegen können."

„Oder eine Ir*in*?" Die Arroganz gewisser Männer manchmal.

„Nun, eine ‚irische' Frau war es ja, oder nicht?" Gott, diese glühenden Augen. „Du hast das Alte mit dem Neuen vermischt und ein prägnantes gesellschaftliches Statement abgeliefert, sowas ist nicht einfach." Nach langer Zeit atmete ich endlich mal wieder. „Ich werde Wert darauflegen, großzügig zu spenden, bevor ich gehen muss."

„Wie lange bleibst du denn in den Staaten?", fragte ich und nippte an meinem Wein, wobei ich hoffte, dass er nicht gleich am nächsten Tag in ein Flugzeug steigen würde.

„Eine Weile." Mann, wieso blieb er so unbestimmt? „Und, hast du Lust, mit mir und meinen Jungs noch einen Schlummertrunk einzunehmen? Rodrick ist sozusagen ein musikalisches Genie und er hat ein paar neue Songs im Gepäck. In Irland ist er sehr beliebt; könnte dir gefallen.“ Seine Hand griff nach meiner. „Und ich würde dich zu gern besser kennenlernen.“

Es war mir egal, dass es möglicherweise bei nur einer Nacht bleiben würde, es würde jedenfalls eine wundervolle Nacht werden.

„Ja, das klingt fantastisch.“ Ich schmolz dahin und wünschte mir, einfach meine Kleider runterzureißen und ihn gleich hier auf dem Tisch zu nehmen … Wenn sein Clan doch nur immer noch die Angewohnheit gehabt hätte, die Leute gleich auf der Stelle wegzuschleifen und zu packen, so wie in vorgeschichtlichen Zeiten … Bei dem Gedanken zog sich meine Pussy noch ein wenig enger zusammen.

„Wird man dich vermissen, wenn du dich rausschleichst?“ Der Teufel blitzte in seinen Augen auf.

„Nein, ich habe mit allen geredet, mit denen ich reden muss. Ich mag es eh nicht so, wenn mich die Leute anschmachten, mich am Ende des Events aus dem Staub zu machen ist sozusagen meine Spezialität.“ Ich trank meinen Wein leer und schaute ihn erwartungsvoll an.

„Sollen wir uns dann in meine Suite begeben? Ich bin nur ein paar Stockwerke weiter oben untergebracht.“ So wie er mich ansah, schien er eher zu sagen: ‚Würdest du gerne mit in meine Suite im teuersten Hotel von Manhattan gehen und vögeln wie die Karnickel?‘

„Klar“, quiekte ich. *Avery, bekomm dich verdammt noch mal in den Griff.*

„Wollen wir?“ Er bot mir seinen Arm zum Einhaken an.

In dem Augenblick, da ich seine Muskeln berührte, machte ich im Geiste einen schnellen Abstecher zu einer Szene, in der seine Schenkel gegen meine gepresst waren, sein Schwanz in Paradestellung stand und bereit war für die Invasion ins Tal der Vagina. Ich schluckte die Trockenheit in meiner Kehle weg und sagte vorerst nichts aus Angst, etwas völlig Falsches zu plappern. Wir gingen schweigend zu den Fahrstühlen, was nichts machte, weil die Bar ohnehin so überfüllt und laut war, dass eine Unterhaltung kaum möglich gewesen wäre, doch als wir dann in den Aufzug stiegen, wurde die Stille etwas unbehaglich.

„Sind deine Freunde denn schon in deinem Hotelzimmer?“, begann ich eine angespannte Unterhaltung.

„Wahrscheinlich, mein Assistent hat in der Suite gewartet und lässt alle auf meiner Sicherheitsliste rein. So wie ich meine Freunde kenne, haben sie den ganzen guten Stoff schon weggesoffen.“ Er gluckste. „Echt ein Haufen Penner.“

„Ihr seid also alle aus Irland?“ Es verwirrte mich, dass er so viele Freunde in New York zu haben schien, wo seine Heimat doch in Übersee war.

„Die meisten von ihnen leben inzwischen hier. Ursprünglich kommen wir aber alle aus Irland. Die Sons of Anarchy, so haben wir uns früher genannt, aber eigentlich sind wir dafür viel zu langweilig, wir sind viel mehr die Söhne von Diplomaten und Würdenträgern. Die meisten von uns waren an der Cornell University, aber ein paar auch in Yale und Harvard. Wir haben uns dann einmal im Monat auf ein Pint und Bangers getroffen.“

„Bangers?“ Klang verdammt schmutzig … und ich hoffte, dass es nicht das war, was ich dachte, denn wenn das bedeutete, dass sie sich irgendwelche beliebigen Schlampen anschafften, dann wäre die Nacht für mich so ziemlich gelaufen gewesen.

Für einen One-Night-Stand mit Liam wäre ich schon zu haben gewesen, was er natürlich noch nicht wusste, aber auf irgendwelche Sexpartys hatte ich dagegen ganz und gar keine Lust.

„Würstchen, denke ich, würde man andernorts dazu sagen, obwohl das nicht wirklich dasselbe ist. Kommen aus England, aber sag keinem weiter, dass wir sie trotzdem mögen. Ich hatte für heute Bangers, Kartoffelbrei und Black Pudding bestellt, falls du interessiert bist. Gutes Zeug, das alles.“ Sein Lächeln war sowas von ansteckend.

„Gern.“ Der Pudding klang lecker, alles andere schien mir ein bisschen heftig für die Uhrzeit.

Als ich mit Liam gemeinsam eintrat, hatten sich seine Freunde auf dem Balkon seiner enormen Suite versammelt, die einen atemberaubenden Blick über New York City bot. Ich bemühte mich, nicht zu glotzen, aber seine Aussicht war wirklich luxuriös und das Zimmer umwerfend schön. Angesichts der Preise, die dieses Hotel für eine einzelne Nacht verlangte, musste Liam mächtig Kohle haben. Die Party war bereits in vollem Gange. Niemand nahm Notiz von uns, denn alle konzentrierten sich auf einen Mann, der auf einem seltsamen Dudelsack spielte, sowie auf einen zweiten, der ihn auf einer Blechflöte begleitete. Die Musik war lebhaft und packend und ich wurde gleich wie magisch davon angezogen.

Kapitel 4

Liam

Avery war witzig und gut aufgelegt. Obwohl ich am liebsten eine Nacht nur mit ihr verbracht hätte, so hatte ich doch meinen Freunden nach der Veranstaltung eine Sause versprochen. Ich hatte sie zu der Benefizveranstaltung mehr oder weniger mitgeschleppt, wo sie doch lieber einfach gemeinsam rumgehangen, Musik gehört und einen draufgemacht hätten. Wir tranken, schauten den Jungs beim Spielen zu und aßen ein paar Stunden, während Avery zwar mitgehend war, aber doch die meiste Zeit eher still blieb. Sie bekam eine Menge Anerkennung für die gut durchdachte und unterhaltsame Show zuvor. Und ich bekam ein paar Seitenhiebe, aber auch zustimmendes Nicken von meinen Kumpels. Es war fast zwei Uhr früh, als sich der betrunkene Haufen endlich auflöste und sich die letzten mit ein paar scherzhaften Warnhinweisen verabschiedeten. Nachdem ich die Tür hinter ihnen geschlossen hatte, wandte ich mich um und sah Avery, die inzwischen ganz schön benebelt und erschöpft aussah. Ich wollte sie natürlich nicht ziehen lassen, aber als Gentleman, und natürlich als Prinz, musste ich ihr die Möglichkeit dazu geben.

„Du siehst platt aus. Soll ich dir vielleicht ein Taxi rufen? Ansonsten darfst du natürlich auch gerne hier bei mir übernachten." Ich machte einen Schritt auf sie zu. „Es würde mir sehr gefallen, dich noch ein bisschen besser kennenzulernen. Du kannst eine Dusche nehmen, im Bad gibt es Bademantel und Latschen, und ich verspreche, ich werde ein Gentleman sein. Es gibt sogar ein separates Schlafzimmer, wenn du findest, dass dir das lieber ist. Natürlich kannst du schlafen gehen oder aber ich bestell uns noch etwas Wein.

Dann können wir es uns zusammen auf der Terrasse gemütlich machen, bevor wir ins Bett fallen. Natürlich außer es gibt zu Hause etwas, das auf dich wartet.“ Ich wollte wirklich sehr dringend mit ihr schlafen, aber die Stunde war fortgeschritten und ich musste ja erst mal wissen, ob sie überhaupt zur Jagd freigegeben war.

„Ähm, eine Dusche hört sich schön an.“ Ihre Stimme war ein heiseres Krächzen „Und vielleicht noch ein Glas vorm Schlafengehen und ein Imbiss. Black Pudding hat definitiv nichts mit Schokolade zu tun.“ Ihr süßes Gesicht verzog sich zu einer angeekelten Grimasse.

„Nein, sondern mit Blut.“ Ich geiferte sie zum Spaß an wie ein Vampir. „Nicht jederfraus Sache. Ich kann uns ja etwas Obst und echten Pudding bestellen, wenn du magst?“

„Das wäre super.“ Bei ihrem schläfrigen kleinen Grinsen wollte ich sie am liebsten gleich vom Boden fegen und auf Händen tragen.

„Gut, das Bad ist geradeaus, sie haben einen Haufen schicker Seifen und Zeugs da drin, ich bestell uns währenddessen was zu essen und zu trinken. Musst du morgen früh irgendwo hin? Es ist leider schon ziemlich spät. Ich kann die Rezeption um einen Weckanruf bitten, falls du einen brauchst. Ich bin berüchtigt dafür, auszuschlafen.“ Weil ich oft die ganze Nacht mit Sex verbrachte … Konnte ich ihr definitiv nicht so erzählen, auch wenn es der Wahrheit entsprach.

„Nein, ich hab ein paar Tage Frieden. Das war der große Event und bis Donnerstag hab ich keine weiteren Termine. Das Wochenende ist also frei.“ Sie schaute mich an, als meinte sie, womöglich zu viel verraten zu haben.

„Schön zu hören, vielleicht hättest du ja Lust, morgen den Tag mit mir zu verbringen? Mein Terminkalender ist ebenso leer. Dann könnten wir die Jalousien schließen und schön liegen bleiben.“ Ich zwinkerte ihr zu und hoffte, dass ihr klar war, dass ich sie spätestens irgendwann in den nächsten vierundzwanzig Stunden zu verführen gedachte.

Dieser Vorschlag ließ sie aufhorchen. „Das klingt perfekt. Na gut, dann stell ich mich mal unter die Dusche …“ Für eine Sekunde dachte ich, sie würde mich vielleicht bitten, mich zu ihr zu gesellen, als sie zögerte, aber nach einer kurzen, etwas ungelenken Pause, ging sie ohne weitere Worte den Gang entlang nach hinten ins Badezimmer.

Ich machte mir keine Sorgen darüber, sie früher oder später dazu zu bringen, mit mir zu schlafen. Ich hatte keine Zweifel daran, dass sie schon bald in meinen Armen schnurren würde. Also ließ ich sie ohne Einwände in Richtung Dusche davonschlurfen und bestellte uns etwas Nahrung, die sie besser vertrug. Auf der Speisekarte des nächtlichen Zimmerservice gab es nicht viel Auswahl, aber ich erkämpfte mir immerhin etwas Eiscreme, eine Flasche Champagner, Erdbeeren, Pommes mit verschiedenen Dips und eine Käsepizza. Ich war nicht ganz sicher, wie hungrig sie noch sein würde.

Während ich darauf wartete, dass sie ihren Duschgang beendete, wechselte ich in eine bequemere Hose und ein weiches T-Shirt. Normalerweise trug ich im Bett nichts, aber schließlich wusste ich ja noch nicht so genau, in welche Richtung sich diese Nacht entwickeln würde. Wäre sie eine meiner üblichen Frauen gewesen, wären wir längst schon in der Phase der Nacktheit angelangt. Meine Freunde wären gegangen, sie hätte zu glühen angefangen und ich hätte zum Sprung angesetzt. Avery bewies soeben, dass sie eine andere Art von Frau war.

Sie kam aus der Dusche und roch frisch und sauber, ihr sanfter Duft wurde durch die Luft bis zu mir herübergetragen. Mein Schwanz regte sich beim Anblick ihrer feuchten Haare und der von der Hitze geröteten Haut, die unterhalb des Kragens ihres Bademantels zu sehen war. Ich tat kaum etwas, um meine wachsende Erektion zu verbergen – ich meine, sie hatte gerade in meinem Hotelzimmer geduscht, ich war mir ziemlich sicher, dass sie aus denselben Gründen hier war wie ich.

„Wie war es?“, wollte ich wissen und setzte mich beiläufig in meinem gepolsterten Lehnstuhl auf.

„Der Wasserdruck hier ist der Wahnsinn. In meinem Loft haben wir nur ein Rinnsal, das ist ein Verbrechen, weil man immer auf diesen siedend heißen Spritzstrahl wartet, aber dann ist es mehr wie Regenwasser, das von einer Dachrinne tropft.“ Wow, sie war witzig, auf solche Analogien wäre ich nie gekommen.

„Siedend heißer Spritzstrahl, hm? Ich werd dran denken, das in meiner Rezension zu erwähnen.“ Die Farbe wich ihr aus dem Gesicht, als ich ihre Worte in tief verführerischem Ton wiederholte.

„Vielleicht eher … ähm … einfach verdammt guter Wasserdruck“, ruderte sie zurück und schnürte den Bademantel enger um sich, vermutlich kämpfte sie gegen einen plötzlichen Anflug von Unsicherheit an.

„Aber mir gefallen siedend heiße Spritzstrahlen …“ Ich ließ das ein wenig vor ihrer Nase baumeln, als es soeben an der Tür klopfte. „Das dürfte das Essen sein, gerade rechtzeitig.“

Sie geriet kurz in Panik. „Was soll ich tun? Soll ich hierbleiben? Mich verstecken?”

„Du kannst ins Schlafzimmer gehen und dort warten oder, wenn es dir nichts ausmacht, im Bademantel gesehen zu werden, setz dich doch. Mir ist beides recht.“

Die kleine Nixe setzte sich in den Sessel mir gegenüber. Sie gefiel mir. Ich versetzte ihr ein versautes Grinsen und ging an die Tür. Der Mann vom Zimmerservice kam mit einem Wagen voller Essen herein, stellte ihn mit einem Lächeln dankend ab und zog sich dann rasch wieder zurück.

„Du musst nicht dafür bezahlen?“, fragte Avery und hob das weiße Tuch, unter dem das Essen versteckt war.

„Nein, ist alles inkludiert, ich brauche also nichts weiter tun, als zu genießen. Na, dann sehen wir mal.“ Ich nahm das Tuch ganz weg und warf es auf den Tisch. „Ich hoffe, du hast Hunger, ich hab hier nämlich eine Menge Sachen bestellt und nichts davon enthält Blut.“ Ich schenkte ihr ein weiteres teuflisches Grinsen.

„Oh, Gottseidank“, seufzte sie. „Das sieht fantastisch aus.“ Sie machte sich gleich ans Werk und fing mit einer Erdbeere an. „Ich hab vorher wirklich kaum was runtergebracht“, sagte sie und knabberte zurückhaltend an der großen, saftigen Beere.

„Nun, dann bitte sehr. Ich hab reichlich bestellt. Kann ich dich für ein Glas Champagner begeistern?” Trotz der späten Stunde schien die Dusche sie erquickt zu haben. Ich wollte das Beste daraus machen.

„Ein Gläschen, sehr gern.“ Ihr niedliches Gesicht strahlte freudig erregt.

„Wunderbar.“ Ich holte den gekühlten Veuve Clicquot aus dem Eiskübel, öffnete ihn und schenkte zwei sehr gut gefüllte Gläser Sprudelflüssigkeit ein, dann reichte ich ihr eines davon.

„Cheers, auf neue Freundschaften.“

„Cheers“, sagte sie, als wir die Gläser klirren ließen. „Also“, nahm sie die Unterhaltung wieder auf. „Als Diplomat muss es wohl sehr gut laufen, wenn man dich gleich im Penthouse unterbringt und dich nicht mal fürs Essen bezahlen lässt.“ Sie nahm sich noch eine Erdbeere.

Ich hatte das Gefühl, dass sie hungrig sein musste, und öffnete daher den Deckel über der Pizza, um zwei Stücke zu nehmen und sie für sie auf einen Teller zu legen. Ich fürchtete, sie würde sonst den Rest der Nacht nur weiterhin an Erdbeeren nuckeln, dabei gefiel es mir gar nicht schlecht, wenn eine Frau eine ordentliche Portion zu sich nahm. Ich hoffte, dass die Geste ihr das vermitteln würde.

„Nun, meine Familie ist recht bekannt, allesamt Diplomaten. Wir sind hier für Handelsgespräche und Projekte zum Gemeinwohl. Deine Benefizveranstaltung hat uns dabei perfekt ins Programm gepasst. Irland hat selbst auch eine Krise mit Jugendobdachlosigkeit, das war deshalb eine tolle Gelegenheit, mich auf dem Gebiet etwas umzusehen und gleichzeitig zu einer sehr würdigen Sache beizutragen. Wir hatten aber außerdem eben noch eine Menge dieser ziemlich langweiligen Handelsgespräche … Ich arbeite also viel. Ich verdiene es auch mal, ein bisschen auf den Putz zu hauen. Wäre mein Vater stattdessen hier, hätte er sich noch sehr viel aufwändiger einquartieren lassen, ich bin also fast so was wie ein Schnäppchen im Vergleich."

„Dein Vater? Arbeitet er oft mit dir? Ist Diplomatie in Irland so eine Art Familiengeschäft?" Sie wusste ganz offensichtlich nichts über Auslandsangelegenheiten und Politik, aber eigentlich hätte ich selbst auch besser etwas anderes als Deckung auswählen sollen. „Für gewöhnlich nicht. Nimm dir was von der Pizza." Ich reichte ihr den Teller, den ich hergerichtet hatte.

„Danke." Sie nahm eins der Stücke vom Teller und begann sich darüber herzumachen.

„Was hat dich bewogen, in die Modebranche zu gehen?" Ich beschloss, die Unterhaltung von mir selbst wegzulenken, denn ich war noch nicht wirklich bereit, meine Identität preiszugeben.

„Mir hat es schon als Kind nie gefallen, wie Klamotten an mir ausgesehen haben. Ich war da ziemlich heikel. Mir gefielen die Farben nicht, der Stil, es gab immer irgendwas, das ich ändern wollte. Wenn ich ein Kleid kaufte, hab ich es immer gleich gekürzt, Dekorationen hinzugefügt oder sonst irgendwas. Deswegen hat mir meine Mom mit elf Jahren eine Nähmaschine gekauft und ich hab mir selber beigebracht, wie man damit umgeht. Ich hab angefangen, selbst coole Outfits zu machen, und dann wollten meine Freundinnen die auch haben, und ehe ich mich versah, konnte ich sie in der Schule und auch online verkaufen. Mode wurde zu meinem Ding. Ich liebe das. Es erlaubt mir, mich selbst wirklich kreativ auszudrücken."

Sie nahm noch einen Bissen von ihrer Pizza. „Ich glaube, Mode sollte für alle zugänglich sein. Sie ist eine Erweiterung unserer Persönlichkeit, aber die meisten Designerinnen und Designer arbeiten zum Beispiel nur mit dünnen Leuten. Ich selbst etwa bin so ein Mädchen mit massig Holz vor der Hütte und einem ziemlich schmalen Körper dazu, sodass mir obenrum nie irgendwas passt. Nachdem ich selbst dieses Problem kenne, hab ich mir gedacht, dass andere Leute sicher Probleme an anderen Stellen haben könnten, also hab ich angefangen Kleidung zu machen, die zu den Leuten passt, anstatt Leute zu finden, die zu meiner Kleidung passen."

„Mir ist schon aufgefallen, dass die Models auf deinem Laufsteg alle irgendwie auf ihre eigene Weise schön waren. Niemand da oben hatte das, was man vielleicht einen klassisch perfekten Körper nennen würde, außer dir natürlich, aber du warst ja nicht auf der Bühne."

„Danke, aber mein Körper ist weit davon entfernt, perfekt zu sein. Ich hab seltsame Flecken und Grübchen, die ich nicht leiden kann, aber das ist alles Teil von mir. Um mich als Ganzes zu lieben, muss ich auch die Teile akzeptieren, die nicht ganz so optimal sind. Das ist mein Ding. Ich mach Kleider für echte Menschen. Ich meine, heute Abend war auch ein bisschen Show, aber es war auch tragbares Zeug dabei, coole grüne Straßenkleidung, das hübsche grün-gelbe Blumenkleid mit dem großen Hut zum Beispiel, das hat mir Spaß gemacht." Sobald sie über ihre Mode sprach, begannen ihre Augen zu funkeln; ganz offensichtlich lag dort ihre Leidenschaft.

„Deine Augen leuchten, wenn du über deine Arbeit sprichst. Du erhellst den ganzen Raum, du musst das alles wirklich lieben." Es war Zeit, sie so richtig ins Visier zu nehmen.

„Mode ist schon so lange mein ganzes Leben, ich hab mich nie wirklich auf irgendwas anderes konzentriert. Ich meine, ich liebe das wirklich aus vollem Herzen, aber ich bin sechsundzwanzig. Es ist Zeit, ein wenig die Flügel zu spreizen und zu leben. Ich möchte nicht, dass das Leben an mir vorbeizieht." Sie verputzte den Rest ihrer ersten Pizzaschnitte und begann gleich mit der zweiten. Das Thema machte sie offenbar nervös.

„Dann stell dir mal vor, du wärst neununddreißig", schnaubte ich scherzhaft.

„Bist du etwa schon so alt?“ Sie wollte bestimmt nicht so schockiert wirken, aber die dreizehn Jahre Altersunterschied schienen sie eindeutig aus der Fassung zu bringen.

„Du fragst dich das bestimmt schon die ganze Zeit?“, lachte ich.

„Nein, nein, überhaupt nicht. Ich meine, du siehst erfahren aus, aber nicht alt.“ Ich hoffte mal, dass sie das nicht wirklich so hatte sagen wollen, aber es war süß, dass sie es trotzdem tat.

„Neununddreißig ist nicht alt. Ich habe noch reichlich gute Jahre übrig.“ Ich trank meinen Champagner und hatte plötzlich den unaufschiebbaren Drang, sie durchzunehmen, bevor mein zerfallender Körper nicht mehr mitmachte … Haha, der Gedanke an ihre lebhafte Unschuld erregte meinen Schwanz auf die unerträglichste Weise.

„Oh mein Gott, du bist nicht alt. Du siehst nicht alt aus … Ach herrje.“ Sie trank von ihrem Champagner. „Hab ich’s vermasselt?“ War das ihr Ernst?

„Vermasselt mein Alter es etwa für dich?“ Jetzt war ich wirklich an die Abschlagslinie getreten und gab ihr zu verstehen, dass ich sie aus diesem Bademantel rauskriegen wollte, also wanderten meine Augen über ihren gesamten Körper und meine Stimme nahm eine verführerische Wärme an.

„Nein, absolut nicht.“ Ihre naive Unschuldsmiene traf auf meine ungezähmten Augen.

„Sollten wir dann darüber reden, worum es hier für uns gehen könnte?“ Ich musste die Sache ins Rollen bringen.

„Gewiss.“ Sie brachte nur ein nervöses Gezwitscher hervor.

„Nun, für meinen Teil würde ich mir wünschen, dass wir den Champagner austrinken und dann ins Bett steigen, damit ich dich aus dem Bademantel da schälen kann.“ Ich blickte hinab in ihre Augen und fixierte sie eindringlich … „Und dann möchte ich, dass du dich entspannst und zulässt, dass ich dich mit auf eine Reise an einen Ort nehme, an dem du zuvor bestimmt noch nie gewesen bist.“ Ich ließ genüsslich die Lippen schnalzen, dann nahm ich eine Erdbeere vom Teller und ließ sie mir sanft in den Mund gleiten, bevor ich darauf biss.

Sie kicherte und hätte beinahe laut losgelacht, was die Stimmung ein wenig zerstörte.

„Ja, ich hatte mir schon gedacht, dass ich nicht nur wegen der Pizza und der Erdbeeren hier bin, als du so gemeint hast, ich kann mal duschen und mir einen Bademantel nehmen. Ich meine, ich bin in der Hotelsuite eines Mannes, mit dem ich mich bisher vielleicht insgesamt so circa fünf Minuten unterhalten hab.“ Sie begann vor nervöser Anspannung ihre Unterlippe zu kauen.

Ich konnte erkennen, dass ihr Stresslevel stieg. „Das bedeutet nicht, dass du den Bademantel deswegen abnehmen musst. Du kannst auch einfach nur der Pizza wegen hierbleiben und eine brillante Konversation mit mir führen.“

„Ich tu sowas nicht. Das solltest du wissen. Ich geh nicht einfach mit irgendwelchen Kerlen aufs Zimmer.” Hui, jetzt war sie aber ganz schön schnell reizbar geworden.

„Ich würde dich trotzdem mögen, auch wenn du mit irgendwelchen Kerlen aufs Zimmer gingest. Mir gefallen Frauen, die gegenseitige Verführung und guten Sex zu genießen wissen. Nichts ist falsch daran, meine Liebe. Mir ist also egal, ob du sowas machst oder nicht, ich freue mich einfach nur, dass du hier bist.“ Ich schenkte ihr ein liebreizendes Lächeln und füllte ihr Glas wieder auf. „Führen wir das doch auf der Terrasse fort, da ist die Aussicht so herrlich.“ Sie musste sich ein bisschen entspannen und ich hatte nichts dagegen, ihr ein wenig Zeit einzugestehen, um mit mir warm zu werden.

Ich nahm unsere Teller und brachte sie zusammen mit dem

restlichen Champagner hinaus auf den Balkon, von dem aus man eine Rundumsicht auf die ganze Stadt hatte.

„Ich glaub nicht, dass mir diese Aussicht je zu blöd werden könnte“, schwärmte sie und setzte sich auf einen der Liegestühle.

„Herrlich, ja, aber meinst du nicht, du hättest es gemütlicher hier bei mir auf der Couch?“ Ich tätschelte mit der Hand auf den Platz neben mir, nachdem ich das Essen auf dem kleinen Beistelltisch abgestellt hatte.

„Oh, ja, richtig, bei dir, natürlich.“ Sie erhob sich und setzte sich neben mich, woraufhin ich begann, ihren Nacken zu massieren.

„Du bist plötzlich so verspannt.“ Ich knetete auch ihre Schultern und zog sie dann so dicht an mich, dass ich ihren herrlichen Mund küssen konnte. „Vielleicht hilft das hier ja.“

Kapitel 5

Avery

Seine warmen Hände besänftigten die steinharten Muskeln in meinem Nacken und ich erschauderte unter seiner Berührung. Ich war so erregt, so willig, so bereit gewesen, bis es dann wirklich so weit war und ich zu Eis gefror. Ich hatte bisher tatsächlich erst mit vier Typen Sex gehabt. Der erste war ein dummer Fehler in der Highschool nach dem Abschlussball gewesen, drei Tage nach meinem achtzehnten Geburtstag, als ich mich schon für eine Spätzünderin gehalten und einfach beschlossen hatte, jetzt auf der Stelle sündigen zu müssen. Der falsche Kerl am falschen Ort. Der Sex war ungelenk und schräg gewesen. Mein Garantiesiegel zu brechen war unbequem und unschön gewesen, aber wie auch immer, das war nun Vergangenheit. Den zweiten Typen hatte ich echt gerngehabt, aber er war dann nach Chicago gezogen und wir hatten unsere einjährige Beziehung beenden müssen. Das war im College gewesen und er war auf eine andere Uni gewechselt. Wir versuchten das Fernbeziehungs-Ding, aber es ging in die Hose.

Der dritte war ein Freund von Madison aus ihrer Firma. Er war heiß, sehr heiß sogar, und ich hatte eigentlich gedacht, sie wollte sich selbst an ihn ranschmeißen, aber sie hatte gemeint, er sei zu schräg für sie. Bei schräg hatte ich angenommen kreativ, exzentrisch, lustig … und sie wohl auch. Aber schräg erwies sich als ein Hang zur Serienmörderpersönlichkeit mit einer abgründigen Faszination für den Tod und übereifriges Liebesspiel, bei dem es womöglich auch zum einen oder anderen Würgespiel gekommen sein mochte. Der vierte war ein Freund gewesen, ein Schmarotzer, den ich unüberlegter Weise in meine Bude gelassen hatte.

Liam war so anders, er war charmant, sexy, liebenswürdig, reif. Fuck, ich war verliebt. Als er also herankam, um mich zu küssen, sank ich direkt in ihn hinein und Himmel, war ich froh darüber. Der anhaltende Geschmack des Champagners auf seiner Zunge, vermischt mit der kräftigen Essenz von ihm, ließ all meine Synapsen auf einmal feuern. Bevor ich es bemerkte, wand ich mich schon in seinem Schoß mit ganz New York als Publikum. Er trug eine weiche Flanellhose und ein edles Baumwollshirt über seinen harten Muskeln. Je mehr ich ihn berührte, desto mehr wollte ich ihn haben. Während ich mein nur in den Bademantel gehülltes Becken auf seiner wachsenden Erektion kreisen ließ, wurde unser Kuss zu einer Art Tanz. Langsam drückte ich mich immer fester an ihn und er wurde immer härter unter mir. Je steifer sein Schwanz wurde, desto fester drückte ich, bis er endlich unseren Kuss durchbrach.

„Du treibst mich in den Wahnsinn", sagte er außer Atem. Seine Finger suchten sich ihren Weg unter meinen Bademantel und wanderten leichtfüßig hinab zu meiner nackten, kürzlich frisch rasierten Pussy. „Die muss ich haben." Seine Finger kitzelten sanft meine bereits feuchten Falten.

„Du brauchst nur lieb sein, dann gehört sie ganz dir." Ich küsste seinen warmen Nacken.

„Hol meinen Schwanz raus", flüsterte er in mein Ohr, während er behutsam einen Finger in meine Vagina drückte. „Und ich mach sie bereit für ihn."

Ich kicherte, doch ich konnte es kaum erwarten, einen Blick darauf zu werfen, womit ich es hier zu tun hatte. Von dem Gefühl durch seine Hose hindurch zu schließen, war er stahlhart und bestens bestückt. Er war nicht so groß, dass ich ihn nicht würde nehmen können, aber lang und sehr erpicht auf mich. Sobald ich ihn hervorzog, schnellte sein Schwanz senkrecht in die Höhe. Er war echt beeindruckend, ich musste tatsächlich ein wenig rutschen, um Platz für ihn zu machen.

„Wow", raunte ich und ließ meinen Blick schüchtern nach unten wandern.

„Ich bin selbst auch recht stolz darauf. Ich liebe meinen Schwanz und hoffe, dass es dir genauso gehen wird." Er nibbelte an meinem Ohrläppchen und tauchte auch noch einen zweiten Finger in mich. „Ich freu mich schon, einen Blick auf dein enges kleines Loch zu werfen.“ Er wand seine Finger in mir und brachte mich zum Zucken. „Du bist wunderbar gebaut.“

Ich streichelte sanft über seine gesamte Länge und sah, wie sich glitzernd die ersten Lusttropfen auf seiner geschwollenen Eichel ausbreiteten. Ich hatte den Drang, ihn in meinen Mund zu nehmen, aber die Position, in der wir saßen, war zu unpraktisch, um viel unternehmen zu können, es sei denn, ich wollte auf die Knie sinken. Da wir auf einer Terrasse waren, auf die womöglich Frühaufsteher oder späte Nachteulen freie Sicht hatten, sah ich davon ab.

„Vielleicht sollten wir drinnen weitermachen“, schlug ich vor. „Mir wird ein bisschen kühl.“ Es war keine Lüge, auch wenn ich bezweifelte, dass ich nur von der Kälte so zitterte. Ich wollte nicht auf dem Präsentierteller sein. Es war ja schon schlimm genug, dass ich mich liederlicher Weise auf eine Nacht mit einem Mann einließ, den ich überhaupt nicht kannte.

Liam musste das wohl verstanden haben, denn er zog meinen Bademantel fest und drückte mich an seinen Körper, um mich von der Couch zu heben. „Ich hatte gerade dasselbe gedacht. Außerdem möchte ich eine bessere Sicht auf deinen wunderbaren Körper bekommen.“ Ich fühlte mich ein wenig schwindlig, als er aufstand, und fragte mich, ob es von der Erschöpfung oder all der Zuwendung kam.

Der Himmel war indigofarben geworden und der Morgen war nicht mehr weit. Ich liebte diese Zeit, sie war schaurig und mysteriös. Die ungewohnte Stunde erhöhte meine Erregung nur noch mehr und ich wollte Liam so sehr, als er mich auf dem Bett ablegte und das Band meines Bademantels aufzuknüpfen begann. Ich starrte auf seinen Schwanz, der zurückstarrte, lang, stolz und mit dicken Adern bewehrt. Liam ließ den Mantel von meinen Schultern gleiten und setzte Küsse von meinem Hals hinab bis zu meinen kessen Brüsten. Ich hatte große Möpse für so eine schmächtige Frau, aber trotz ihrer Größe waren sie ziemlich fest, also drückte ich den Rücken durch und schob sie ihm ins Gesicht, was ihn zum Lachen brachte.

„Das sind meine Lieblinge“, fügte ich neckisch hinzu. Meine Nerven hatten sich ein wenig beruhigt, aber ich fühlte noch immer das Bedürfnis, zu scherzen und der Situation ein wenig den Ernst zu nehmen.

„Meine auch.“ Er löste sich nur lange genug, um das zu sagen, und dann tauchte er wieder hinab, um auch meine andere Titte mit seinem warmen Mund und knabbernden Zähnen zu befriedigen.

„Oh, das fühlt sich so gut an.“ Ich rieb meine Brust noch fester an ihm.

„Ha, Mädchen, ich hab gerade erst angefangen.“ Seine Stimme war fest und voll, genau wie der Schwanz, den er an meine Öffnung tippte.

Meine Arme schlängelten sich um seine Brust und zogen ihn dichter heran, meine Finger wühlten sich dabei in seine Haare. Das ließ ihn noch fester an meiner Zitze saugen und zog mir damit das Verlangen aus dem Unterleib herauf und durch den Bauch hindurch, wodurch ich mich erneut zu winden und an seinem Schwanz zu reiben begann.

„Ja … Ja …“ Ich ließ meine warme, feuchte Vagina über seine Erektion gleiten.

„Du bist ein gieriges kleines Ding.“ Seine Finger kitzelten meinen Bauch, als sie sich wieder auf den Weg hinab zu meiner Pussy machten, wo sie mich nass und voller Verlangen vorfanden. „Willst du noch mehr Vorspiel oder soll ich einfach mal machen? Scheint mir, als wärst du bereit.“ Er zog seinen Finger heraus, der über und über mit meiner Erregung bestrichen war.

„Ich bin bereit für den Ritt.“ Ich offerierte ihm ein breites Grinsen und mehr brauchte er nicht.

Mit seiner Hand ließ er seinen Schwanz entlang meines Schlitzes gleiten und schob die Spitze dann in die Öffnung meiner Muschi, wo er sich an dem wenigen Widerstand, den ich bot, vorbei tiefer und tiefer schob, bis er bis zu den Eiern in mir steckte. Ich japste ein wenig, eigentlich nur vor Aufregung, ich spürte keinen Schmerz, sondern nichts als Lust.

„Ich lass es langsam angehen“, hauchte er, als seine Hüften begannen, seinen Schwanz gemächlich raus und rein gleiten zu lassen und er mich dabei gleichsam mit solch exquisiter Prallheit ausfüllte. Ich begann unweigerlich, mich unter ihm aufzubäumen, um ihn tiefer in Richtung meines Zentrums zu lassen, an eine Stelle so tief drinnen, dass noch nie zuvor jemand soweit vorgedrungen war. „Oder auch nicht … Langsam scheint nicht dein Tempo zu sein.“ Damit zog er ihn weit raus und stieß zu, fest und tief.

Mein Rücken hob sich vom Bett. „Ja, ja, ja.“

Meine Hände packten seine Hüften auf beiden Seiten und er stieß wieder zu, löste sich dann langsam, zog ihn ganz bis zur Spitze heraus und rammte ihn dann wieder hinein. Meine Beine wanden sich um seinen Rücken, um mich festzuklammern, während er mich immer härter fickte.

„Du bist unglaublich“, knurrte er, sein Körper lag dabei über meinem und ließ keinen spaltbreit Platz zwischen uns.

Sein volles Gewicht und der Druck seines Schwanzes brachten mich zur absoluten Anspannung. Jeder seiner tiefen, harten Stöße rückte mich dichter an die Grenze zur Ekstase. Es war zu lange her, seit irgendjemand meinen Körper vor Lust derart an den Rand des Wahnsinns getrieben hatte, und so fing ich kurz darauf an zu zittern und kam heftig, während sein Körpergewicht weiter auf mir ruhte und er pulsierend und in rasendem Takt seinen Schwanz in mich eindringen ließ. Sein getrimmtes Schamhaar kitzelte meine Klitoris und zog mich zu einem zweiten Höhepunkt auf, während meine Pussy seinen dampfhämmernden Schwanz umklammerte.

„Mannomann“, ächzte er und hielt seine Ladung zurück. „Entspann dich, Kleines, ich explodier noch in dir.“ Schweiß perlte an seiner Schläfe und seine Atmung wurde immer schwerer.

Nachdem ich von meiner Wolke herabgeschwebt war, löste ich meine Pussy ein wenig, aber seine ununterbrochenen Bewegungen, wechselnd zwischen schnell und langsam, verursachte mir noch immer einen chaotischen Rausch in Herz und Hirn. Er hielt einen Moment lang inne und zog ihn heraus, um sich selbst kurz durchschnaufen zu lassen.

„Alles okay?", fragte ich, plötzlich besorgt, denn sein Gesicht wirkte angespannt und gestresst.

„Nein, alles gut, Liebling, es ist nur … Uff. Darf ja nicht in dir kommen … Du weißt schon, und das war verdammt knapp." Er streichelte seinen feucht glänzenden Schwanz, der sich noch immer gen Himmel reckte.

„Soll ich das für dich übernehmen?", fragte ich, denn er hatte seinen Orgasmus noch nicht gehabt.

„Nein, sollst du nicht. Komm." Er packte mich und zog mich an sich und da erst bemerkte ich, dass ich immer noch in dem Bademantel steckte, der vorne unzüchtig offenstand. „Leg dein Bein über mich, so kann ich einfach rausrutschen, wenn ich komme." Er holte mich dicht heran und schob sich mithilfe seiner Hand wieder in meine gut gefickte Pussy. Dann begann er mich zu küssen, während sein Schwanz mit sanften Stößen in meinen Körper eindrang.

Wir küssten uns, unsere Zungen trafen sich, schmeckten sich, liebkosten sich, während sein Körper immer heißer und seine Atmung immer abgehackter wurde.

„Ich nehme die Pille, falls du es nicht mehr rechtzeitig rausschaffst, nur damit du's weißt", flüsterte ich an seiner Haut und fühlte, wie die Lust mich wieder zu übermannen begann.

„Bestens." Er rollte mich auf die Matratze, hob mein Bein höher und versetzte mir einen heftigen Stoß, sodass er erneut tief in mir begraben war, während seine Finger meine Klitoris fanden, um sie zu kneifen und zu zupfen, was einen scharfen, schmerzhaften Stromschlag der Ekstase bis hinab in meine Seele sendete.

Dieses Mal schrie ich mir die Erlösung aus dem Leib. Ich tat mein Möglichstes, ihn nicht wieder mit meiner Vagina zu packen, aber ich konnte nichts dagegen tun, ich zuckte, er tat es mir gleich und zog gerade noch rechtzeitig raus, um auf meinem Bauch abzuspritzen.

Sein Schwanz hüpfte und ruckte und sein Sperma traf mich in dicken Strahlen. Er verlor sich so sehr in seiner Entfesselung, dass sein Gesicht schon beinahe schmerzverzerrt aussah. Es gefiel mir, ihm derartige Befriedigung bereiten zu können. Es erfüllte mich mit Stolz, dass ich das mit ihm anstellen konnte. Nachdem er sich auf den Rücken hatte plumpsen lassen, benutzte ich den Bademantel, um mich abzuwischen. Seine Brust hob und senkte sich unter seinen tiefen Atemzügen. Noch war er zu fertig zum Reden, also strich ich ihm die nassen Haare aus dem Gesicht und ließ meine Finger über seine geröteten Wangen gleiten.

„Danke.“ Ich beugte mich hinab und küsste ihn, gerade als am Horizont die Sonne aufzugehen begann.

Wir hatten es geschafft, die ganze Nacht wach zu bleiben.

„Bleib morgen bei mir … den ganzen Tag. Bleib hier bei mir.“ Er klang fast, als würde er mich darum anflehen, noch immer ganz benommen von Euphorie.

„Du meinst, um zu ficken, bis wir ins Koma fallen? Zwei ausgedörrte irische Menschen, abgebrannt und erloschen auf dem Bett? Hast du etwa das im Sinn? Bin nicht sicher, ob deine Regierung Lust hätte, sich um die Sauerei zu kümmern.“

„Ich bin jedenfalls mit von der Partie.“ Erneut war sein Lächeln schelmisch.

„Naja, heute ist eh schon morgen, also bin ich das wohl auch“, entgegnete ich.

„Fantastisch, lass uns duschen und etwas ausruhen, dann können wir am Vormittag wieder rangehen.“ Ich wusste, dass er das nicht so unsexy hatte sagen wollen, aber du meine Güte.

„Zu Befehl … Wohlan denn. Wir ruhen uns aus und nehmen das Vögeln dann baldmöglichst wieder auf.“ Ich zwinkerte ihm zu und redete wie ein Matrose.

„Vielleicht auch noch bisschen was zu mampfen, weil wir nach so einer Seeschlacht ja bestimmt ganz schön ausgehungert sind.“ Er tat sein Bestes, meinem Beispiel zu folgen.

„Wir sagen hier nicht mampfen.“ Ich funkelte ihn an. „Frühstück, einfach Frühstück. Du bist in Amerika, benimm dich zivilisiert.“ Scherzhaft gab ich ihm einen Hieb auf die Schulter.

„Naja, wenn du erst mal in Irland bist, ist es mampfen, gewöhn dich dran.“

Wenn ich in Irland bin? Darauf wollte ich jetzt nicht eingehen, ich war viel zu erledigt und müde, um mir Gedanken zu machen. Ich musste mir erst mal die Zähne putzen und die viele Liebe abwaschen.

„Magst du dich in der Badewanne zu mir gesellen? Die ist mega groß, definitiv geräumig genug für zwei. Ich lass mal das Wasser warm werden …“ Er grinste und ich sprang vom Bett, wobei ich den Bademantel in den Wäschekorb im Bad schleuderte.

„Klingt perfekt.“ Ich stand nackt vor ihm und war bereit für alles, was er noch im Sinn haben mochte.

„Du bist perfekt“, meinte er bewundernd.

Er stand ebenfalls auf und drehte das Wasser der Badewanne auf, dann schüttete er etwas von dem Seifenzeug hinein. Ich folgte ihm und schaute ihm dabei zu.

„Probier mal und sag mir, ob die Temperatur so richtig ist für dich“, meinte er mit verschmitztem Lächeln.

Ich ging zur Wanne und bückte mich, um das Wasser zu prüfen. Er trat hinter mich und steckte seinen halbsteifen Schwanz zwischen meine Hinterbacken.

„Du siehst so süß aus, so vornübergebeugt. Ich glaube, du

musst noch mal gestopft werden", kommentierte er. „Hab mir gedacht, wenn wir im Bad sind, könnten wir uns noch eine Runde geben, bevor wir die Äuglein zumachen." Seine Hände umrundeten meine Hüfte und seine Finger begannen meine Klitoris zu befummeln.

„Du bist schrecklich", neckte ich. „Wie kannst du jetzt schon wieder bereit sein? Ich kann kaum noch aufrecht stehen."

„Ah … Nun, ich hatte eine Menge Training." Er rieb seinen Schwanz an mir und spielte mit meiner Pussy, bis das Badewasser hoch genug stand, um hineinzusteigen.

Ich war froh, dass er mich nicht gleich im Stehen nahm, gottseidank. Ich konnte mir nicht vorstellen, schon wieder bereit für etwas so Heftiges zu sein nach dem, was wir gerade getan hatten. Er setzte sich zuerst in die Wanne und deutete mir dann, mich in seinen Schoß zu setzen. Es fühlte sich ein bisschen komisch an, mich auf seinen halbstarken Schwanz zu setzen, während er wieder zu voller Größe heranwuchs. Sobald ich mich auf ihm niedergelassen hatte, nutzte er seine Beine, um mich aufzuspreizen, und spielte dann weiter mit meiner Pussy. Als er mich schon total irre gemacht hatte, schmierte er sich die Hände mit Seife ein und begann meinen Körper mit sanften, liebevollen Bewegungen zu waschen. Er machte mich von Kopf bis Fuß sauber. Ich wollte mich aufrichten und dasselbe für ihn tun, doch er war inzwischen vollends hart und an seinem lüsternen Blick konnte ich erkennen, dass er bereit war für die zweite Runde.

„Du hast eine Menge Stehvermögen", sagte ich und packte seinen Schwanz unterm Wasser.

„Oh, du hast ja keine Ahnung." Ernsthaft?

Dieses Mal saß ich obenauf und genoss einen sinnlichen Ritt. So müde und verbraucht, wie ich nach dem gewaltigen Orgasmus von zuvor war, wünschte ich mir einen lieblichen Abschiedsgruß vor dem Zubettgehen. Wir bewegten uns im Einklang und kamen gemeinsam, ich in seinen Armen zitternd. Er küsste meine Wange.

„Ich bin so froh, dass du hier bist." Seine Stimme war tief und vermengt mit Schläfrigkeit.

„Lass uns ins Bett gehen, wir haben noch einen ganzen Tag zum Spielen", sagte ich, als der Schlaf mich nach zwei Runden Sex und einem warmen Bad zu übermannen drohte.

Wir trockneten uns noch ab und fielen dann nackt ins Bett. Sekunden später schliefen wir beide tief und fest. Ich träumte nicht einmal, ich pennte einfach nur, bis ein unbarmherziges Pochen meinen Kopf zu zertrümmern begann.

„Oh mein Gott, mach, dass es aufhört!", protestierte ich und hob dabei mit Müh und Not meinen Kopf vom Kissen, der das Gewicht eines Zementsacks zu haben schien.

Liam schlief noch immer wie tot an meiner Seite, aber ein Mann in einem gutsitzenden Anzug stand im Wohnzimmerbereich und war damit beschäftigt, unsere Sauerei vom Vorabend aufzuräumen. Mein Herz begann zu rasen und eine Welle der Panik schwappte über mich. Ich konnte meinen Augen nicht trauen. Plötzlich fürchtete ich, Liam könnte irgendeine Art von Schwindler sein, oder schlicht ein Verrückter. Es hätte Sinn ergeben, so wie er nicht für das Essen bezahlt hatte und wie er so zwanglos gewesen war, während er nebenbei in der teuersten Suite des Hotels wohnte. Was auch immer hier abging, er musste aufwachen und sich um den Mann im Wohnzimmer kümmern.

„Liam, wach auf", zischte ich mit einem scharfen Flüstern, das laut genug war, dass sich der Mann umwandte und mich mit versteinertem Blick fixierte. „Liam!", rief ich und raffte alle Decken um mich, wodurch er nun komplett nackt dalag. „Der Prinz von Irland ist in deinem, oder seinem, Wohnzimmer. WACH AUF!" Ich war inzwischen vollkommen hysterisch, als Liam träge die Augen aufzumachen begann.

„Ah, Eure Hoheit, Ihr seid endlich wach. Ich wollte soeben

den Notruf wählen, es ist bereits ein Uhr nachmittags", sagte der Mann in kultiviertem irischem Akzent, der sehr jenem von Liam glich.

Ich drückt mir die Decke vor die Brust und begann unbehaglich zu zappeln. Wo zur Hölle war ich hier hineingeraten?

„Ja, ja." Liam war noch immer groggy und desorientiert. „Streich einfach alles, was heute in meinem Kalender steht, und bestell uns ein komplettes irisches Frühstück." Liam schaute zu mir herüber und lächelte. „James, das ist Avery, Avery … James." Sein Kopf sank zurück aufs Kissen.

Ich tat mein Bestes, mich vor ihm zu verneigen. „Eure Majestät", sagte ich und schämte mich so, dass ich heulen wollte.

Das ließ Liam vor Lachen losprusten. „Ach ja, richtig … Der Prinz von Irland." Er schaute mich an und verstrubbelte mir die Haare. „*Ich* bin der Prinz von Irland." Er küsste meine Lippen und wandte sich an James. „Das wäre dann alles, lass uns bitte allein."

Daraufhin nahm der Mann im Business-Anzug das dreckige Geschirr vom Tisch und verließ das Zimmer. Mein Mund stand weit offen.

Kapitel 6

Liam

Ich hatte vorgehabt, die Kunde von meiner Königlichkeit ein wenig behutsamer zu überbringen, als es im Endeffekt stattgefunden hatte. Ich war mit heruntergelassenen Hosen erwischt worden, sozusagen. So lange hatte selbst ich noch nie im Leben verschlafen, also hatte James sich durchaus berechtigt Sorgen um mich gemacht. Zu seinem Job gehörte unter anderem auch, für meine Sicherheit zu sorgen. Wir hatten da ein Arrangement: Er hatte freien Zugang zu meiner Suite mit der Einschränkung, dass er nur dann in meine Privatsphäre eindrang, wenn es absolut unerlässlich war. Als ich auf mein Handy schaute und erkannte, dass darauf dreiundfünfzig entgangene Anrufe vermerkt waren, verstand ich, dass ihn die Panik dazu getrieben haben musste, Gebrauch von seinem Schlüssel zu machen. Ich wandte mich Avery zu, um mir die Auswirkungen meiner schockierenden Offenbarung anzusehen. Sie zitterte wie Espenlaub und hielt die Bettdecke fest um ihren schönen nackten Körper geklammert.

„Ich nehme mal an, du würdest gerne wissen, was hier los ist?" Ich bot ihr ein warmherziges Lächeln dar, während sie schlicht nickte. „Ich bin der Prinz von Irland. Der Mann, der gerade hier war, ist James, mein treuer Butler. Er ist schon seit vielen Jahren im Dienste der Familie. Er ist stets sehr diskret, du brauchst also nicht so zu zittern." Ich nahm ihre Hand. „Ich wollte es dir nicht gleich erzählen, denn wenn ich den Frauen erzähle, wer ich bin, dann verändert das die Sache meistens. Die kriegen dann ganz glänzende Augen und schauen begierig, weil sie sich wohl denken, dass sie bald Prinzessin werden. Ich wollte nicht, dass du es weißt. Du warst so entzückend und lustig. Ich dachte mir, wenn du weißt, dass ich ein Prinz bin, würde es vielleicht unseren gemeinsamen Moment ruinieren.“ Ich drückte kurz ihre Hand und ließ sie dann los.

„Ich verstehe. Ähm, dann hast du also schon viele Frauen mit ins Bett genommen? Ist das etwas, das man als Prinz so macht?“ Der zittrige Klang ihrer Stimme tat mir weh. Ja, es war das, was ich getan hatte, oft genug, in der Tat, doch mit ihr wollte ich mehr. Sie war etwas Besonderes.

„Das habe ich.“ Ich musste ehrlich zu ihr sein. „Aber Avery, du bist anders.“ So wie sie mich daraufhin ansah, konnte ich erkennen, dass sie mir das nicht abzukaufen gedachte.

„Ach, anders. Sicher.“ Sie war im Handumdrehen wie zugefroren. „Warst du in New York einfach auf eine Nummer aus? Ist das so dein Ding? Tust so, als wärst du ein Prinz, kriegst Frauen rum, lebst eine Weile wie der Pöbel und gehst dann wieder zurück in deinen Palast oben auf dem Hügel?“ Ohh, jetzt geriet sie ganz schön in Fahrt, vielleicht war an ihrer irischen Herkunft ja doch was dran.

„Nun …“ Ich wusste nicht recht, wie ich das Thema meiner vorangegangenen Beziehungen und Bettgeschichten zur Sprache bringen und dabei trotzdem ehrlich bleiben sollte.

Es stimmte, dass ich tatsächlich regelmäßig mit einer Menge Frauen ins Bett stieg, wenn ich in New York war. Ich liebte die Frauen in dieser Stadt, sie waren unabhängig, sexy, entschlossen, so wie mir die Menschen am liebsten waren. Irische Frauen hatten Feuer, aber die New Yorkerinnen hatten eine Art von Charme, den ich wirklich verehrte, und Avery war in dieser Hinsicht keine Ausnahme.

„Auch das habe ich in der Vergangenheit bereits getan, ja.“ Sie ließ den Kopf sinken und ihre Augen konzentrierten sich auf ihre Finger, die nervös die Baumwolldecke zerknüllten. „Du würdest doch nicht wollen, dass ich dich anlüge, oder?“ Ich ließ meine Hand ihr Kinn berühren und hob ihren Blick wieder zu mir.

„Nein, aber ich denke, ich sollte jetzt gehen. Ich … Das … Ich glaube, ich hab einen Fehler gemacht.“ Sie raffte die Decke wieder um sich und rutschte von mir weg, um aus dem Bett zu steigen.

„Inwiefern ändert es irgendetwas, dass ich ein Prinz bin? War ich als Diplomatensohn ansprechender? Hast du angenommen, Diplomaten würden nie Frauen in ihr Hotelzimmer mitnehmen? Was für einen Unterschied macht meine Eigenschaft als Prinz in dieser Sache?“ Die Frage interessierte mich aufrichtig.

„Tut mir leid, Liam … oder Eure Hoheit. Es war ein Fehler, ganz unabhängig von deinem Titel. Ich … Letzte Nacht war ich so hingezogen zu dir, ich hab nicht mehr klar gedacht. Das … So bin ich nicht. Ich bin keine von denen. Ich möchte nicht nur eine weitere Kerbe in deinem Bettpfosten sein. Dafür bin ich mir zu schade. Ich verspreche, dass ich nichts darüber zur Presse sagen werde oder so … Belassen wir es einfach dabei, dass es eine schöne Nacht war. Und schön war sie ja … Danke.“ Sie wollte gerade ins Bad gehen, zweifellos um ihre Kleider zu holen, als ich aufstand, mit wedelnder Morgenlatte, und auf sie zuging.

„Was? Ist meine Schlafzimmerfrisur so abtörnend? Oder rennst du wegen meiner Adligkeit davon? Nichts hat sich geändert außer einem Titel vor meinem Namen.“ Ich strich mir die Haare glatt, denn ich wusste, wie zerzaust und komisch sie morgens immer aussahen. „Wenigstens fandst du auch, dass es gestern schön war. Ich hatte mir schon Sorgen gemacht. Und der Presse kannst du sagen, was du möchtest, ein bisschen Presse ist eigentlich nie verkehrt.“ Ich wollte eigentlich nur die Stimmung auflockern, doch in Wahrheit verletzte ich sie damit ungewollt.

„Ich werde deshalb nichts sagen, weil ich nicht als Schlampe gelten will. So läuft das bei mir nicht.“ Und damit zog sie sich ins Badezimmer zurück und machte die Tür mit solcher Entschlossenheit hinter sich zu, dass es einem Knallen schon sehr nahekam.

Ich hatte auf jeden Fall Talent mit Frauen. Ich liebte sie alle und hatte viele von ihnen, und das oft. Ich war als der Playboy-Prinz bekannt. Deswegen war es so entscheidend für meinen Vater, dass ich Lucy heiratete, um meine Schürzenjägerei hinter mir zu lassen. Aber wenn man inmitten einer Blumenwiese stand, wie sollte man sich da nicht die eine oder andere pflücken? Ich musste meine Art ändern, doch Lucy war nicht die Veränderung, die ich brauchte. Avery aber vielleicht schon. Genau genommen hatte ich allerdings keine wirkliche Absicht, mich wahrhaftig zu ändern. Ich wollte nicht bloß eine Frau haben, dafür gab es auf der Welt einfach viel zu viele von ihnen. Doch um König zu werden und meine Familie milde zu stimmen, würde ich ein paar Jahre opfern. Ich würde jemanden heiraten, zweikommafünf Kinder raushauen, mich dann scheiden lassen, einen Skandal anzetteln und … danach noch immer der König sein.

Da kam der Gedanke ins Spiel. Avery war brandneu. Ich hatte sie erst zwei Mal flachgelegt, ich kannte sie kaum, sie würde daher perfekt in meinen Plan passen, wenn ich sie nur dazu bringen konnte, ihm zuzustimmen. Angesichts der Tatsache, dass sie gerade mehr oder weniger davongestürmt war, würde das wohl keine allzu leichte Aufgabe werden. Doch wenn ich sie überzeugen konnte, dann würden wir eine Vereinbarung aushandeln, wo ich sie heiraten würde, wir zwei Kinder miteinander bekamen und uns dann scheiden ließen. Ich würde ihr genug Geld überlassen, um für sie und die Kinder ein Leben lang vorzusorgen, und sie konnte ja bestimmt auch in Irland Arbeit als Modedesignerin finden, sobald ihre verpflichtenden Jahre als meine Königin zu Ende waren. Eingenommen von meiner verrückten und doch sehr praktischen Idee, klopfte ich sanft an die Badezimmertür.

„Avery? Könnte ich bitte noch eine Unterhaltung mit dir haben, bevor du dich davonmachst? Ich verstehe ja, dass das irgendwie dramatisch ist, aber ich habe etwas, das ich mit dir besprechen möchte. Entschuldige bitte, dass ich dir nicht vorher erzählt habe, dass ich ein Prinz bin, das war hinterlistig und es tut mir leid.“ Ich presste mein Ohr an die Tür und hoffte, dass ich sie dahinter nicht würde schluchzen hören.

Manche Frauen konnten so schrecklich emotional sein. Avery schien mir dafür zwar nicht der Typ zu sein, aber ich konnte es nicht wissen. Langsam öffnete sich die Tür und sie war komplett bekleidet. Ich war enttäuscht, ich hätte mir gewünscht, den Rest des Tages mit ihr Sex zu haben, doch dass sie sich fix und fertig angezogen hatte, war ein deutliches Zeichen, dass sie von diesem Plan abgewichen war.

„Es ist nicht nur, dass du ein Prinz bist, auch wenn ich wünschte, du hättest mir das vorher gesagt, damit ich eine begründetere Wahl darüber hätte treffen können, was wir gestern gemacht haben." Ihre Stimme war abwesend und leise.

„Wärst du nicht in meine Suite gekommen, wenn du gewusst hättest, dass ich ein Prinz bin?" Das schockierte mich ein wenig, denn für gewöhnlich war es andersherum.

„Ich weiß nicht. Wahrscheinlich hätte ich dich dann vorher besser kennenlernen wollen." Sie schien ihre innere Kraft und Tapferkeit zusammenzunehmen.

„Das ist merkwürdig, warum? Du wolltest mich gestern Nacht ja auch nicht allzu tiefschürfend kennenlernen. One-Night-Stands werden angetrieben von Lust und Verlangen, davon hatten wir beide reichlich, und wir haben unsere Rechte als Erwachsene eingelöst, einvernehmlichen Sex miteinander zu genießen. Moralische Gesetze sind das Einzige, was uns davon abhält, daran Vergnügen zu finden, wonach wir uns sehnen, und die zählen schon seit dem finsteren Mittelalter nichts mehr. Ich sehe nicht ein, weshalb die Tatsache, dass ich ein Prinz bin, auch nur eine Sekunde dessen ändern sollte, was wir gestern Nacht miteinander geteilt haben. Was sehr angenehm war, wie ich hinzufügen möchte. Ich hatte stark damit gerechnet, mich heute noch weiter mit dir vergnügen zu können … Den ganzen Tag lang." Schon wenn ich sie mir nur nackt vorstellte, wurde ich sowas von geil.

„Naja, als normaler Typ dürftest du problemlos One-Night-Stands haben. Als Prinz, bin ich ziemlich sicher, sind diese Freiheiten eingeschränkt. Und vor allem will ich nicht eine von vielen Frauen sein, die der Prinz von Irland flachgelegt hat.“ Ihr Gesicht wurde wieder traurig.

„Du wärst lieber eine von den Frauen, die der Konsul von Irland flachgelegt hat? Ist das erstrebenswerter?“ Ich verstand ihre Logik einfach nicht.

„Ich weiß nicht, was ich eigentlich sagen will.“ Sie sah aus, als würde sie gleich weinen. „Ich muss gehen.“

„Bitte, geh nicht. Du bist nicht einfach nur eine Frau, die ich flachgelegt habe. Ob ich nun Prinz, Konsul oder Rauchfangkehrer bin, es macht keinen Unterschied, du bist eine wunderbare Frau, die ich gerade eben erst kennengelernt habe. Die Nacht mit dem tollen Sex war Teil des ‚Kennenlern-Pakets‘. Ich hab nicht die Absicht, dich einfach mit einer kurzen Verabschiedung und einem Dankeschön vor die Tür zu setzen. Und ich hab auch keine Kerben im Bettpfosten, ich verunstalte schließlich nicht mein teures Mobiliar. Ich habe dich gebeten, mit mir den Tag zu verbringen. Ich hatte gehofft, wir würden ihn damit verbringen, unsere Körper besser kennenzulernen, aber wenn du lieber etwas anderes tun würdest, ist das für mich auch fein. Ich möchte einfach Zeit mit dir verbringen. Ich möchte dich noch nicht gehen lassen. Ich wäre wirklich geknickt, solltest du einfach zur Tür hinausmarschieren … Ich gebe schon zu, dass die meisten meiner bisherigen Dates es nicht bis zum zweiten Tag geschafft haben. Also in diesem Sinne bist du schon jetzt anders.“ Das war sie … Wahre Aufrichtigkeit.

Es hatte erst eine Frau gegeben, der ich so viel von mir dargeboten hatte. Ich hatte in der Highschool eine Freundin gehabt, Leann Ivory, sie war mein erster Schwarm gewesen. Ich war fünfzehn und sie siebzehn, eine skandalös ältere Frau also. Ich neckte sie unerbittlich und sie spielte geduldig mit. Als der Sommer gekommen war, nach dem ich nach New York ziehen sollte, brachte ich sie endlich dazu, mit mir zu schlafen. Sie ging bereits zur Uni und ich würde für mindestens vier Jahre weg sein. Inzwischen hatte sie begonnen, echte Gefühle für mich zu haben, und ich war sowieso verrückt nach ihr.

Sie nahm mir sanft die Jungfräulichkeit und ich war ihr ergeben, bis es für mich an der Zeit war zu gehen. Es war in der Nacht, bevor ich nach New York ziehen sollte, als sie mir erzählte, dass sie verlobt war. Sie brach mir das Herz. Ich musste wissen, wieso sie nicht auf mich warten wollte, und sie sagte, dass sie kein Teil der Königsfamilie sein wollte. Sie hatte im Jahr zuvor einen netten Jungen kennengelernt, der wohlhabend und hingebungsvoll war, und er hatte kurz zuvor um ihre Hand angehalten. Sie hatte seinen Antrag angenommen und war dann zu mir gekommen, um sich in mein Bett zu legen. Ich machte es ihr zum Vorwurf, dass sie ihren Verlobten betrogen hatte, doch sie wischte das beiseite und sagte, sie habe ihn ja mit mir betrogen und dass ich eine Ausnahme sei, die er würde hinnehmen müssen.

Offenbar nahm er es jedoch nicht sehr wohlwollend hin und löste die Verlobung, als sie es ihm erzählte. Ich achtete sie jedoch für diesen Schritt. Und ich freute mich so, denn jetzt konnte sie wieder mein sein. Ich überraschte sie sogar, indem ich in einen Flieger stieg, gleich nachdem sie mich in Tränen aufgelöst angerufen hatte. Ich stellte mich mit Blumen in der Hand und Kondomen in der Tasche vor ihre Tür, doch sie schickte mich weg. Sie ließ mich nicht einmal herein. Sie sagte, sie liebte mich nicht, dass sie mich nie geliebt hätte und dass es keinen Sinn hätte, mir weiter etwas vorzumachen. Sie sei bereits wieder bei einem anderen Mann und das sei der eigentliche Grund für das Ende der Verlobung, aber wir sollten Freunde bleiben, wenn ich ihre Freundschaft akzeptieren könnte. Zwei Jahre später hatte sie jenen Mann geheiratet, mit dem sie noch immer lebte und mit dem sie inzwischen vier Kinder hatte.

Nach Leann hatte ich so viele Frauen gehabt, wie ich nur konnte. Über die Jahre war ich dann wählerischer geworden, doch während des Colleges war mein Bett selten leer geblieben. Nach dem Studium war ich diskreter geworden und hatte nun seit über einem Monat mit niemandem geschlafen, bevor ich Avery kennenlernte. Ich war nicht so recht sicher, ob ich irgendetwas anderes sein konnte als ein Playboy, aber ich war immer mal wieder auch ohne Frauen ausgekommen, zum einen etwa während meines verpflichtenden Militärdienstes und zum anderen, als mir eine meiner Geliebten Streptokokken verpasst hatte, woraufhin ich den Frauen für eine Weile abschwor.

Endlich hellte ein Lächeln Averys Gesicht auf. „Ich bin ein bisschen paranoid, sorry, das heute Morgen hat mich echt total erschreckt."

„Verständlich." Es klopfte und ich schnappte mir ein Handtuch von der Wand, band es mir um die Hüfte und bedeckte meinen noch immer aufgerichteten Schwanz. „Das ist bestimmt unser Frühstück … oder eher Mittagessen."

Ich ging zur Tür und tatsächlich war es der Zimmerservice mit dem Essen. Ich hatte bezweifelt, dass das Four Seasons ein komplettes irisches Frühstück auf der Karte hatte, doch zu meiner Überraschung kam es der Sache recht nahe. Es gab Eier, Baked Beans, Würstchen, gebratene Tomaten, Orangensaft und Tee. Eine saubere Leistung, musste ich zugeben. „Das sieht fantastisch aus, danke sehr", sagte ich zum Pagen.

„Soll ich das für Sie anrichten?", fragte er vorsichtig angesichts meiner Aufmachung.

„Nein, danke. Lassen Sie einfach alles auf dem Wagen." Er verneigte sich leicht und schloss dann die Tür. „Das Essen ist da." Ich lächelte Avery zu. „Ein komplettes irisches Frühstück, eine herzhafte Mahlzeit zur Vorbereitung auf was auch immer wir heute noch zu tun gedenken." Ich zwinkerte. „Darf ich dir eine Tasse Tee eingießen?"

„Ich trinke normalerweise Kaffee, aber ja, Tee klingt gut." Sie ließ den Blick über das Mahl wandern und lächelte. „Das sieht alles recht normal aus."

„Ja, nirgends Blut oder Innereien drin. Wir sollten aber wohl die Würstchen zuerst essen, bevor die kalt werden." Ich versuchte meine unangenehme Erektion zu ignorieren. Normalerweise ging ich einfach pinkeln und dem Ding ging dann die Luft aus, also fasste ich das als nächsten Programmpunkt ins Auge.

„Sieht prächtig aus." Ihre lüsternen Augen waren allerdings nicht auf das Essen gerichtet, sondern viel mehr auf mich und meinen prekären Zustand.

„Ich geh nur noch schnell auf den Lokus." Ich machte einen kurzen Abgang zur Toilette, was aber mein Problem nicht löste. Ich kehrte zu Avery zurück, ebenso geil und erregt wie zuvor.

„Hmmm, sieht ja fast so aus, als hättet Ihr da gewisse Schwierigkeiten, Eure Hoheit", scherzte sie mit einem Starren, das einem Pfarrer die Kutte wegschmelzen hätte können.

„Sieht fast so aus." Ich zuckte beiläufig die Achseln.

„Warum schenkst du uns nicht den Tee ein und ich seh inzwischen mal, was ich da machen kann." Sie kam herüber zu mir, ging vor mir auf die Knie und lüftete mein Handtuch, um sich gleich daran zu machen, die Spitze meines Schwanzes zu küssen, die schmerzhaft geschwollen war.

Ihre Zunge massierte meine Eichel und ihre Lippen sogen mich sanft in ihren Mund. Instinktiv langte meine Hand nach ihrem Hinterkopf und drückte sie fester auf meinen Schwanz. Ihre Zunge schlang sich um den Ansatz meines Schafts und glitt auf und ab, während ihr Kopf leicht wippte. Sie schluckte den Speichel, der sich geformt hatte, und ein sanftes, zuckersüßes Gefühl stieg in mir auf. Ich hielt es nicht mehr länger aus, entweder musste ich ihr meinen Schwanz tief in die Kehle stopfen, was in meinen Augen unpassend war für einen Gentleman, oder aber ich beugte sie über den Stuhl am Esstisch und fickte ihr die Seele aus dem Leib. Ich entschied mich für Zweiteres. Ich packte ihre Schultern und flüsterte ihr rau ins Ohr. Ich hoffte, sie würde verstehen, dass ich unter der Agonie der Leidenschaft litt und nicht etwa einfach nur ein Arschloch war.

„Dreh dich um." Ich schob sie zum Stuhl und drückte meine Hand in ihr Kreuz, damit sie sich bückte. „Kann ich dich haben?", fragte ich nach ihrem Einverständnis.

„Ja", hauchte sie kaum hörbar, woraufhin ich ihren Rock über ihren hübschen Hintern schob und ihre Spitzenunterwäsche zu ihren Knien hinab zog, um dann mit meinen Beinen ihre auseinander zu drücken.

Ihre Pussy war schon ganz schön feucht, als meine Finger dort ankamen, ich drückte und zwickte ihre Klitoris grob und sie begann unter meiner Hand zu zucken. Sie war bereit für mich. Es würde schnell und wild werden. Zum einen wollte ich nicht, dass unser Frühstück kalt wurde, doch mehr noch musste ich sie einfach haben, sofort. Ich hatte es ernst gemeint, als ich ihr sagte, dass ich den Tag mit ihr im Bett verbringen wollte. Ich tauchte direkt in sie ein und füllte sie bis zum Anschlag aus, sie zuckte zusammen und schrie vor Ekstase.

„Sorry, Liebling." Ich rammte mich in sie. „Aber du treibst mich in den Wahnsinn." Ich hämmerte weiter und genoss das Gefühl, tief in ihrer wunderschönen engen Pussy begraben zu sein.

Ihre Hände klammerten sich an meine Arme und ich hielt sie fest, ohne meinen Ansturm zu verlangsamen.

„Oh mein Gott, Liam." Ihr Kopf krümmte sich nach hinten und sie ruckte so fest sie konnte gegen mich. „Gott, oh Gott, oh mein Gott …" Sie war kurz vorm Kommen, ich konnte ihre winzige Pussy schon zupacken spüren … Verflucht, ihr Beckenboden würde noch mein Ende sein.

Ich schlang meine Hand um ihre Hüfte, ihr Kopf lag an meiner Schulter, und packte sie eisern, während ich sie von hinten durchfickte. Es dauerte nicht mehr lange, bis ich explodierte. Ich schaffte es gerade noch in letzter Sekunde aus ihr heraus.

Kapitel 7

Avery

Dieser Mann verdrehte mir ernsthaft den Kopf. Ich wusste auch nicht wirklich, wieso es mir etwas ausmachte, dass er gelogen und verheimlicht hatte, dass er ein Prinz war. Hätte ich in seinen Schuhen gesteckt, hätte ich womöglich dasselbe getan. Was mich störte, war wohl, dass er vorgegeben hatte, jemand anderes zu sein, um eine Frau für die Nacht zu bekommen, sich seinen Kick zu holen und um dann wieder zu seinem anständigen Ich zurückzukehren, sobald er zu Hause war. Nicht, dass ich etwas darüber gewusst hätte, ob der Prinz von Irland ein anständiger Mensch war, vielleicht war er es auch nicht. Bis gestern Abend hatte ich ja nicht einmal gewusst, dass so etwas wie ein Prinz von Irland überhaupt existierte.

Der One-Night-Stand war ja okay für mich gewesen. Also hätte für mich auch okay sein sollen, wer er auch immer sein mochte. Es wäre sowieso nie zu mehr gekommen als jener einen Nacht, er würde bald wieder zurück in Irland sein, doch aus irgendeinem Grund fühlte ich mich dennoch so, als wäre ich in eine Falle getappt. Und dann ließ ich ihn erneut Sex mit mir haben und es war aggressiv, heiß und sexy. Nachdem wir fertig waren, konnte ich nicht einmal mehr sprechen. Ich zog einfach mein Höschen wieder nach oben, richtete meinen Rock und setzte mich vor den Teller Essen, den er mir hingestellt hatte, bevor es losgegangen war. Ich saß einfach nur da und aß einen Bissen nach dem anderen, benommen wie ich war.

„Geht's dir gut?" Die Frage klang sehr aufrichtig.

„Du hast mein Gehirn durcheinandergebracht", faselte ich wie ein Zombie.

„Na, dann sind wir ja schon zwei." Er nahm einen Bissen von seinem Essen und fixierte mich.

„Wie das? Ich hatte bisher genau vier Typen. Du?" Ich funkelte ihn an und hoffte, einen Streit vom Zaun zu brechen, damit ich ihn verabscheuen und einfach nach Hause gehen konnte.

„Oooh, okay, deutlich mehr als vier Frauen. Da hast du mich erwischt." Er grinste unschuldig.

„Wie viele, was würdest du sagen?" Ich spießte ein ganzes Würstchen auf und biss ein Ende davon ab, des Effektes wegen.

Er gab vor, brüskiert zu sein. „Nennst du mich etwa eine Schlampe?"

„Bist du denn eine Schlampe?" Ich kaute gemächlich.

„Ich habe ein solides Bedürfnis nach Sex mit einer Buntheit an Frauen. Mir gefällt es, mein Recht auszuleben, mich in alle Richtungen umzusehen." Er schnitt seine Tomate in der Hälfte auseinander und ließ die Zinken seiner Gabel mit deren Mitte spielen. Es war sehr erotisch, wenn man sich mit etwas Fantasie vorstellte, was diese Tomate noch so alles hätte sein können. „Doch leider geht meine internationale Tournee auf dem Gebiet der Weiblichkeit ihrem Ende entgegen." Er legte sich die Tomate in den Mund und nuckelte die Samen heraus. Alles sehr schräg und leider total sexy.

„Warum?" Jetzt hatte er meine Neugier geweckt. „Warum solltest du jetzt aufhören herumzuvögeln? So wie's aussieht, hast du doch einen Mordsspaß damit."

„Ich werde bald den Thron einnehmen müssen, und zwar gemeinsam mit einer Ehefrau." Er nahm noch einen Bissen und sagte nichts weiter dazu.

„Oh." Das Herz war mir bis unter die Gürtellinie gerutscht. „Dann hast du also schon jemanden dafür ausgewählt?" Plötzlich war ich so gar nicht mehr hungrig, der Tag war soeben um ein Vielfaches schlimmer geworden.

Ich schwor mir, dass ich nach dem Frühstück definitiv verschwinden und nie wieder an Liam zurückdenken würde. Ich traf außerdem eine Abmachung mit mir selbst, dass ich zu niemandem ein Sterbenswörtchen über den Sex mit ihm verlieren würde. Ich würde maximal erzählen, dass ich bei ihm gepennt hatte, weil ich zu besoffen gewesen war, um heimzugehen.

„Nö." Sein intensiver Blick bohrte sich in mich. „Ich hab nicht den geringsten Plan."

„Wann musst du verheiratet sein?" Wie zur Hölle konnte es sein, dass er heiraten sollte, aber noch niemanden hatte?

„Gestern. Letztes Jahr, vor vielen Jahren. Aber auf jeden Fall, bevor ich in ein paar Monaten vierzig werde. Ich muss mich also sputen, um die nächste Königin von Irland zu finden."

„Du willst mich doch wohl wirklich verscheißern? Sind Königreiche nicht super pingelig bei solchen Sachen? Ich mein, Disney zufolge werdet ihr doch alle gleich bei der Geburt an irgendwen versprochen?"

„Für gewöhnlich, aber ich war ein sturer kleiner Bock. Ich hab jede einzelne von ihnen abgelehnt. Es gab da eine spezielle Dame für mich, aber es sollte nicht sein. Und jetzt bleibt mir nichts anderes übrig, als schleunigst jemanden zu finden. Ich wurde nämlich unglücklicherweise tatsächlich schon in sehr jungen Jahren an jemanden versprochen, aber es ist nichts wirklich Offizielles und deshalb auch nicht streng bindend." Er schlürfte von seinem Tee und wirkte weniger besorgt, als er meiner Meinung nach hätte sein sollen.

„Und das stresst dich nicht?" Ich war so fasziniert, dass ich die Eifersucht ganz vergaß.

„Ich sorge mich schon, aber ich glaube, ich habe da einen Plan." Seine Augen verengten sich zu Schlitzen und funkelten verschlagen.

„Und wie soll der aussehen?" Ich versuchte seinen Gesichtsausdruck zu imitieren.

„Ich heirate einfach dich."

Ich verschluckte mich an meinem Würstchen – geschah mir

wohl recht dafür, dass ich mit meinem Essen gespielt hatte.

Ich rang wirklich nach Luft, was Liam so erschreckte, dass er aufsprang, sich hinter mich stellte und mir ein paar heftige Hiebe mit der flachen Hand auf den Rücken gab, was im Grunde nur dazu führte, dass mir der Buckel wehtat, aber nach einer Weile beruhigte ich mich allmählich und konnte wieder normal atmen.

„Du willst *was*?“, bellte ich schließlich.

„Dich heiraten“, entgegnete er, nun wieder gelassen.

„Und wie genau soll das funktionieren?“ Ich hatte mich nur mit Mühe wieder gesammelt.

„Naja, wir gehen in eine Kirche, du trägst ein riesiges, abscheuliches weißes Kleid, dann feiern und trinken wir, tun ein bisschen was von dem, was wir gestern Nacht getan haben, und machen meinem Vater einen Prinzen und eine Prinzessin, die er verhätscheln kann.“ Er konnte mich ja wohl nur verarschen.

„Du bist witzig.“ Ich schüttelte den Kopf. „Du hast einen schrägen Sinn für Humor. Keine Ahnung, was ich davon halten soll, aber du bringst mich jedenfalls zum Lachen.“

„Nun, Darling, es freut mich, dass du mich amüsant findest. Ich finde, du bist wunderbar erfrischend, unglaublich schön, talentiert und wahrscheinlich die erotischste Frau, die mir je begegnet ist, denn du bietest das Komplettpaket. Ich sehe keinen Grund, weiterzusuchen. Du bist eine Frau, die ich heiraten könnte, also lass uns heiraten.“ Er beharrte weiter auf seinem kranken kleinen Scherz.

„Liam, lass gut sein. Es ist nicht mehr lustig.“ Ich nahm einen großen Schluck Tee, um mein rasendes Herz zu beruhigen.

„Ich will gar nicht lustig sein. Ich muss in den nächsten paar Monaten eine Frau heiraten, je früher desto besser. Bei der Hochzeit darf sie noch nicht schwanger sein, jedenfalls nicht erkennbar, muss jedoch kurz darauf schwanger werden, spätestens nach einem Monat. Es gibt in Irland eine Frau, die dieser Tage auf jene Rolle eingeschworen wird. Sie ist folgsam, schüchtern, mausgrau und öde.

Sie und ich haben bereits mehrfach ausgiebig die Tatsache besprochen, dass ich nicht daran interessiert bin, ihr Mann zu sein. Da sie dafür auserkoren wurde, hat sie ihrem Schicksal jedoch zugestimmt und richtet sich nach wie vor darauf ein. Wir haben einen Burgfrieden geschlossen. Sollte ich niemanden zum Heiraten finden, bevor wir in die Ehe gezwungen werden, würden wir lange genug zusammenbleiben, um zwei Kinder zu zeugen, und dann würden wir uns scheiden lassen, wobei sie eine unfassbar hohe Abfindung und sehr großzügige Alimente erhält. Ich bin sicher, dass sie insgeheim denkt, ich würde mich dann schon in sie verlieben, aber die Chancen dafür sind eher gering."

„Die arme Frau." Wenn ich mir Liams Story so anhörte, begann ich mich immer weniger um mich selbst zu sorgen und mehr um die Person, die Liam heiraten musste, seine Kinder austragen und Königin spielen, alles in dem Wissen, dass er sie niemals lieben würde.

„Absolut nicht arm, sie wird dadurch am Ende eine reiche, unabhängige Frau sein. Tatsächlich wurden und werden solche Arrangements auch in echten Monarchien häufig getroffen. Bis zu den Hochzeiten der heutigen britischen Royals war es überhaupt völlig unüblich, dass Prinzen aus Liebe heiraten. Liebe wurde nie berücksichtigt. Ihr steht es offen, sich jemanden zu suchen, der sie liebt, jemanden, der in ein paar Jahren ihr Ehemann sein könnte, doch sie hat sich gegen diesen Weg entschieden. Ich habe ihr weiß Gott wiederholt die Erlaubnis dazu ausgesprochen und sollte sie mich darum bitten, würde ich ihr diese Erlaubnis jederzeit wieder geben."

„Und? Ähm … Warum ich?" Ich bekam fast einen Herzinfarkt, allein durch das Formulieren dieser Frage.

„Ich finde dich aufregend. Und weil wir praktisch nichts über einander wissen, wird es noch ein ganzes Universum zu entdecken geben." Seine Augen begannen zu funkeln. „Außerdem habe ich keine Zeit mehr."

„Was, wenn du mich am Ende hasst?“ Plötzlich war mir schlecht.

„Wir würden dieselbe Art von Vereinbarung eingehen, wie ich sie mit Lucy habe. Ist alles schon von meiner Anwältin aufgesetzt, wir müssten nur die Namen ändern. Mein Vater hat eine unbestimmte Vorstellung davon, dass ich sowas vorhabe, aber es ist ihm egal. Eine Scheidung wird für unsere Prestigemonarchie nicht schön, vor allem in einem so katholischen Land, aber ich bin in der Presse schon lange das schwarze Schaf, eine Story mehr trübt das Bild da auch nicht mehr. Ich würde in den Jahren vor der Scheidung versuchen, die öffentliche Meinung von mir ein wenig in eine andere Richtung zu lenken.“

„Und was würde ich während einer solchen Ehe dann tun? Ich hab hier eine aufblühende Karriere und eine Modemarke, und wenn ich mit dir Kinder hätte, müsste ich dann nicht in Irland bleiben? Ich meine, man würde mich ja wohl nicht einfach ziehen lassen mitsamt den kleinen Prinzen und Prinzessinnen?“ Die ganze Angelegenheit machte mich allmählich sauer.

„Du könntest von zu Hause aus arbeiten und Irland ist nicht so weit weg von New York – nur ein Siebenstundenflug, eine Tagesreise. Du könntest oft herkommen, speziell für Benefizveranstaltungen wie gestern. Mein Königreich würde das nur zu gern unterstützen.“

Während ich immer weiter von ihm wegrückte, kam er immer näher. Vermutlich machte ihn schon die Tatsache, dass ich überhaupt mit ihm über seinen verrückten Vorschlag redete, ganz aufgeregt.

„Wie genau würde das dann für mich aussehen?“ Warum fragte ich sowas überhaupt?

„Nun, solltest du zustimmen, würde ich dir gleich heute einen Vertrag vorlegen. Wir würden den Tag mit Sex oder Sightseeing verbringen, was immer dir lieber ist. In der kommenden Woche würden wir dann zu verschiedenen Veranstaltungen hier in New

York gehen, die meine PR-Agentur organisiert, damit wir möglichst in die Schlagzeilen kommen. Dann würdest du deine Sachen packen und mit mir nach Irland kommen. Dort würden wir dann eine Verlobungsparty feiern und unsere Hochzeit planen. Da eine königliche Hochzeit so eine riesen Sache ist, würdest du daneben wohl nicht viel anderes erledigt bekommen, was immer du also in deinem Terminkalender hast, würde um ein paar Monate nach hinten verschoben werden müssen. Dann würden wir die Hochzeit feiern und irgendwann würdest du die Pille absetzen. Mein Vorschlag ist, falls du die Verträge unterzeichnest, solltest du das heute schon machen, damit dein Körper Zeit hat, sich auf die Empfängnis einzustellen. Dann fahren wir irgendwo schick und nobel in die Flitterwochen und zeigen uns dabei wieder in der Öffentlichkeit. Wir machen noch eine Publicitytour, sobald du ein kleines Babybäuchlein bekommen hast, ich werde zum König gekrönt, wir bekommen unseren ersten hoheitlichen Nachwuchs. Wir legen ein Jahr Pause ein und machen uns dann an Baby Nummer zwei, denn es ist Brauch, dass man für die Thronfolge einen Ersatz benötigt. Da meine Eltern mich selbst erst spät bekommen haben und dann kein zweites Kind mehr kriegen konnten, ist das eine nicht verhandelbare Bedingung des Vertrags. Sobald Baby Nummer zwei herumkrabbelt, können wir mit der Scheidungsvorbereitung anfangen. Das ganze Prozedere dauert, wenn im biologischen Sinne alles gut läuft, etwa fünf Jahre. Der Vertrag läuft über sieben, kann aber, wenn alle Punkte erfüllt sind, nach fünf schon aufgelöst werden. Und, ähm … Mein Vater wünscht sich steif und fest vier Enkelkinder. Ich habe viel mit ihm gestritten, um das aus der Abmachung nehmen zu können, aber es würde ihn bestimmt zugänglicher machen, wenn wir uns erst nach Baby Nummer drei scheiden lassen."

„Wow." Ich war so überwältigt, dass mein Herz und mein Hirn ein einziges Knäuel waren. „Und im unwahrscheinlichen Fall, dass wir uns nicht hassen und es mit einer echten Ehe versuchen wollen? Gibt's da auch einen Vertrag dafür?"

„Ja, es gibt einen Zusatz, der besagt, dass die Bedingungen

überarbeitet werden können. In diesem Fall kann etwa in einen Ehevertrag oder auch eine simple Erklärung unsererseits aufgenommen werden, dass wir beabsichtigen, verheiratet zu bleiben, so wie jedes andere normale Ehepaar auch."

„Ist das der Grund, weshalb du dir solche Sorgen wegen einer ungewollten Schwangerschaft gemacht hast? Weil es deinen ganzen Plan von der vertraglich geregelten Ehe zunichtemachen würde?" Ich begann allmählich zu begreifen, wie dieser Mann seine Welt lenkte.

„Ja. Es hätte unsere Wahlmöglichkeiten in der Angelegenheit eingeschränkt. Ich wäre verpflichtet gewesen, dich zu heiraten, ob du es wolltest oder nicht. Entweder das oder das Kind hätte verheimlicht werden müssen. Die Monarchie folgt noch immer Regeln, die es uns kaum erlauben, gemäß unseren modernen Zeiten zu leben. Wärst du also ungewollt schwanger, würden wir zwangsläufig eine Hochzeit planen."

„Ich verstehe, na dann, danke. Schätze ich."

„Naja, mach dich auf was gefasst, mein Vater hofft insgeheim sogar auf fünf Kinder."

„Fünf? Oh mein Gott, nein. Wie soll das gehen?" Ich lachte und versuchte damit die Spannung zu lösen, die meinen Magen umklammert hielt.

„Genau wie wir es vorhin gemacht haben, außer dass ich in dir bleiben darf. Und, überlegst du es dir?" Seine Stimme spiegelte seine Erregung wider.

„Nein, ich war nur neugierig." Ich enttäuschte ungern seine Hoffnungen, aber auf keinen Fall kam in Frage, dass ich jemanden zum Schein heiraten würde.

„Es wäre eine Menge Geld drin für dich. Ich rede von einer Million Dollar", sagte er, als könnte mich so etwas locken.

„Nein, danke. So läuft das bei mir nicht. Ich brauche dein Geld nicht und will es auch nicht. Ich würde lieber verhungern als mich zum Verkauf preiszugeben, aber trotzdem danke." Ich lächelte und hoffte, dass ihm mein Sarkasmus nichts ausmachte. Ich wollte inzwischen einfach nur weg.

„Okay, Geld ist also kein Anreiz, das macht dich für mich nur noch begehrenswerter, möchte ich dir sagen.“ Sein Blick war wieder lüstern geworden.

„Na, ich vermute, die Nächste, die du aufreißt, wird leichter zu kaufen sein.“ Ich senkte den Blick zu meinem Teller hinab und bemerkte, dass ich wirklich keinen Hunger mehr hatte. Die Unterhaltung hatte mir den Magen verdorben.

„Sieh mal, das Problem ist, ich will gar nicht, dass es eine Nächste gibt. Für mich bist du genau das, wonach ich suche. Du bist leicht und unabhängig und trotzdem glaube ich, dass du dich bei einer muffigen königlichen Verlobungsparty gut machen würdest. Du bist so wunderschön, dass die Presse uns als Paar bestimmt anhimmeln würde … Jedenfalls hat mir alles, was wir bisher gemeinsam gemacht haben, so gefallen, dass ich dich in aller Aufrichtigkeit bitte, mich zu heiraten. Ich lasse dir ein paar Tage Bedenkzeit, aber viel mehr kann ich dir leider nicht geben. Denk dran, du heiratest mich nicht wirklich und es ist nicht für immer. Wenn du mich verlässt, bist du Mutter und obendrein reicher, als du es dir je erträumt hast. Du würdest wohl nach Irland umziehen müssen, aber ich würde dafür sorgen, dass du so oft nach New York kommen kannst, wie du möchtest. Nichts würde sich ändern …“ Er wollte mir doch wirklich diesen Blödsinn verkaufen.

„Außer, dass sich alles ändern würde. Ich glaube nicht, dass so etwas mein Ding ist, Liam.“ Ich legte meine Gabel hin, wischte mir den Mund mit der Stoffserviette ab und stand auf. „Ich denke, ich werde jetzt nach Hause gehen.“

„Du hast versprochen, den Tag mit mir zu verbringen. Nichts hat sich geändert. Ich hab nur meine Absichten preisgegeben und was den Tag heute betrifft, akzeptiere ich kein nein. Ich gebe dir zwei Tage, um mein Angebot zu überdenken. Und einen dieser zwei Tage möchte ich, dass du ihn mit mir verbringst, bitte. Wenn du ja sagst, kann ich währenddessen meine Frau kennenlernen, sagst du nein, genieße ich die kostbare Zeit mit dir, bevor ich eine heiraten muss, mit der ich wirklich absolut nicht verheiratet sein will. Also bitte, tu mir den Gefallen. Ich weiß, du willst es auch, ich kann die Unentschlossenheit in deinen Augen sehen."

Er hatte recht, ich fühlte mich in die Enge getrieben und wusste nicht, was ich tun sollte.

„Zehn Millionen Dollar", sagte ich in der Absicht, ihn abzuschrecken.

„Einverstanden", entgegnete er, ohne zu zögern.

Mir fehlten die Worte.

Kapitel 8

Liam

Zehn Millionen Dollar zahlte ich nur zu gern. Kinderspiel. Viel wichtiger für mich war, dass ich sie nicht entkommen lassen durfte. Sie war wirklich die interessanteste Frau, die ich seit langem kennengelernt hatte. Das musste ich ihr verklickern. Sie stand vor mir und schickte sich an, ihre Sachen zu nehmen. Ich hatte nach dem Aufstehen bereits Sex mit ihr gehabt, damit würde ich sie also nicht halten können, also ging ich meine anderen Optionen durch.

„Du würdest mir wirklich so viel Geld zahlen?", fragte sie ungläubig.

„Wirklich. Aber lass uns lieber darüber reden, was wir mit dem Rest des Tages anfangen wollen. Wenn ich uns für heute Abend Tickets für Hamilton besorgen könnte, würdest du mitkommen?" Ich klammerte mich an jedem Strohhalm fest und scheute auch gewiss nicht vor Bestechung zurück.

„Du willst mich doch garantiert verarschen." Sie stemmte sich die Hände n die Hüften und mein Herzschlag beschleunigte sich. Als sie mir ein keckes Grinsen zuwarf, wollte ich nichts weiter, als es ihr vom Gesicht zu küssen.

„Was? Hast du's schon gesehen? Wie wär's mit Girls Club? Beetlejuice? Such's dir aus." Meine Verzweiflung war greifbar.

Sie konnte nur lachen. „Ich werde meinen Job nicht aufgeben, Liam, noch will ich New York verlassen. Ich seh mir gern ein Musical mit dir an, ich kenne noch keins davon. Ich mein, von mir aus würde ich auch einfach liegen bleiben und mich von dir durchnudeln lassen, aber am Ende wirst du New York ohne mich verlassen." Sie blieb standhaft und wirkte nicht, als würde sie jemals nachgeben, was mich wirklich traf.

„Warum?“ Ich konnte einfach nicht wirklich verstehen, weshalb sie mich abwies. „Ich biete dir Geld, Ansehen, Prestige, du kannst weiter deine Arbeit machen, du bist jung und hast noch viele Jahre, um es zu Ruhm und Ehre zu bringen, und bis dahin kannst du ja heimlich weiter deine Sachen entwerfen. Es ist bedauernswert, aber bezahlte Arbeit wäre für dich als meine Frau und Königin unschicklich. Denk drüber nach, Avery, du wärst eine Königin.“ Ich versuchte es wirklich aus jeder Richtung.

„Von … Irland.“ Sie hatte die Dreistigkeit, die Augen zu verdrehen.

„Ja.“ Ich funkelte böse, im Scherz.

„Sorry, aber ich bin nicht dein Mädchen für sowas.“ Sie schüttelte den Kopf und ging wieder daran, ihr Zeug einzusammeln. „Ich möchte nicht im Geheimen entwerfen, ich will ein normales Leben führen wie ein normaler Mensch. Eine Königin zu sein ist für mich nicht der Anreiz, für den du es vielleicht hältst.“

„Was würdest du brauchen, um es dir zu überlegen?“ Ich konnte nicht glauben, dass ich das fragte, doch als es absehbar wurde, dass sie wirklich ging und es mir damit so gut wie unmöglich sein würde, jemand anderes als Lucy zu finden, wurde ich allmählich echt nervös.

„Ich lebe und arbeite in New York, baue mein Label auf, setzte das Projekt mit meiner Wohltätigkeitsorganisation fort.“ Sie schaute mich an, als wären das Dinge, die nicht möglich waren.

„Was, wenn ich ja sagen würde. Was dann?“ Ich konnte das eigentlich nicht zusagen, das war mir klar. Ich war nicht sicher, ob es einen anderen Weg gab, ich hatte nie ein Arrangement vorgesehen, das eine arbeitende Königin umfasste, aber vielleicht konnte es ja doch eingerichtet werden. „Du müsstest immer noch in Irland leben, aber New York ist öfter möglich, als du vielleicht denkst, möglicherweise sogar jedes Wochenende, je nachdem ob unser Privatjet verfügbar ist. Alles ist denkbar. Ich möchte einfach, dass du mir versprichst, darüber nachzudenken.“ Ich war erneut vorsichtig optimistisch, als ich einen kleinen Funken in ihren Augen erkannte.

Sie tat einen tiefen Atemzug. „Ich kann nicht.“

„Was ist mit den Kindern, hast du nicht erwähnt, dass du dir ein Baby wünschst wie deine Freundin? Ist die Gelegenheit, Mutter zu sein, nicht ein Pluspunkt?“ Ich hatte mir diesen Trumpf bis zum Schluss aufgehoben und als ich das erwähnte, begannen ihre Augen richtig zu leuchten.

„Mutter sein …“ Sie schüttelte den Kopf, als wollte sie damit den Gedanken abschütteln, und seufzte dann. „Das wäre fantastisch.“

„Super, also, Broadway oder Bumsen? Oder beides?“ Ich ließ ein teuflisches Grinsen aufblitzen. „Ich bekomm dich noch immer für einen Tag und ich möchte, dass du dir das mit der Mutterschaft überlegst, außerdem natürlich, meine Königin zu sein.“ Ich verneigte mich zur Untermalung.

„Lass das“, schalt sie mich mit bösem Blick.

„Also, soll ich Tickets kommen lassen oder frische Bademäntel?“ Ich trat ans Telefon, das neben dem Bett stand.

„Beides.“ Ihr Gesicht lief knallrot an.

Wir besorgten uns Tickets für eine Aufführung um drei Uhr. Wir wuschen uns schnell und ich nahm sie noch einmal in der Dusche, wobei ich mir schon allerhand Arten ausdachte, wie ich sie erneut vernaschen konnte, nachdem die Unterbrechung durch die Show und das darauffolgende Dinner überstanden war. Ich besorgte uns Logenplätze im Theater und ließ eine Reservierung für das feinste Steakhaus der Stadt machen. Alles war angerichtet.

„Liam?“ Sie sah mich an, nachdem sie in den heißen Fetzen vom Vorabend geschlüpft war. „Haben wir noch Zeit, dass ich nach Hause gehe und mir was Anständiges anzuziehen besorge?“ Sie wusste, dass wir die nicht hatten, aber sie hatte recht, ihr Outfit war zu sexy für eine Matinee.

„Ach ja, richtig. Hmm, hier an der Ecke gibt's einen Laden von Bloomingdale. Wir sollten schnell machen." Sie machte vor Schreck ganz große Augen.

„Wir sollen da einfach reinspazieren, mir ein Kleid für den Abend kaufen und wieder abdampfen? Wir haben nur eine halbe Stunde oder so." Die Panik in ihrem Gesicht war zu niedlich.

„Du hast absolut recht. Ich werde bei Bloomingdale anrufen und sie ein paar Roben für dich herauslegen lassen. Welche Größe?" Ich nahm mein Telefon und suchte die Nummer raus.

„Ähm, zweiunddreißig. Wow, das ist verrückt."

„Japp, so bin ich eben." Ich bekam jemanden dran, erklärte der Frau, was ich wollte, und zehn Minuten später waren wir in der Boutique und kauften Roben ein.

„Hör auf, Liam. Ich brauch nur eine", protestierte sie, als ich die Verkäuferin auch das dritte Kleid einpacken ließ, das sie anprobiert hatte.

„Ich find sie alle gut", schwärmte ich. „Aber zieh das da an. Und jetzt müssen wir los." Ich wandte mich an die Verkäuferin und reichte ihr meine schwarze American Express.

„Ich kann das selbst bezahlen." Averys Stimme klang ein wenig schwach.

„Wirst du aber nicht. Ich zahle, darauf bestehe ich, und zum Streiten haben wir keine Zeit. Weg mit den Etiketten und los geht's."

„Ähm, danke." Es schien sie wirklich peinlich zu berühren, dass ich ihr Kleider kaufte.

„Du wirst dich daran gewöhnen müssen, dass ich dir hübsche Sachen kaufe, wenn du meine Königin bist", sagte ich laut genug, dass alle um uns herum es hören konnten. Hinter mir japste jemand hörbar und Avery funkelte mich an.

„Auf geht's, Prinzessin, wir wollen ja nicht die Show verpassen." Ich genoss es, sie aufzuziehen, und so lebhaft, wie sie war, versprach es eine aufregende Nacht zu werden.

„Du bist das Letzte“, schimpfte sie, als wir in die Limo stiegen.

„Schade, aber du bist die Einzige, die das so sieht. Hast du dir nie Pretty Woman angeschaut? Es sollte eine romantische Geste sein.“ Ich berührte ihr Knie. „Du sahst so umwerfend in allen drei aus, ich konnte nicht widerstehen.“

„Das ist nicht romantisch, es ist besitzergreifend und …“ Sie versetzte mir einen Blick aus den Augenwinkeln. „Ich hoffe, du genießt es, sie zu tragen.“ Sie verschränkte die Arme vor der Brust und tat so, als sei ich nicht da.

„Da ist wohl jemand recht wählerisch.“ Ich verschränkte die Arme ebenfalls und imitierte sie.

„Ich habe eine Idee, warum ziehst du nicht nach New York und wirst mein Assistent?“ Sie klatschte in die Hände und riss den Mund übertrieben auf ob ihres bahnbrechenden Angebots.

„Würde ich nicht demnächst zum inoffiziellen König einer kleinen Nation gekrönt, würde ich es mir überlegen.“ Ich nahm meine Arme wieder runter und versuchte es auf anderem Weg. „Aber solltest du um meine Hand anhalten, würde ich definitiv ja sagen.“

Sie warf die Arme in die Luft und stöhnte entnervt auf. „Du bist unmöglich“, ächzte sie.

Mit einem schelmischen Feixen im Gesicht entgegnete ich: „Du hast ja keine Ahnung.“

Wir schafften es schließlich rechtzeitig ins Theater und das Stück war fantastisch, wir waren danach beide sehr angetan und die Stimmung hatte sich deutlich gehoben. Sie war wieder ganz die witzige, kesse Frau, die ich am Abend zuvor kennengelernt hatte. Die Limo brachte uns zum Steakhaus und das Mahl dort war exquisit. Als wir uns am Ende ein Dessert teilten, fiel mein bewundernder Blick bereits auf eine sehr viel entspanntere und glücklichere Avery.

„Und, hast du mir schon verziehen?“, fragte ich und prüfte so die Luft zwischen uns.

„Du meinst, weil du mich gebeten hast, dich zu heiraten und deine Königin zu werden, als wir uns noch keine vierundzwanzig Stunden kannten?“ Zum Glück sagte sie es weder schmollend noch wütend.

„Ja, genau deswegen.“

„Nicht wirklich. Ich genieße einfach unseren Tag, wie du es gesagt hast, und er ist auch echt großartig. Das Musical, das Kleid, … dieses Tiramisu. Es ist nicht leicht, dir zu widerstehen, Liam.“ Da … Endlich hatte ich sie wieder.

„Nun, ich hoffe, dass du das am Ende auch nicht tust.“ Ich fütterte sie mit dem letzten Bissen unseres Desserts. „Dürfte ich dich ersuchen, mit mir für einen Schlummertrunk in meine Suite zurückzukehren?“ Ich streichelte unter dem Tisch ihren Oberschenkel und war damit so forsch und wagemutig, wie es in der Öffentlichkeit eben möglich war.

Meine Finger strichen über ihr Geschlecht und ich stellte mir vor dem geistigen Auge ihre Spitzenunterwäsche vor, denn ich hatte zu meinem vorherigen Einkauf auch noch schnell eine Handvoll sexy Unterwäsche hinzugenommen. Jetzt freute ich mich diebisch darauf, ihr alles einzeln wieder auszuziehen.

„Ich kann dir nicht widerstehen“, gestand sie und ergab sich leise.

„Ich hoffe, dass du es nie versuchst.“ Ich drückte ihr Bein, bezahlte die Rechnung und ließ die Limo kommen.

Die Fahrt zurück ins Hotel ging schweigend und angespannt vonstatten. „Was denkst du gerade?“, fragte ich behutsam.

„Ich überlege“, begann sie, „ob ich mich nicht einfach von dir heimfahren lassen sollte.“

„Weil du nicht willst, dass ich dich heute Nacht während dem

Sex dazu bringe, mich zu heiraten und meine Königin zu sein?", stellte ich unverwandt in den Raum.

„Ja." Sie lachte schwach.

„Lässt du mich wenigstens versuchen, dich zu überzeugen?" Ich schaute sie so aufrichtig an, wie ich im Herzen fühlte.

Es war ein wundervoller Tag gewesen und ich hoffte, dass es eine noch vorzüglichere Nacht werden würde.

„Das alles ist verrückt, das weißt du, oder?" Sie wandte sich mir zu und musste sichtlich ihre Lust niederringen.

„Ja, natürlich ist es das, aber es ist auch nicht verrückter, als eine Frau zu heiraten, die ich nicht liebe und nie lieben werde. Wenigstens würde ich so eine Frau heiraten, die ich eines Tages vielleicht wirklich lieben könnte. Ich habe keine Zeit mehr übrig. Es muss jetzt sein. Ja, ich weiß, mein Verhalten ist abgefahren und das ist total meschugge, aber das gilt auch für die gesamte Monarchie an sich. Wenigstens gäbe es dann eine Person in dem Schloss, deren Gesellschaft mir wirklich am Herzen liegt." Ich legte ihr mein Geständnis in den Schoß.

„Ist dein Leben wirklich so trostlos?"

„Das könnte es werden. Es würde mir das Herz brechen, für immer an eine Frau gefesselt zu sein, die ich nicht ausstehen kann, das würde alles nur noch schlimmer machen. Ich könnte die Krone an meinen Cousin gehen lassen, aber er ist ein Schwachkopf. Komm wenigstens mit mir ins Hotel und gib mir noch eine Nacht, um dich davon zu überzeugen, dass eine Heirat mit einem Fremden das Beste ist, was du je tun wirst." Ich tat, was ich konnte, um den Charme so dick und triefend wie nur möglich aufzulegen.

„Du weißt, dass du schrecklich bist, stimmt's?" Sie ließ ein breites Lächeln zu.

„Das Letzte." Ich erwiderte das Lächeln und atmete erleichtert auf.

Kapitel 9

Avery

Mein Kopf schwirrte. Warum dachte ich überhaupt darüber nach? Ich hatte ein fantastisches Leben, einen tollen Job, den ich liebte, Freunde, Familie und … ich war allein. Die Vorstellung, jemandes Frau zu sein, selbst als Scheinfrau, war aufregend. Das Baby, das wir bekommen würden, wäre real, und ich würde endlich Mutter sein können und jemandem meine Liebe schenken, wie es Kylie tat. Das war vor allen anderen Dingen der Grund, weshalb ich Liams Vorschlag tatsächlich erwog. Davon abgesehen war Liam süß, ein bisschen wild und aufmerksam. Das waren definitiv Eigenschaften, mit denen sich arbeiten ließ.

„Aber im Ernst, ich werde dein Angebot nicht mal einer Überlegung würdigen, wenn ich nicht arbeiten kann. Ich habe viel Zeit in den Aufbau meiner Modelinie investiert und das Label beginnt sich gerade erst zu etablieren. Das kann ich nicht einfach aufgeben." Das war das Ultimatum, das ich in den Raum stellte, nachdem ich meine Jacke über die Lehne einer der Stühle geworfen hatte.

„Wie gesagt, ich werde mit meinen Leuten reden und schauen, was sich arrangieren lässt. Bevor ich das nicht getan habe, kann ich keine Garantien abgeben, aber es freut mich sehr zu hören, dass du dir das Angebot durch den Kopf gehen lässt." Sein Grinsen hätte gar nicht breiter sein können.

„Wobei die Betonung auf ‚durch den Kopf gehen' liegt", stellte ich fest.

„Das ist auf jeden Fall besser als ein direktes ‚nein', also freue ich mich." Er zog sein Jackett aus und legte es über denselben Stuhl.

„Und jetzt zu dem Schlummertrunk."

Er ging an die gut bestückte Minibar und holte eine volle Flasche irischen Whiskey hervor sowie eine seltsam aussehende Flasche von etwas, das er Teesirup nannte, dazu gespritzten Limettensaft. Er mischte noch ein paar weitere Zutaten hinein, rührte um und brachte mir ein Glas des dunkelgelben Cocktails.

„Irischer Punsch. Ich dachte, Irish Coffee könnte vielleicht ein wenig zu klischeehaft sein", sagte er lachend, als er mir den Drink überreichte.

„Wie aufmerksam", neckte ich.

„Wie sieht also unser Plan für den Abend aus?" Er streckte sich und setzte sich auf den Stuhl mir gegenüber.

Ich stand noch immer, nicht sicher, was ich tun sollte.

„Ähm, nun …" Natürlich würden wir Sex haben, aber er hatte uns gerade erst Drinks gemacht. Sollten wir gleich direkt übereinander herfallen, wie wir es am Morgen getan hatten?

„Ha, mein vorlautes Mädchen ist plötzlich so nervös. Keine Sorge. Lass uns ein wenig plaudern, bevor wir in die Kiste springen, was meinst du? Was würdest du gerne noch so wissen über deine zukünftige Rolle als Königin?" Mannomann, er verlor echt keine Zeit.

„Wenn ich jemand wäre, der in Betracht zöge, Königin von Irland zu werden, würde ich womöglich wissen wollen, was ich als Königin zu tun hätte. Ich bezweifle, dass ich den ganzen Tag nur auf einem Thron sitzen würde. Wäre ich wie Cersei Lannister, immer am Intrigieren und am Planen, wen ich als nächstes kaltmachen lasse? Habt ihr noch immer Audienzen im Thronsaal?" Innerlich lachte ich über mein naives und altbackenes Verständnis von europäischen Königshäusern.

„Wir haben einen Thronsaal, der aber eher wie ein übertrieben prunkvoller Sitzungssaal ist und in dem wir sehr ermüdende Treffen abhalten. Du darfst keine Mordpläne schmieden, zum einen weil das für die PR-Abteilung ein Albtraum wäre, und zum zweiten, weil sich sogar die Königin von Irland für so etwas in einer Gefängniszelle wiederfinden könnte. Ans Volk wenden wir uns in aller Regel durch im Fernsehen übertragene Ansprachen. Deine hauptsächliche Rolle wird die der Gemahlin des Königs sein. Wir werden Wohltätigkeitsarbeit leisten, uns mit Leuten treffen und dabei helfen, den Frieden in unserem großartigen Land zu wahren."

Plötzlich schien mir das alles wieder sehr überwältigend, also nahm ich einen Schluck von meinem Getränk, anstatt darüber nachzugrübeln, auf was ich mich da einließ. „Das ist wirklich köstlich." Ich lenkte bewusst von unserer Unterhaltung ab.

Es blieb nicht unbemerkt. „Ist es. Und, habe ich all deine Fragen beantwortet? Gibt es noch mehr?" Er war entschieden zu begeistert von der ganzen Sache.

„Werden unsere Kinder die Staatsbürgerschaft der USA haben?" Es war eine idiotische Frage, aber doch wichtig.

„Sie werden die irische bekommen, aber möglicherweise können wir eine Doppelstaatsbürgerschaft beantragen, sobald sie älter sind. Aber auch das ist eine Frage für den Kronrat. Du wirst reichlich Zeit haben, dich an unsere Gebräuche zu gewöhnen und daran, wie die Monarchie geführt wird." Sein Enthusiasmus kühlte ein wenig ab, als er hinzufügte: „Dürfte ich dir ebenso ein paar Fragen stellen?"

„Klar, schieß los." Ich nahm einen weiteren tiefen Zug von meinem Cocktail, dessen Wirkung ich bereits zu spüren begann.

„Ich hoffe, dass du daran keinen Anstoß nimmst, aber wenn mein Sicherheitsteam einen Backgroundcheck bei dir durchführt, findet es dann irgendetwas Unschönes in deiner Vergangenheit?" Ich konnte nicht anders, als Anstoß zu nehmen, auch wenn ich die Frage nachvollziehen konnte. Er kannte mich nicht, ich hätte tonnenweise Leichen im Keller und Knochen unter meinem Bett haben können, das konnte er nicht wissen.

„Abgesehen von einer happigen Überziehgebühr von der Bücherei, die ich soeben beglichen habe, ist mein Leumund strahlend rein." Ich ließ ein funkelndes Lächeln aufblitzen.

„Das sind fantastische Neuigkeiten." Und schon war er wieder breitschultrig und vollmundig.

Er leerte seinen Drink und ich tat es ihm gleich, dann schielte ich zur Uhr. Es war bereits wieder fast ein Uhr früh, wir waren definitiv Nachteulen.

„Es wird schon spät", bemerkte ich und bebte dabei ein wenig, wenn ich daran dachte, was es im Klartext bedeutete, jetzt ins Bett zu gehen.

„Dann bist du bereit fürs Bett?" Sein Blick wurde umgehend heiß und als er sich erhob, konnte ich sehen, dass er schon jetzt erregt war.

„Ich bin mir nicht sicher, ob ich *dafür* bereit bin", scherzte ich und nickte in Richtung seines Schwanzes.

Sein lüsternes Grinsen verwandelte sich in ein Feixen. „Keine Sorge, ich werde dich noch schön bereit dafür machen."

„Oh, das hoffe ich." Wenn wir es schon taten, schätzte ich, dann sollten wir es wohl einfach tun. Ich hatte noch keine Entscheidung getroffen, also konnte es auch der letzte Sex sein, den ich mit Liam haben würde. Ich hatte vor ihn zu genießen.

„Holen wir dich mal aus dem Kleid da raus. Ich träum schon den ganzen Abend davon, es dir abzustreifen." Er kam auf mich zu und als er sich näherte, wurde ich sofort erregt. Er stellte die verrücktesten Dinge mit meinem Körper an, schon allein im selben Raum mit ihm zu sein, machte mich ganz heiß und kribblig.

„Ich dachte, ich würde recht viel lieber darin nächtigen." Ich legte den besten royalen Akzent auf, der mir einfiel.

„Ach, hast du das? Nun, Darling, die Leute schlafen für gewöhnlich nicht in ihren Abendroben, sondern nehmen sie ab, damit Prinz Charming sie verwöhnen kann." Und damit hob er mich in seine Arme und warf mich sanft aufs Bett. „Aber mach dir deswegen keine Gedanken. Ich kann das gern für dich übernehmen."

Dann legte er sich auf mich, noch immer im Anzug, und zwängte sich zwischen meine Beine, bevor er mich gerade weit genug hochhob, um eine Hand hinter meinen Rücken gleiten zu lassen und den Reißverschluss meines Kleides aufzuziehen. Sein heißer Mund war an meinem Hals, sobald der Stoff den Weg freigemacht hatte. Dann streifte er die Halter über meine Schultern und küsste sich an meinem Hals hinab. Die Vorderseite des Kleides rutschte über meine Brüste, die von einem trägerlosen BH gehalten wurden.

„Ah", kommentierte er und ich war längst erhitzt und bereit, denn ich spürte die warme Lust zwischen meinen Beinen zusammenlaufen.

„Ich liebe deine Brüste so sehr", verkündete er und schlängelte einen Finger unter den BH, um beide Nippel fest zu kneifen. Dann rollte er mit den Fingern über die Knospen, bis sie erregt aufragten.

Ich konnte seine Härte zwischen meinen Beinen fühlten, anstatt also nur dazuliegen und seine köstliche Invasion über mich ergehen zu lassen, ließ ich meine Hand an seinem Torso hinab und in seine Hose hinein gleiten, wo ich seine Erektion vorfand, die bereits aus seiner Boxershorts herausstach.

„Und ich liebe den hier." Ich knöpfte seinen Hosenstall auf und pflückte dann seinen Schwanz heraus.

Er sah unglaublich sexy aus in seinem Smoking und mit stolz hervorstehendem Schwanz. Ich zog an ihm und er ließ seine Hüfte nach vorn gegen mich kippen, dann nahm er mir den BH ab, um zwischen meine Brüste zu tauchen. Er sog fest daran und die Lust stieg mir heiß am Rückgrat entlang hinauf.

„Fuck, Liam", rief ich in einer unsittlichen Lautstärke.

Er machte sich an die andere Brust und benutzte seiner Finger auf dem entflammten, sensiblen Nippel, den er soeben noch im Mund gehabt hatte, während er der anderen Brust dieselbe Behandlung zukommen ließ. Meine Hand an seinem Schwanz verlor ihren Rhythmus, denn ich wurde von dem Gefühl hinweggetragen, das Liam in mir entzündete. Als er mit meinen Brüsten fertig war, zog er mit einem Ruck den Rest des Kleides von meinem Körper.

„Whoa …“ Ich hatte nicht die Absicht, ihn aufzuhalten, viel mehr war ich einfach überrascht von seiner plötzlichen Eile.

„Ich muss dich haben. Jetzt gleich, hart und fest. Ich hab den ganzen Tag gewartet.”

Daraufhin fuhren seine Finger unter mein Höschen und rissen es mir mitsamt dem Kleid vom Leib. Sein verrückter Mund machte sich über meine Pussy her und seine Zunge widmete sich meiner Klitoris, sog, nibbelte und knabberte, bis sie anschwoll und nach noch mehr Aufmerksamkeit verlangte. Dann fasste er mit einer Hand unter meine Pobacken, spreizte mich weiter, um mich für seine Invasion vorzubereiten. Die andere Hand tanzte über meine triefnasse Pussy und sein Mittelfinger glitt mit hungriger Absicht in mich hinein. Ein zweiter Finger gesellte sich dazu und dann noch ein dritter, was mich dazu brachte, den Rücken in Richtung Himmel durchzudrücken, um mir so viel von ihm einzuverleiben, wie ich bekommen konnte.

„Ja, Liam, ich will dich. Ich will dich in mir“, keuchte ich mit einem schmerzverzerrten Stöhnen.

„Genau da will ich hin.“ Er wechselte die Position und drückte unvermittelt seine Hüften durch und seinen wuchtigen Schwanz mit einer festen und entschlossenen Bewegung in mich. Er war noch immer voll bekleidet, während ich nackt unter ihm lag.

„Ja“, schrie ich auf und kümmerte mich kein bisschen mehr darum, ob uns jemand hören konnte.

Von da an waren wir nichts als ein Wirbelwind aus

Bewegungen. Ich nahm seine Hüfte mit den Beinen in den Schraubstock und presste ihn so fest an mich, wie ich konnte. Er hämmerte unter heftigem Keuchen auf mich ein und wurde von der Ekstase allmählich davongetragen. Meine Arme wanden sich um seinen muskelbepackten Rücken und meine Hüfte traf sich mit ihm, klammernd und darum kämpfend, ihm näher und immer näher zu kommen, bis er sich mit einem heftigen Ruck knurrend auf mich niederdrückte, sein Körper zu zittern begann und er tief in mir zum Orgasmus kam. Es machte mir nichts aus. Ich nahm die Pille. Er war der Prinz von Irland. In jenem Moment sagte ich mir: Ja, ich will ein Kind, … seine Kinder, alle fünf, und irgendetwas in mir machte *klick*.

Ich begriff, dass ich ihn wollte, sein Kind, den Platz neben seinem Thron, der eigentlich nur ein Stuhl an einem Besprechungstisch war – ich wollte all das. Ganz egal, wie plötzlich und verrückt und unerhört es war, ich wollte es aus ganzem Herzen, und das war es, was mich dazu brachte, seinen Namen zu rufen, während ich kam und meine Pussy seinen noch immer harten Schwanz umklammerte, davon träumend, seine Königin zu werden.

Als wir beide von unserem Hoch wieder herabschwebten, blickte ich in seine prachtvollen grünen Augen und ergab mich. „Ich mach's …“, flüsterte ich im Wirbel der Leidenschaft.

„Du wirst es nicht bereuen.“ Ich fühlte das Herz in seiner Brust pochen, als er sich herunterneigte, um mich zu küssen. „Du wirst eine fantastische Königin sein“, hauchte er in mein Ohr, während er sich behutsam aus mir zurückzog.

Sofort begann ich mir Sorgen zu machen, ob ich nicht womöglich doch einen Fehler begangen hatte, doch diese Sorge teilte ich ihm nicht mit.

Wir sanken friedlich, nass, nackt und aneinander gekuschelt in den Schlaf. Am nächsten Morgen schlüpfte ich in eines der eher legereren Outfits, die er mir gekauft hatte, und kehrte zurück in meine Wohnung, um meinen Kopf freizubekommen und den Koffer für einen kurzen Trip nach Irland zu packen. Ich würde für ein paar

Fashion-Shows zurückkommen müssen, die ich bereits geplant hatte, außerdem einen weiteren Benefizabend, doch mein nächster Programmpunkt war in zwei Tagen die Reise nach Irland zur Unterzeichnung der Papiere und um ein besseres Verständnis darüber zu erlangen, worauf ich mich da einließ.

„Schatz, ich bin zu Hause“, rief ich Madison zu, als ich zur Tür hereinkam, müde und sehr froh darüber, wieder zurück in der Realität zu sein. In unser Loft heimzukehren rückte meine Gedanken zurecht und ließ mir klar werden, dass ich das alles hier nicht zurücklassen konnte und es auch nicht wollte.

„Endlich, du bist zu Hause. Ich wollte dich schon als vermisst melden“, schimpfte Madison scherzhaft.

„Du hast doch meine Nachrichten bekommen, oder?“ Ich hatte ihr bei mehreren Gelegenheiten geschrieben, damit sie sich keine Sorgen machen musste.

„Ja schon, ich hab sie gelesen, es sieht dir nur nicht ähnlich, zwei Tage lang zu verschwinden. Muss ja ein ganzer Kerl gewesen sein.“ Ihr Blick wurde ganz sehnsuchtsvoll und wehmütig.

„Das war er … und ist er. Ach Mads, ich bin am Arsch.“ Ich ließ mich auf die Couch plumpsen.

„Ich hab sowas vermutet.“ Sie setzte sich neben mich. „Du hattest schon lange keinen netten Kerl mehr. Genieß es.“ Ich liebte sie dafür, wie lieb und aufmunternd sie stets war, sie war definitiv die Mitfühlendste in unserem Trio.

„Das Problem ist, er will, dass ich ihn heirate.“ Ich ließ mich weiter in die Couch sinken.

„Also gut, wenn ich’s recht bedenke, lauf, schieß ihn auf der Stelle ab, denn das ist absolut verrückt, ungelogen! Willst du etwas Eiscreme, um den Trauerprozess anzuregen?“ Sie schenkte mir ihr hübsches Lächeln.

„Ich weiß, dass es verrückt ist“, begann ich.

„Oh ja, so verrückt, dass keinerlei Bedarf besteht, diesen Satz überhaupt zu beenden.“ Sie stand auf und ging in die Küche.

„Ja, es ist ehrlich verrückt, muy loco, très fou, aber ich glaube, ich habe vorhin ja gesagt.“ Ich schaute sie aus großen, geweiteten Rehaugen an, als sie in den Durchdreh-Modus umschaltete.

„Das kann doch nur ein Witz sein, Avery! Nein … absolut nein! Auf gar keinen Fall. Ruf ihn auf der Stelle an und erklär ihm, dass du beim Sex aus dem Bett gefallen bist und dir den Kopf angeschlagen hast, dass du dir Gedächtnisschwund und eine Gehirnerschütterung zugezogen hast und dass es dir schrecklich leidtut, aber du ihn nicht heiraten kannst, schönes Leben noch!“ Sie schnappte sich total panisch mein Handy. „Los, tu es gleich … Ich warte.“

„Hör mir zu.“ Ich wusste, dass ich auf verlorenem Posten war, doch plötzlich wollte ich ihn halten.

„Deine Geschichte sollte schon ganz schön unglaublich sein.“ Sie versetzte mir einen Seitblick.

„Okay, also er ist der Prinz von Irland und er will, dass wir heiraten und Kinder kriegen. Ich fliege morgen dorthin und lerne die Familie kennen. Ich hab noch nichts unterschrieben und ich kann jederzeit nein sagen, aber ich glaube, dass ich es bereuen würde, nicht einfach das Ticket zu lösen, die Fahrt zu riskieren und zu sehen, wo ich lande. Und außerdem bezahlt er mir zehn Millionen Dollar. Ich meine, was kann da schiefgehen?“ Ich grinste verlegen.

„Zehn Millionen?“

„Jap. Aber bitte erzähl niemandem von dem Geld.“

„Werde ich nicht. Stattdessen werde ich die Polizei rufen … Ich glaube, Irland hat nicht mal einen Prinzen!“

Ugh.

Kapitel 10

Liam

„Was habt ihr herausgefunden?“, fragte ich den Leiter meiner Sicherheitsabteilung, die ich mit dem Backgroundcheck für Avery beauftragt hatte.

Nachdem ich den ganzen Tag über nichts von ihr gehört hatte und wir am späten Nachmittag einen Flieger vorgesehen hatten, der uns nach positiver Sicherheitsüberprüfung nach Irland bringen sollte, ging ich davon aus, dass sie im Begriff war, ihr ‚ja‘ neu zu bedenken. Ich machte mir Sorgen, dass sie es sich anders überlegen würde, andererseits war es auch irgendwie eine Erleichterung, denn welche Frau würde so etwas nicht gründlich überdenken wollen? Ich wollte ihr noch eine Stunde lassen, bevor ich sie an der Adresse aufsuchen würde, die mir die Sicherheitsleute gegeben hatten. Ihr Strafregister war leer und sie war in jeder Hinsicht diejenige, die sie zu sein vorgab, auch wenn sie in der Tat eine happige Überziehgebühr von der Bücherei aufgebrummt bekommen hatte. Ich würde dafür sorgen, dass sie gratis Zugang zu einer Menge Bücher bekam.

„Nachdem sie sauber ist“, sagte der Sicherheitschef, „stellen wir ihr eine Diplomatenmarke für den Flug aus. Braucht Ihr sonst noch etwas von mir?“

Ich war sehr versucht ihn zu bitten, sie zu schnappen und herzubringen, aber natürlich war das verboten. „Nein, danke.“

Als ich gerade eben aufgelegt hatte, rief mein lieber alter Vater an.

„Liam.“ Seine Stimme war wie gewohnt schroff und gebieterisch.

„Jawohl, so heiße ich noch immer.“ Ich genoss es stets, ihn aufzuziehen. Zu blöd, dass ich das einzige Kind und schwarze Schaf der Familie war.

„Ich weiß, dass du heute Nacht zurück bist, also habe ich für morgen Mittag um zwölf ein Treffen veranschlagt. Ich möchte diese Avery Johnson besprechen, die du mitbringst. Ich habe dir bereits öfter erklärt, dass du keine zwanglosen Dates mit ins Schloss nehmen sollst, besonders jetzt nicht, wo du demnächst mit Lady O'Day vermählt wirst.“ Schon die Erwähnung von Lucys Namen ließ mein Blut hochkochen.

„Nein, Dad, das werde ich nicht. Ich heirate Avery Johnson. Ich würde das gern mit dir morgen um zwölf besprechen, aber wir werden nicht viel tun, außer ein paar juristische Dokumente zu unterschreiben. Ich habe mich entschieden. Ich habe eine passende Ehefrau gefunden, die dir bestimmt gefallen wird, und ich gedenke ein Fest zu feiern, um sie allen vorzustellen und meine Verlobung formell zu verkünden. Wenn du möchtest, könntest du schon mit den entsprechenden Vorbereitungen beginnen.“ Ich wollte ihm keine Gelegenheit geben, mir dareinzureden.

„Jetzt hör mir mal zu, Liam“, begann er seine Schelte.

„Kann nicht. Ich muss meine Prinzessin holen gehen und sie in den Flieger setzen. Wir sehen uns in ein paar Stunden.“ Damit beendete ich das Gespräch und stärkte meinem inneren Höhlenmenschen den Rücken, der sich seine Keule schnappte und loszog, um seine zukünftige Königin in den Palast zu schleifen.

Irgendwie war es mir jetzt egal, was sie im Moment dachte. Ich musste sie nach Irland schaffen, weg von ihren Leuten, damit ich sie davon überzeugen konnte, dieser irren Idee eine Chance zu geben. Ich klingelte bei ihr durch, während ich zu ihrer Wohnung fuhr.

„Hi, Liam“, ging Avery ran und klang dabei genauso furchtsam, wie ich sie mir vorgestellt hatte.

„Hallo, Prinzessin!“ – jawohl, genau das sagte ich, ich musste aufs Ganze gehen. „Also, ich bin auf dem Weg zu dir, um dich abzuholen. Wollte nur sichergehen, dass du startklar bist. Und ich weiß, du hältst mich jetzt für einen Stalker, aber ich musste einen Sicherheitscheck machen lassen, also weiß ich, wo du lebst." Ich hatte seltsamerweise zu stammeln begonnen, also schnaufte ich einmal tief durch.

„Liam." Es gefiel mir nicht, wie sie meinen Namen sagte.

„Denk nicht drüber nach, Avery, das wird großartig, ich verspreche es." Ich war dabei, sie zu verlieren, ich hätte sie gar nicht erst aus den Augen lassen sollen.

„Nein, es ist nur … Ähm … Naja, meine Mitbewohnerin und Kylie haben da so eine Art Intervention inszeniert …" Ihre Stimme versiegte.

„Wag es ja nicht, hierher zu kommen …", hörte ich im Hintergrund eine schrille Frauenstimme schreien. Na super, das hatte mir gerade noch gefehlt, dass sie jemand zu beeinflussen versuchte.

„… und meine Eltern sind auf dem Weg." Sie schien sich zu entschuldigen. Pah. Schlimmer konnte es nicht werden.

„Du bist eine Erwachsene, bestimmt kannst du deine eigenen Entscheidungen treffen", blaffte ich die falsche Person an, denn es waren schließlich ihre Leute, die ich überzeugen musste, nicht sie.

„Die scheinen da anderer Meinung zu sein." Ich freute mich über den Anflug von Ärger in ihrer Stimme, denn in diesem Ärger lag für mich Hoffnung.

„Warte kurz, ich bin fast da." Ich legte auf und richtete mich an den Fahrer. „Machen Sie so schnell Sie können." Ich benutzte meine herrischste Kommandostimme, aber leider war ich in New York, wo herrische Kommandos für den Arsch waren.

„Das ist kein Helikopter, Eure Hoheit, schneller geht's nicht." Obwohl die Stimme des Fahrers beherrscht war, konnte ich die Gereiztheit darin hören.

Es missfiel mir, aber scheiß drauf. Ich würde mich wohl einfach zurücklehnen müssen und die Zeit nützen, um mir einen Plan zurechtzulegen. Als wir es schließlich doch durch den ganzen Verkehr hindurch geschafft hatten, wartete ich nicht einmal, bis der Fahrer geparkt hatte. Ich sprang hinaus, sobald er langsam genug war, und hechtete die Treppen hinauf zu Averys Dachgeschosswohnung. Kurz ging mir durch den Kopf, dass ich wohl meine Sicherheitsleute hätte mitnehmen sollen, anstatt mich rauszuschleichen und James' Namen zu benutzen, um mir einen Wagen zu buchen. Da James die letzten Tage damit zugebracht hatte zu tun, als sei er ich, war das nicht allzu schwer. Der Concierge verzog nicht die geringste Miene, als ich in James Namen um einen Wagen bat.

Wenn ich jetzt daran dachte, dass ich vermutlich auf vehemente Gegenwehr stoßen würde, wünschte ich mir, ich hätte ein paar Muskelmänner dabei. So war mein Schauspieltalent meine einzige Waffe. Gottseidank hatte ich mich damit an der Uni recht intensiv beschäftigt, denn ich fand es wichtig für die Erfüllung meiner Pflichten, diese Fähigkeiten zu schärfen, um sie zu meinem Vorteil einsetzen zu können. Ich klopfte an die Tür und schickte mich an, meine Jungfer in Nöten zu retten.

„Ist das dein Ernst, Avery?", hörte ich eine empörte Stimme durch die Tür hindurch rufen.

„Was? Alec hat exakt das gleiche getan, als du dich vor ihm versteckt hast, und ich versteck mich ja nicht mal, ihr haltet mich nur vom Gehen ab!", schrie Avery zurück.

Es überraschte mich nur ein kleines bisschen, dass es Kylie Morgan-Blair war, die an die Tür ging. Ich wusste, dass sie und Avery eng befreundet waren, aber ich hätte nicht damit gerechnet, sie und Alec Blair hier vorzufinden, emotional bis an die Zähne bewaffnet und bereit, mir in den Hintern zu treten.

„Guten Tag, ich bin Liam McMurrough, der Prinz von Irland, ich bin gekommen, um Avery abzuholen. Ist sie da?" Ich wusste ganz genau, dass sie da war.

„Komm rein." Kylie funkelte mich an. Sie wagte es, mich so anzusehen? Wenn es stimmte, was ich gelesen hatte, verfügte sie über eine einigermaßen skandalöse Vergangenheit. Wollte sie sich wirklich ein Urteil erlauben?

„Vielen Dank." Ich schärfte mir ein, höflich zu bleiben.

Avery, die eine Show abzog, gegen die das von mir geplante Theater regelrecht verblasste, rannte auf mich zu und warf ihre Arme um meinen Hals. Sie war viel kleiner als ich und musste sich regelrecht in die Umarmung katapultieren, was mich amüsiert glucksen ließ.

„Liam", quiekte sie.

„Können wir gehen, Liebste?" Ich legte schön dick auf.

„Naja …" Sie biss sich auf die Unterlippe und tat einen Schritt zurück.

„Wir haben einige Fragen", sagte Alec Blair und ging mit ausgestreckter Hand auf mich zu. „Ich bin Alec. Entschuldigung, dass wir dich so überfallen, aber meine Frau hat Bedenken deswegen, dass du mit ihrer besten Freundin in den Sonnenuntergang reiten willst, ohne dass wir wenigstens eine gewisse Vorstellung haben, wer du überhaupt bist." Er schmunzelte und verstand wohl, wie bescheuert das klang, was er gerade laut ausgesprochen hatte.

„Ich bin Madison, Averys Mitbewohnerin. Bitte setz dich doch", sagte die hübsche dunkelhaarige Frau mit dem Lockenschopf.

Ich hätte mich nicht gewundert, wenn sie mir vergifteten Wein kredenzt hätte, sobald ich auf ihrer künstlerisch aufgemachten schicken Couch Platz nahm, doch sie zeigte mir ein liebreizendes Lächeln und verhielt sich freundlich. Noch kein Anlass also, meinen Säbel zu ziehen. Avery gemeinsam mit ihren beiden Freundinnen zu sehen ließ mich ihre Verbundenheit besser verstehen. Allesamt waren sie auf ihre eigene Art wunderschön und gleichzeitig stark und unabhängig, obwohl eine von ihnen verheiratet war. Im Team mussten sie ganz schön schlagkräftig sein.

„Mir scheint, als hättet ihr alle einen etwas ungünstigen Eindruck bekommen.“ Ich zeigte ein breites und gewinnendes Lächeln und begann mit meinem Part der Aufführung. Ich schielte hinüber zu Avery, der ein wenig die Gesichtszüge entglitten, wohl weil sie glaubte, ich wolle von meinem Angebot zurücktreten.

„Inwiefern?“ Alec wahrte seinen Plauderton und setzte sich höflich-drohend mir gegenüber auf einen Stuhl. „Indem du behauptest, der Prinz eines Landes zu sein, von dem selbst wir dummen Amerikaner wissen, dass es keine Monarchie mehr hat?“

„Keine herrschende Monarchie, aber sehr wohl eine blühende symbolische.“ Ich schaute Avery an. „Nun, Avery? Was hast du deinen Freundinnen verraten?” Ich wollte nichts sagen, was sie noch nicht wussten, denn es würde so schon schwer genug werden.

„Nur, dass wir nach Irland gehen, um deine Familie zu besuchen …“ Ihr Gesicht war sehr angespannt.

„Und zu heiraten“, sagte Madison im Singsang, starrte dabei aber böse.

„Naja, nur dann, wenn ihr die Familie gefällt“, warf ich zum Scherz ein.

„Und das Schloss auch?“, fragte Madison.

„Natürlich“, gab ich zur Antwort.

„Nachdem ihr euch seit achtundvierzig Stunden kennt?“, mischte Kylie nun mit.

„Nun, Disneyprinzessinnen bekommen sogar noch weniger Zeit, manche sogar nur einen einzigen Tanz.“ Ich versuchte die Situation aufzulockern, aber Avery war die Einzige, die lachte.

Nun stand sie auf, setzte sich neben mich und nahm meine Hand. „Ihr führt euch alle schrecklich auf. Liam ist ein wunderbarer Kerl und ein echter Prinz. Kylie, du und Alec, ihr wisst, dass Liebe manchmal aus den Umständen erwachsen kann.”

Avery blickte mich mit Sternen in den Augen an und ich

geriet etwas in Panik. Ich hatte überhaupt nicht wirklich im Sinn gehabt, sie tatsächlich zu lieben. Ich wusste genug über die Beziehung zwischen Alec und Kylie, wenn auch nur aus den Medien, um zu wissen, dass sie eine PR-Ehe geführt hatten, bis sie sich schließlich aufrichtig ineinander verliebten, nachdem sie durch eine ungewollte Schwangerschaft aneinandergebunden worden waren.

Avery und ich würden einander aus anderen, aber ähnlichen Gründen heiraten. Wir würden es bewusst tun und absichtlich Kinder bekommen, doch die Vorstellung von Liebe im traditionellen Sinn war in dem Angebot nicht wirklich inkludiert. Ich hatte ganz und gar die Absicht, meine wilde Schürzenjagd nach einer gewissen Auszeit wieder aufzunehmen. Vielleicht würde ich es ruhiger angehen, jedenfalls während ich noch mit Avery verheiratet war, oder zumindest bis zur Ankunft des zweiten Kindes, aber alles aufgeben für eine Person, die ich kaum kannte? Nein, so hatte ich mir das nun wirklich nicht vorgestellt.

Es sollte bei der Sache um Spaß gehen und darum, mich vor einer lieblosen Ehe mit einer reizlosen Frau zu bewahren, mit der ich absolut nicht einen Tag lang verheiratet sein wollte, das war's, und Avery würde für ihren Anteil an der Sache fürstlich entlohnt werden. Doch als ich vor dieser kritischen Meute dienstbeflissener Avery-Fans saß, kam ich zu dem Schluss, dass es wohl die schnellste und sicherste Verfahrensweise sein würde, ihnen zu versprechen, dass ich ihre Freundin für den Rest aller Tage zu lieben gedachte.

„Definitiv. Ich habe die vollste Erwartung, dass unsere Liebe blühen wird“, pflichtete ich ihr bei und drückte Averys Hand dabei ein wenig.

„Und was planst du genau?“ Madison schien ein wenig besänftigt zu sein.

„Naja, tatsächlich befinde ich mich in einer etwas verzwickten Lage.“ Ich wollte ein wenig an ihr Mitgefühl appellieren. „Damit ich den Thron besteigen kann – “

„Einen echten Thron oder einen symbolischen?“, unterbrach mich Alec.

„Er steht in einem Konferenzraum“, antwortete Avery, die wohl hilfsbereit sein wollte, aber eher das Gegenteil bewirkte.

„ – und meinem Vater seinen wohlverdienten Ruhestand ermöglichen kann, muss ich gemäß unserer Familientraditionen noch vor meinem vierzigsten Geburtstag verheiratet sein, was schon sehr bald ist. Ich will nicht lügen, ich soll eigentlich nach Irland zurückkehren und die entsetzlichste alte Jungfer heiraten, die man sich vorstellen kann, weil meine Familie es so will. Ich will diese Frau nicht ehelichen, wie ihr euch vorstellen könnt. Wir lieben uns nicht und es ist ausgeschlossen, dass sich das jemals ändern wird. Jetzt könnt ihr euch also mein großes Entzücken vorstellen, als ich Avery kennenlernte. Wir haben jeden Moment der vergangenen beiden Tage miteinander verbracht und ich war noch nie in meinem Leben in Gesellschaft einer so charmanten, interessanten, kreativen, aufreizenden und liebevollen Person.“ Nicht im engeren Sinn gelogen, das meiste davon entsprach tatsächlich der Wahrheit.

„Sie ist die Perfektion. Ich weiß, das alles ist sehr kurzfristig, aber für den Moment tun wir kaum mehr als einen Besuch in Irland abzuhalten. Ich muss nach Hause zurückkehren, denn ich habe dort Pflichten zu erfüllen – “

„Symbolische oder reale?“, fragte Alec. Er fing langsam an mich zu nerven.

„Recht real, darf ich sagen, und ich nehme Avery mit. Wenn ihr gefällt, was sie dort sieht, ja, dann werden wir schon recht bald heiraten, allerdings haben wir Enthauptungen abgeschafft und verbrennen auch keine Leute mehr auf dem Scheiterhaufen, sollte Avery also aufgrund irgendwelcher mir nicht ermesslichen Gründe eine Scheidung wollen, wird sie die bekommen und kann mit meinem Segen zurück nach New York gehen.“ Ich verneigte mich vor ihr, um meine Vorführung zu beschließen.

Just in jenem Augenblick klopfte es an der Tür. Das mussten dann höchstwahrscheinlich ihre Eltern sein. Wenn ich meinen eigenen Vater handhaben konnte, dann konnte ich ja wohl auch mit der Art von Leuten fertig werden, die einen Menschen wie Avery geschaffen hatten.

„Fantastisch. " Die eben Genannte wirkte nicht eben glücklich. „Meine Eltern sind da." Ihr leidendes Grinsen war Gold wert.

„Oh, wundervoll." Ich tat mein Bestes, ein sanftes Lächeln zu zeigen, nur Alec erkannte wohl die Anspannung darin.

„Mom, Dad!" Avery riss die Arme auseinander und begrüßte die beiden, während wir anderen uns erhoben.

„Der Verkehr in Manhattan ist eine Geduldsprobe. Ich weiß schon, warum wir dich hier nie besuchen", beschwerte sich ihr Vater.

„Nicht jetzt, Schatz." Averys Mutter schaute mich an und ich sah, woher Avery das Funkeln in ihren Augen hatte. Ihre Mutter war offenbar von Ehrfurcht ergriffen, denn ich hatte ihren Blick schon an vielen Leuten zuvor gesehen, wenn sie hörten, dass ich ein Prinz war.

Ich hielt den beiden meine Hand zum Gruß hin. „Prinz Liam." Ich schüttelte zunächst die Hand von Averys Mutter und verneigte den Kopf, dann bot ich ihrem Vater einen festen Händedruck.

„Mom, Dad, das ist Liam. Danke, dass ihr so kurzfristig hergekommen seid. Ich wollte, dass ihr alle ihn kennenlernen könnt, bevor wir nach Irland aufbrechen." Avery sprach sprudelnd und flatterte im Zimmer auf und ab. „Kann ich irgendjemandem etwas zu trinken besorgen?"

Endlich begann das Eis ein wenig zu brechen. Ihre Leute waren nun vollständig versammelt und ich bemerkte eine etwas entspanntere Atmosphäre, nachdem es sich alle gemütlich gemacht hatten. Es wurde Tee getrunken oder Limo oder Wein und von irgendwoher tauchte ein Snacktablett mit Oliven, Cheddar, Kräckern und Dosensardinen auf. Eine seltsame Zusammenstellung, aber offenbar hatte sich Madison bemüht und alles zusammengewürfelt, was sie im Kühlschrank gefunden hatte. Und Cheddarkäse mit Sardinen schmeckte nicht halb so übel, wie es roch. Avery öffnete beiläufig ein Fenster, was ich ihr dankte.

„Ich muss meine Arbeit nicht unterbrechen und eigentlich auch New York nicht wirklich verlassen. Liam hat versprochen, dass ich jede Woche hier sein kann."

Das ließ mich ein wenig zusammenzucken, denn eine allwöchentliche Rückkehr war wirklich ein sehr ambitioniertes Vorhaben. Ich dachte da eher an monatliche Flüge, aber solche kleinen Details blieben fürs Erste besser unerwähnt.

„Sie kann definitiv die Dinge weiterverfolgen, die sie glücklich machen." Ich achtete darauf, nicht allzu viel zu versprechen und mich damit in die Bredouille zu bringen.

Nachdem das Treffen anfangs eine heftige Konfrontation hatte befürchten lassen, wurde es allmählich zu einer angenehmen Konversationsstunde. Averys Sicherheitsteam stimmte schließlich mit zurückhaltendem Segen ihrem Abenteuer zu, wie sie es nannten. Es bereitete mir gleichzeitig Schrecken und große Freude, nun die weiteren Schritte mit ihr anzugehen. Ich versuchte mir einzureden, dass die Alternative auch keine geringere Fiktion wäre, und beschloss, das Spektakel einfach zu genießen.

Kapitel 11

Avery

Es schockierte mich fast, dass meine Eltern, Kylie und Madison mich tatsächlich gehen ließen. Es hob mir eine große Last von den Schultern zu wissen, dass ich auf sie zählen konnte und sie mir doch erlaubten, diese seltsame neue Welt zu erkunden. Und seltsam war sie in der Tat. Nachdem Liam zu mir gekommen und zunächst von der Clique überrannt worden war, entspannten sie sich zunehmend, weil er so charmant und offen über die Situation sprach, in die wir uns zu begeben anschickten. Ich glaube, meine Mutter wünschte sich insgeheim, selbst an meiner Stelle diejenige zu sein, die derart entführt wurde. Alec nahm Liam dann doch noch für ein Gespräch unter Männern beiseite, vermutlich auf Kylies Wunsch hin, und er sagte bestimmt sowas wie: Steh gefälligst deinen Mann und behandle sie anständig, sonst stelle ich einen Schlägertrupp zusammen und stürme deine Burg. Jedenfalls brachte es Liam zum Lachen.

„Deine Familie ist nicht ganz ohne“, bemerkte er, als wir in die Limousine stiegen.

Ich verdrehte die Augen. „Und … sie waren sogar noch nett zu dir.“

„Ich hab schon vermutet, dass es mir leicht gemacht wurde, weil ich adelig bin. Ich bin froh, dass sie dich gehen lassen, schließlich bist du ja doch eine erwachsene Frau.“ Er sagte das mit einem Stich Bissigkeit.

„Ich bin dankbar, dass sie sich um mich kümmern. Ich bin ein Einzelkind, genau wie du. Gott weiß, ich hab meinen Eltern viel abverlangt. Es hätte ihnen sicher besser gefallen, wenn ich Lehrerin oder sonst irgendwas Einfaches, aber Gescheites hätte werden wollen. Ich bin in New Jersey aufgewachsen, aber sie stammen beide vom Land. Dass ich Modedesignerin geworden bin, war bestimmt das Letzte auf der Welt, das sie sich für mich gewünscht hätten, und ich bin mir sicher, dass sie im Stillen manchmal an meiner Stelle lieber Madison hätten. Sie ist so ziemlich ihr Traumkind. Sie arbeitet an der Wall Street, ist ziemlich konservativ, hat nie auch nur annähernd irgendetwas bemerkenswert Verrücktes oder Fragwürdiges gemacht."

„Wie zum Beispiel mit einem Prinzen davonzulaufen?", unterbrach mich Liam und brachte mich damit zum Lachen.

Das war es, was ich an ihm zu lieben begann. Er war wirklich witzig. Er war nicht so gestelzt, wie man sich eine Prinzen vielleicht vorstellen mochte, er war vielmehr ehrfurchtslos und kindisch.

„Ja, kommt ja auch nicht jeden Tag vor, dass einem die Tochter mit einem Prinzen davonrennt." Ich warf ihm ein kokettes Lächeln zu, wobei mein Magen sich in einen festen Knoten verwandelte.

„Also ich könnte da schon ein paar nennen … Aschenputtel zum Beispiel, Schneewittchen, Dornröschen, die Schöne aus Die Schöne und das Biest, wobei, das war eher sowas wie Kidnapping, oder?" Er wollte die Liste gerade fortsetzen.

„Du kennst dich entschieden zu gut mit Märchenprinzessinnen aus, muss ich mir deswegen Sorgen machen?" Es war schon ein wenig schräg.

„Ich hab zwei Cousinen, mit denen ich aufgewachsen bin und die ziemlich besessen von dem Thema waren. Nachdem sie ein bisschen älter sind als ich, wurde ich immer dazu verdonnert, mit ihnen Filme zu schauen und als praktische Marionette herzuhalten, wenn sie für ihre Spiele einen Prinzen brauchten. Also ja, ich weiß tatsächlich entschieden zu viel über Märchenprinzessinnen", gestand er lachend.

„Das verstört mich irgendwie", scherzte ich.

„Das ist auch normal." Sein Lächeln war so süß.

Trotz all der Zusicherungen, die er mir gemacht hatte, fühlte ich mich noch immer, als würde ich im freien Fall von einer Klippe stürzen. Ich hielt mich nur an der Vorstellung fest, dass ich schon bald ein Kind haben würde und Liam und ich Zeit hatten, einander kennenzulernen, und dass es praktischerweise eine Ausstiegsklausel gab, sollten die Dinge nicht wie gewünscht laufen. Obwohl ich wusste, dass wir demnächst einen Vertrag miteinander eingehen würden, hoffte ich insgeheim auf mehr als das. Ich wollte das gemeinsame Happy End, ich war bereit, dafür die nötigen Risiken einzugehen, Opfer zu bringen und alles vernünftigerweise Erforderliche zu tun, um seine Frau zu sein, solange ich mich dabei nicht selbst verleugnen musste. Mit dieser neu gewonnenen Entschlossenheit wandte ich mich an ihn mit aufrichtiger Hingabe und Zuneigung.

„Danke, Liam", sagte ich, wobei mein Gesicht vor Liebe und Anbetung glühte.

„Wofür?" Er spielte den Ahnungslosen.

„Hierfür." Ich machte eine ausladende Geste. „Und für … Ich weiß nicht …" Ich wollte nicht zu viel von mir preisgeben.

„Weil ich auf meinem weißen Schimmel angeritten bin und dich aus Manhattan gerettet habe?" Sein flottes Grinsen war unwiderstehlich und er breitete die Arme aus, um mich an sich zu ziehen. „Gern geschehen."

Dann beugte er sich herab und küsste mich, öffnete seinen Mund, um mich hereinzulassen. Er fühlte sich richtig an. Ich entspannte mich in seinen Armen, woraufhin seine Hand unter meinen Rock glitt und in mein Höschen eintauchte. Ich löste den Kuss, um zu protestieren.

„Wenn du das tust", flüsterte ich, „machst du mich zu verrückt, um in den Flieger zu steigen." Ich biss ihm ins

Ohrläppchen und überraschte ihn damit so sehr, wie seine forschenden Finger mich überrascht hatten.

„Er drehte seinen Kopf und flüsterte zurück: „Ist mein Privatjet.“ Ein Finger tauchte behutsam in mein feuchtes Zentrum und er drückte einen heißen Kuss auf mein Ohrläppchen. „Und ich beende immer, was ich anfange.“ Und damit drückte er den Finger tiefer hinein.

„Du bist furchtbar“, klagte ich zum wiederholten Mal.

„Oh, das hoffe ich nicht.“ Er mimte den Beleidigten. „Bitte, gewähre mir eine Chance, dir zu beweisen, dass ich gar nicht so furchtbar bin …“ Und ein zweiter Finger gesellte sich zum ersten. „… im Bett“, flüsterte er und begann langsam mit seinen Fingern ein und aus zu fahren, während sich sein Daumen meiner Klitoris widmete und sie rieb, bis sie vor schmerzlicher Lust zu schreien schien und nichts weiter wollte, als hart und heftig gefickt zu werden.

„Du solltest dich besser mal darauf gefasst machen, mich zu nehmen, sobald es geht … Vielmehr hiervon halte ich nicht aus“, presste ich unter Keuchen hervor, während ein Feuer jeden Nerv in meinem Körper erfasste.

„Oh, versprochen, das war genau das, was ich vorhatte.“

Ich war so erregt, ich konnte kaum gehen, als es darum ging, an Bord des schlanken Privatjets zu steigen, der startbereit auf der Rollbahn stand. Alle schienen Liam zu kennen und waren auch zu mir freundlich und einladend. Wir mussten uns nicht mit dem Zoll oder den üblichen Sicherheitsbestimmungen bei regulären Flügen aufhalten. Alles wurde im Privaten geregelt. Ein Steward holte uns bei der Limousine ab, nahm mein Gepäck und führte mich und Liam vom Wagen zum Flieger. An Bord angekommen, wurden wir von einem gutaussehenden Flugbegleiter begrüßt nebst James, Liams Butler.

„Eure Majestät sind gerade zur rechten Zeit gekommen“, verkündete James sogleich. „Alles ist bereit für den Start. Hallo, Miss

Johnson." James verneigte sich vor mir. „Ich freue mich, dass Sie uns zu begleiten gedenken."

Ich hatte einen Moment lang das Gefühl, in einen dieser Filme gepurzelt zu sein, in denen eine gewöhnliche Person plötzlich einen Prinzen heiratet. Dann lachte ich nach innen, was lauter herauskam, als ich vorgehabt hatte.

„Alles in Ordnung?" Liam schaute überrascht.

„Gut, alles gut. Danke, James. Ich freue mich auch sehr." Ihre beiden Gesichter entspannten sich genau gleichzeitig, auch wenn sie es selbst wohl nicht bemerkten.

„Wir möchten während des Fluges nicht gestört werden. Sollten wir Erfrischungen brauchen, lasse ich es dich wissen." Liams Auftreten hatte sich unverwandt verändert.

Es war keine erschreckende Veränderung, aber er war erkennbar anders. Seit unserem Kennenlernen war er witzig und leichtfüßig gewesen. So in etwa, wie man sich den typischen Iren vorstellte, eine Seele von Mensch mit gütiger Natur, ein spaßiger Geselle. Der Liam, der soeben die Anordnung verkündet hatte, war schon viel eher ein Prinz. Ich schauderte ein ganz klein wenig, aber seitdem er mich im Wagen so gekonnt gefingert hatte, war ich insgesamt einfach überempfänglich und aufgereizt. Ich ließ es ihm durchgehen.

„Jawohl, Hoheit. Ich werde dafür sorgen." James verneigte sich und Liam nahm meine Hand, um mich zu einer hochglanzpolierten Holztür zu führen.

James setzte sich, bevor wir gingen, zu dem Flugbegleiter im schwarzen Business-Anzug. Ihre Plätze waren wie reguläre Flugzeugsitze, nur sehr viel luxuriöser. Ich erwartete in unserer Privatkabine mehr oder weniger dasselbe, doch was ich vorfand, war ein Bordwohnzimmer im Miniaturformat. Auf der rechten Seite befand sich eine lange Ledercouch mit einem kleinen Holztisch davor. Gegenüber standen zwei gemütliche Lehnsessel. An einer der

Wände war ein Fernseher angebracht, der den größten Teil des Raumes einnahm. Am Ende des Raumes befand sich noch eine weitere Tür. Liam erwischte mich dabei, wie ich mich mit einem Gefühl von Ehrfurcht und Erstaunen umsah.

„Das wird unser Quartier für die Dauer des Fluges. Die Tür führt zu einem privaten Badezimmer mit Dusche. Wir haben hier einen Streaming-Dienst mit den aktuellsten Filmen, W-LAN und an Bord gibt's auch eine Küche, wo uns ein Koch etwas zu Essen macht, sobald wir so weit sind. Ich hab mir allerdings gedacht, dass wir zuerst etwas Zeit zu zweit benötigen könnten." Seine Augen verengten sich zu animalisch kleinen Schlitzen. „Ich vögle gerne auf dem Möbelstück da", deutete er mit lüsternem Blick. Er sperrte die Tür ab und führte mich zur Couch. Ich war erregt, aber auch ein kleines Bisschen nervös. Ich war noch nie in einem so kleinen Flugzeug geflogen. Es war höchstens halb so groß wie ein Linienflieger.

„Müssen wir uns nicht anschnallen?", quietschte ich, als er mich zuerst hinsetzte und dann auf der geräumigen Couch in die Horizontale drückte.

Seine Härte drückte sich gegen meine Hüfte und er schob meinen Rock nach oben. Dann langte er unter meinen Hintern, holte dort einen Sicherheitsgurt hervor und ließ ihn in dem anderen Ende einschnappen, das er aus der Lehne der Couch hervorgeholt hatte. Er zog den Gurt um mich herum fest und hatte mich somit an Ort und Stelle fixiert.

„Du bist angeschnallt." Sein Blick wurde immer ungestümer.

„So geht das aber normalerweise nicht." Ich wand die Hüften im Gurt und tat mein Bestes, um weiterhin sorglos zu klingen.

„Ist speziell so entworfen." Ich fiel ein wenig in Schwermut, als ich plötzlich an all die anderen Frauen denken musste, die er wohl schon an diese Couch gefesselt hatte.

„Dann vögelst du also oft in diesem Flugzeug?" Meine

Stimme überschlug sich vor Stress und ich dachte wieder, dass ich womöglich einen riesen Fehler damit begangen hatte, mich auf diese Reise einzulassen.

„Das habe ich." Er beugte sich herab, öffnete meine Lederjacke und biss durch mein T-Shirt hindurch in meinen Nippel. Seine Erektion presste sich dabei noch fester an meine Schenkel. „Aber das alles endet, sobald du meine Frau wirst." Seine heiße Zunge durchtränkte den Stoff meines Oberteils und seine Hand holte die andere Brust darunter hervor, während seine unanständigen Finger sie kniffen und kneteten. „Du bist ab jetzt die Einzige." Dann holte er auch noch die andere Brust heraus, versah sie mit derselben Aufmerksamkeit, und bald schon dachte ich nicht mehr länger nach.

Er verbrachte eine Menge Zeit mit meinen Brüsten. Ich hatte beschlossen, für den Flug keinen BH zu tragen, zumal ich mir ja eine Jacke übergezogen hatte. Ich hatte Lust gehabt, ein bisschen wild zu sein. Natürlich fiel ihm das auf. Er hob mein Shirt hoch und machte sich über sie her, saugte, nibbelte und kniff, wodurch mein Innerstes erneut in Flammen aufging und mein Höschen unangenehm feucht wurde.

„Sag mir, dass ich mich wie eine dumme Kuh verhalte", flehte ich.

„Könnte ich, werde ich aber nicht." Er hob seinen Kopf von meinem Nippel und sah mich an. „Die Situation ist dumm, wer hat schon zu bestimmen, wen und wann man heiratet. Lass uns einfach ein bisschen Spaß damit haben. Das Leben ist zu kurz." Wieder ließ er sein charmantes Lächeln spielen und schon war ich überzeugt.

„In Ordnung, Yolo!" Ich reckte die Faust in die Luft.

„Yolo?" Der verwirrte Ausdruck auf seinem Gesicht war zu süß.

„You only live once!" Ich ließ meine Titten wackeln, um ihn wieder zurück zu locken.

Das ließ er sich nicht zweimal sagen und ich rieb meinen

üppigen Körper an ihm. Mein Herz flatterte und Hitze stieg auf meiner Haut auf, so wie bisher jedes Mal, als wir Sex gehabt hatten. Noch nie hatte ich so eine Reaktion auf irgendjemanden gehabt.

„Bereit zum Start, Eure Hoheit“, erklang die Stimme des Piloten über die Gegensprechanlage und ich wäre vor Schreck fast aus der Haut gefahren.

„Bereit?“

„Klar.“ Ich biss mir auf die Unterlippe.

Der Flieger begann sich zu bewegen, und Liam machte sich gleich wieder über meine Brüste her. „Das wird der Ritt deines Lebens.“

„Willst du dich gar nicht anschnallen?“ Die ruckartigen Bewegungen des kleinen Flugzeugs, das zum Abheben ansetzte, machten mich plötzlich sehr nervös.

Sein Arm griff hinter sich und er schnappte sich einen Gurt, den er sich umlegte und vor der Brust so einrasten ließ, dass wir noch dichter aneinandergepresst waren. Er holte seinen Schwanz aus der Hose, schob meinen Rock noch etwas höher, zwang meinen Tanga beiseite und rieb seine Erektion kreuz und quer über meine Pussy, bevor er ihn hineingleiten ließ und ich erneut erfüllt war mit dem Prinzen von Irland. Ich war endgültig verloren. Als das Flugzeug sich gerade in die Luft erhob, drang er tief in mich ein, der Druck war heftig und eigenartig, aber auch sehr intim. Ich küsste seinen Hals und Adamsapfel, dann kam sein Gesicht dichter heran und unsere Zungen tanzten miteinander, bis sich der Anpressdruck etwas löste und das Flugzeug sich einpendelte, was Liam die Möglichkeit gab, sich langsam zu bewegen zu beginnen, womit er mein Inneres massierte und mein Zentrum zum Kochen brachte.

Kapitel 12

Liam

Averys Körper passte perfekt zu meinem. Ich glitt gemächlich rein und raus, wir beide waren dabei noch immer fest auf dem Sofa verzurrt. Es war etwas seltsam, das angeschnallt zu machen, ich hatte zuvor noch nie wirklich an die Sicherheitsgurte gedacht, aber ich hatte sie tatsächlich so modifizieren lassen, dass man sie im Liegen auf der Couch verwenden konnte. So mit ihr verbunden zu sein, fügte dem ganzen noch ein Element der Aufregung hinzu, während ich weiterhin meinen Schwanz in den Tiefen ihres Körpers versenkte.

„Liam!“, rief sie meinen Namen in Ekstase und ihre Pussy begann sich um mich zu verkrampfen und mich noch tiefer hineinzusaugen.

Sie wusste vermutlich nicht einmal, was für eine talentierte Muschi sie da besaß. Ich bewunderte die Mächtigkeit ihrer vaginalen Muskulatur. Es war aufregend, wie ihre Enge mich packte. Ihre Finger harkten sich in ihrem Wahn in meinen Rücken und verursachten dort zweifellos Striemen, die ich später noch spüren würde und die mich daran erinnern würden, wie verdammt heiß sie war.

Ich war im Panikmodus, lebte in Verleugnung, atmete Adrenalin. Ich ließ mir keine Zeit, darüber nachzudenken, was ich da tat, dass ich eine Fremde heiratete. Es war mir egal. Ich rettete mich selbst vor Lucy und tat das Nötige, um meinen rechtmäßigen Platz auf dem Thron einzunehmen. Da das Anführen einer symbolischen Monarchie so schwer nun auch wieder nicht war, freute ich mich auf die Ausübung dieser Rolle, die mein konservativer Vater bisher innegehabt hatte. Früher hatte ich nichts mit der Krone am Hut gehabt, doch im Laufe des letzten Jahres hatte ich begonnen, viele Möglichkeiten für Veränderungen zu erkennen. Und plötzlich wollte ich König sein, mehr als alles andere auf der Welt.

Mit diesem Gefühl der Dringlichkeit in mir fickte ich Avery noch härter und ich entließ meine Erlösung knurrend direkt in ihren Mutterleib, nicht eine Sekunde dachte ich dabei an die Konsequenzen. Ich pumpte mich in sie und als ich fertig war, stürzte ich auf ihr zusammen, ein einziges schwitzendes Knäuel.

Ihre Augen öffneten sich, sie starrte mich an und flüsterte dünn: „Bist du grade in mir gekommen?" Ihre Stimme war zittrig aber lieblich.

Ich lachte. „Das bin ich wohl. Sorry, Liebes. Nächstes Mal passe ich wieder besser auf. Zumindest bis zur Hochzeit. Wollen ja nicht, dass irgendwer den Taschenrechner anschmeißt, wenn wir vorm Traualtar stehen." Ich lachte das Thema weg und dann ertönte über die Lautsprecher erneut die Stimme des Piloten.

„Eure Hoheit, Ihr könnt euch nun frei in der Kabine bewegen, wir haben die Reisehöhe erreicht." Ich flog schon seit Jahren mit demselben Piloten, er war bereits mit meinem Vater aufs College gegangen.

Ich mochte ihn, weil er ein Profi war und, wichtiger noch, ein diskreter Profi. Seine kleinen Warnungen dienten dazu, ihn selbst rechtlich abzusichern, aber ich war mir sicher, dass er sich nichts vormachte deswegen, inwiefern ich mich daranhielt. Ich löste den Gurt um mich und entließ dann auch Avery aus ihren Ketten. Sie war genauso fix und fertig wie ich.

„Lust auf eine Dusche?" Ich schaute sie an und wäre fast soweit gewesen, es gleich noch einmal zu tun, so reizvoll sah sie aus, ganz zerrauft und mit geröteten Wangen. Die Worte hatten noch nicht den Weg von ihrem Hirn zum Mund gefunden. „Wir können uns frisch machen und was zu essen kommen lassen. Der Flug dauert normalerweise zwischen sieben und acht Stunden, je nach Gegenwind. Es gäbe ein paar gute Kinofilme oder wir können einfach den ganzen Flug durchficken und uns kurz vor der Landung unter die Dusche stellen." Ich hatte die leise Hoffnung, dass sie sich für Letzteres entscheiden würde.

„Ich bin hungrig. Und klebrig ..." Sie schaute mich an und wedelte sich mit dem Rock Luft zu.

„In Ordnung, die Dusche dann." Ich hob sie von der Couch und trug sie wie eine Braut in das winzige Badezimmerchen.

Dort drehte ich das Wasser auf und zog ihr das Shirt über den Kopf, wobei ich mir einen kurzen Griff nach ihren Möpsen nicht verkneifen konnte, bevor ich ihr das Höschen runterzog. Obwohl ich sie gerade erst gehabt hatte, war ich alles andere als fertig mit ihr.

„Hey, hey, Cowboy. Was soll das denn werden?" Sie zögerte, als ob sie mich aufhalten wollte, aber ich wusste, dass es ihr gefiel. Ich nahm an, wenn ich sie voll aufgesext und im Delirium hielt, würde sie nach der Landung leichter zu handhaben sein. Ich wusste, dass eine Feuerkugel wie Avery im royalen Umfeld so etwas wie ein Fremdkörper sein würde, ihre Welt bestand schließlich nicht aus Seidenstrümpfen, Porzellangeschirr, Verneigungen und Sitzen mit perfekt geschlossenen Beinen.

Ich prüfte das Wasser, um die Temperatur zu regulieren, und knöpfte mein Hemd auf, schlüpfte aus Unterhemd und Hose und schob sie unter den warmen Duschstrahl. Ihr angespannter Körper löste sich, sobald das Wasser über uns zu perlen begann.

„Wow, das fühlt sich schön an", seufzte sie und neigte den Kopf nach hinten, um das Wasser über ihr Haar gleiten zu lassen.

„Es bietet extra eine Wassermassage. Luftreisen können ermüdend sein, deshalb die Erfrischung", erklärte ich und tat mir einen Klecks Shampoo auf die Hand, verschmierte es und begann ihren Körper damit einzuseifen, wobei ich mit ihren fantastischen Brüsten anfing.

Ich war verrückt nach ihren Brüsten, sie waren prall, rund und wunderbar. Ich leckte das über sie rinnende Wasser ab und meine Zunge umkreiste ihre süßen braunen Brustwarzen. Sie war so verdammt empfänglich, ihr Nippel richtete sich auf wie ein kleiner Zinnsoldat und bettelte danach, dass ich fester an ihm sog. Sie wand sich vor lüsterner Behaglichkeit. Ihre Hand fuhr in mein Haar, um mich zügeln zu können, sollte ich zu beißen anfangen. Ich war zwar gerade erst gekommen, fühlte jedoch tief in den Eiern bereits wieder jenes Ziehen und mein Schwanz wurde allmählich wieder mit Blut versorgt. Bald schon würde ich bereit sein für eine zweite Runde.

Das musste sie wohl gespürt haben, denn ihre Hand schlängelte sich an meiner Seite hinab und kitzelte mich dabei so leicht wie nur möglich, wovon ich zu kribbeln und zu zittern begann.

„Ich schwöre, ich kann gar nicht genug von dir bekommen“, raunte ich in ihr Ohr.

Ihre Hand begann mich neckisch zu drücken. „Du darfst mich aber nicht kaputt machen“, lachte sie und ich verstand den Wink. Ich fuhr damit fort, sie zu waschen.

„Aber wenn ich erst einmal König bin, wirst du dich unterwerfen“, sagte ich mit meiner herrischen Stimme in der Hoffnung, sie ein wenig zu erschrecken.

„Was?“ Der Anflug von Panik in ihren Augen war zum Niederknien. Sie kannte mich wahrhaftig kein bisschen.

„Ein Scherz … oder doch nicht?“ Ich drückte ihren Hintern.

„Liam!“ Ihre Augen waren noch immer etwas verschreckt.

„Lass mich dich nur noch einmal haben, dann können wir essen, versprochen.“ Ich warf ihr mein sorglosestes Lächeln zu und sie schmolz dahin.

„Nun, ich hab dich hier eh schon fast so weit“, sagte sie und ging in die Knie, was ihr auf so engem Raum gar nicht leicht fiel.

Als sie mich in den Mund nahm, war ich im Himmel

angekommen. Sie sog mit ihrem Mund fast ebenso herrlich an meinem Schwanz wie mit ihrer Vagina. Ihre warme Zunge umschmeichelte die Spitze, aus der schon bald der Lusttropfen hervorquoll, und ich konnte es nicht lassen, mich in ihren Hals zu schieben, denn meine Hüften hatten ihren eigenen Willen entwickelt. Sie nahm mich soweit es ging in ihre Kehle auf, begann jedoch zu würgen, das ehrgeizige Ding. Das genügte mir, ich war hart wie Stahl.

„Steh auf, Süße." Ich hob sie sanft hoch und drehte sie, sodass ihr prächtiger Hintern in meine Richtung schaute, und beugte mich hinab, um ihren Rücken zu küssen.

Sie hatte die perfekte Größe, gerade klein genug, als dass ich von hinten genau in sie passte, ohne es für sie oder mich unbequem zu machen. Ich rieb meinen Schwanz entlang ihrer hübschen Pussy, während ich ihren Arsch durchknetete und damit spielte. Das Wasser wurde laufend erhitzt und konnte so nicht kalt werden, doch der Tankinhalt war begrenzt, also machte ich mich daran, ihre Beine und Pobacken zu spreizen, um in sie eindringen zu können. Im zeitlichen Interesse stieß ich direkt in sie und sie japste, bäumte sich an mir auf. Ich war ein wenig grober, als es mir ursprünglich lieb gewesen wäre, doch plötzlich fickte ich sie schon wieder durch und spürte, wie ihre glorreiche Pussy mich melkte, meine Erlösung war mein einziger Antrieb.

„Was zur Hölle, Liam?" Sie versuchte den Kopf nach hinten zu legen, als ich ihren Nacken küsste, noch immer unter dem sprudelnden Wasserstrahl.

„Du machst mich wahnsinnig", gestand ich.

„Dich wahnsinnig machen?" Ihre Augen rollten vor Lust nach hinten in ihren Schädel. „Ich bin mir ziemlich sicher, dass du schon vorher wahnsinnig warst."

„Möglich." Daraufhin hielt ich sie dicht an mich gepresst, um noch besser auf sie einhämmern zu können, und dann drückte ich sie nieder, damit sie alles von mir hinnehmen konnte, wie sie es zuvor mit dem Mund getan hatte.

Sie musste schon recht wund gewesen sein, denn sie wand und verschob sich in dem Versuch, eine komfortable Position zu finden. Ich holte ihren schönen Körper zurück an meinen und hielt ihn fest, während ich sie weiter von hinten fickte, bis ich kurz vorm Kommen war. Meine Hand wanderte zu ihrem Bauch und kitzelte sie dort, dann fuhr sie weiter hinab zu ihrer Pussy, wo sie über ihre Klitoris wanderte, und sie begann unkontrolliert zu zucken.

Das war es, was ich noch gebraucht hatte. Ich zog gerade noch heraus, mein Sperma schoss in einem Strahl hervor und verschwand strudelnd im Abfluss.

„Da gehen sie hin, die künftigen Könige von Irland", sagte ich im gespielten Klageton.

„Oder Königinnen", sagte sie, als sie eben wieder genug Luft dafür bekam. „Und ich würde mir keine allzu großen Sorgen machen, ein paar von deinen Schwimmern hast du heute früh definitiv bei mir angebracht. Vielleicht haben wir ja schon eine kleine Monarchin im Ofen."

„Doch leider werden meine Spermien in ihrem aussichtslosen Kampf um die Schöpfung eines Monarchen sterben. Deine mörderische Pille vergiftet sie." Ich spielte allzu gerne mit ihr, also drehte ich das Drama schön weit auf. Dieses Mal verstand sie es wohl als das, was es war, nämlich reine Blödelei. „Du wirst sie absetzen müssen, sobald du den Vertrag unterzeichnet hast. Ich möchte sicher gehen, dass wir uns sofort fortpflanzen können." Ich wollte nicht schon wieder ins Geschäftliche gehen, aber sie musste schon wissen, was ihre Rolle sein würde.

„Ja richtig, wir wollen ja dann gleich mit dem ersten der beiden Kinder loslegen, aber da ich bisher noch keine Verträge unterzeichnet habe, werde ich die kleinen Schwimmer vorläufig weiter vergiften …" Sie ließ ein boshaftes Gackern vernehmen und wir amüsierten uns.

Das liebte ich an Avery, sie gab alles zurück, was ich ihr zuspielte. Wir wuschen uns zu Ende, trockneten uns ab und zogen uns an. Als wir wieder in der Kabine waren, holte ich ein iPad hervor und ging die Menüoptionen durch, die geboten waren. Wir hatten einen Koch an Bord, doch es gab keinen unendlichen Vorrat an Zutaten im Flugzeug. Nachdem ich im Vorhinein nichts bestellt hatte, mussten wir uns nun damit begnügen, was in der Karte stand.

„Und, wonach gelüstet es dich? Ich sterbe plötzlich fast vor Hunger." Ich schaute sie an und zwinkerte ihr zu.

„Ich war schon am Verhungern, bevor das mit der verrückten Hardcore-Nummer in der Dusche passiert ist, also, was gibt's denn? Ich könnte mehr oder weniger eine ganze Kuh verdrücken." Sie kuschelte sich dichter an mich.

„Du hast Glück, wir haben Burger, frisch gegrillt, dazu Craft Beer. Möchtest du noch einen Salat oder sonst was mädchenmäßiges dazu?" Ich wusste schon, dass ich dabei wie ein Arschloch klang, aber so war ich eben, ich hatte auch meine arschige Seite.

„Tatsächlich hätte ich gern ein männliches Mahl, du hast mich nämlich ziemlich fertig gemacht. Ich habe kein bisschen Energie mehr übrig, also möchte ich dazu lieber noch Pommes. Salat kann ich dann essen, wenn ich nicht vorher in zwanzig Minuten zweimal Sex gehabt hab." Sie hieb mir auf die Schulter, wie es echte Kerle täten, und verstellte die Stimme tiefer, um ein polterndes Lachen zu imitieren.

„Du machst mir eine Menge Spaß", sagte ich und fühlte mich plötzlich ganz entzückt.

„Mit dir ist es leicht, Spaß zu haben", entgegnete sie mit ähnlicher Zuneigung.

„Sollen wir uns einen Film reinziehen, um die Zeit zu vertreiben?" Ich kuschelte sie an mich, nachdem ich unsere Bestellung abgegeben hatte. „Wir haben eine Menge zur Auswahl." Ich wechselte zu der Kino-App auf dem iPad.

„Du hast die ganzen Filme, die grade erst im Kino laufen. Wie geht das?“ Die kindliche Bewunderung in ihrer Stimme war hinreißend.

„Naja, wenn man König ist … oder eben fast …“ Ich reichte ihr das iPad, um sie wählen zu lassen. „… bekommt man ziemlich vieles. Denk nur mal nach, das alles könnte deines sein.“ Ihr Lächeln daraufhin war liebreizend und aufrichtig.

Ich bekam sie langsam an die Angel. Wir wählten eine romantische Komödie, was ich für die Situation allzu angebracht fand. Sie lehnte sich bei mir an und ich ließ meine Finger sanft über ihre Nippel kreisen, bis unser Flugbegleiter mit unserem Essen hereintrat. Sie hatte nicht gelogen, als sie gesagt hatte, dass sie Hunger habe. Nachdem sie ihre Portion inhaliert hatte, wurde sie schläfrig.

Sie schlief schließlich nach der Hälfte des Films an meiner Schulter ein und ich blieb einfach so sitzen, schaute den Rest davon allein zu Ende und betrachtete dazwischen immer wieder ihr schönes Gesicht, glücklich darüber, die richtige Person ausgesucht zu haben, um meine Königin zu spielen.

Kapitel 13

Avery

Ich musste wirklich überwältigend müde gewesen sein, denn ich wachte erst auf, nachdem wir holpernd auf der Landebahn aufgesetzt hatten.

„Landen wir schon? Hab ich den ganzen Flug verschlafen?" Ich konnte gar nicht glauben, dass ich den ganzen Tag über geschlafen hatte.

„Tun wir und hast du." Er küsste mit einem ulkigen Grinsen im Gesicht meine Schläfe. „Ich freue mich drauf, dass du alle kennenlernen kannst und dir anschaust, wo du unsere Kinder großziehen wirst."

Wow. Was?

„Mal immer langsam mit den jungen Pferden. Du willst doch deine Braut nicht verjagen." Ich zwinkerte ihm zu und versuchte den Serienmörder-Vibe abzuschütteln, den ich irgendwie aufgeschnappt hatte.

„Richtig, klar. Ich hoffe, du genießt deinen Urlaub." Er richtete sich auf und verhielt sich wieder gehörig. „Okay, nur noch ein paar Dinge, bevor wir aussteigen. Wir werden vermutlich auf eine Menge Paparazzi treffen, also hab ich einen schönen langen Übermantel für dich besorgt. Ist von Bradbury, einer der Hausmarken des Königshauses. Außerdem hab ich James ein paar Schuhe von Manolo Blahnik für dich besorgen lassen. Ich weiß, dass dir viel an Mode liegt, und dein Outfit ist ausgefallen und chic, aber wir müssen dich der irischen Öffentlichkeit in kleinen Happen schmackhaft machen. Das wird das erste Mal, dass du in der Presse auftauchst. Ich hoffe, das macht dir nichts aus." Ein Mann mit feuerrotem Haar betrat die Kabine. „Georg wird dich noch ein bisschen feinmachen, bevor wir rausgehen."

Plötzlich fühlte sich das alles sehr furchteinflößend an.

„Muss das wirklich alles sein, nur damit ich mit dir in eine Limousine steigen kann? Ich meine, ich hab schöne Sachen dabei, aber es war ein Siebenstundenflug, ich hab mich bequem angezogen." Ich wusste nicht, wofür ich mich überhaupt entschuldigte.

„Nur eine kleine Anpassung, um meine Welt für jemand so Einzigartiges und Umwerfendes wie Avery Johnson bereit zu machen. Vertrau mir, wir kriegen das hin."

Georg näherte sich unbeirrt. „Sie haben so wunderhübsches Haar", bemerkte er und seine Finger kämmten mir bereits durch das Gewirr, das sich im Schlaf gebildet hatte.

„Danke?" Ich entzog meinen Kopf seiner Reichweite und strich mir die Frisur glatt. „Was haben Sie vor zu tun?"

Anstatt mir zu antworten, schaute Georg zu Liam. „Ich hatte gedacht, Eure Hoheit, ich könnte eine einfache Hochsteckfrisur machen und dabei ein paar von den Ausreißern hier ein bisschen zähmen." Er zupfte schon wieder an meinen Haaren herum und es trieb mir die Röte ins Gesicht, vor Scham und Zorn gleichermaßen.

„Hochsteckfrisur klingt gut." Zum Glück schaute Liam mich an, um sich nach meinen Gefühlen zu erkundigen, denn ich war kurz davor, aus dem Flugzeug zu stürmen, völlig zerrauft in den Flughafen zu marschieren und den nächsten Jet nach Hause zu nehmen.

Alles hatte sich auf den Kopf gestellt und ich tat mich schwer mit dem Atmen. Auf einmal war mein lustiger Ire ein verdammter Prinz, vor dem sich alle verneigten, der Kommandos verteilte und den Eindruck zu haben schien, er könne mein Leben diktieren. Er hätte es besser wissen müssen, als mir zu sagen, ich sollte irgend so einen überteuerten superkonservativen Fummel über mein Avery-Johnson-Original werfen. Ja, Manolo Blahnik waren das verdammt noch mal Größte … Aber mal im Ernst, diese Art von Mädchen war ich nicht. Ich stand auf Kampfstiefel und Sondermodelle von Vans, das alles hier war ein riesen Haufen Bullshit.

„Ich will einen Afro!“, protestierte ich und markierte die freche Göre. „So richtig schön hoch aufgetürmt!“ Ich funkelte Liam an, der unbehaglich lachte.

„Okay, ja. Dann einen Afro.” Er hob hilflos die Arme und Georg, der inzwischen bestimmt ziemlich beleidigt war, stemmte die Hände in die Hüfte, offensichtlich in Eile.

„Wenn wir zu lange im Flieger bleiben, kommen die Leute ins Reden!“, warnte er Liam.

„Ja, ich weiß.“ Liam schaute wieder mich an. „Bitte?“ Oh, verdammt sollte er sein mitsamt seiner Bettelei.

„Von mir aus.“ Ich verschränkte die Arme vor der Brust, während Georg einen Spiegel aufstellte und Kämme, Bürsten und allerlei Haarprodukte hervorholte.

Liam zog sich zurück. „Ich kümmere mich um die Formalitäten, bin in einer Minute zurück.“ Er ließ sanft einen Finger über meine Wange streichen und mein Inneres schmolz, aber diesmal nicht vor Lust. Dieses Mal war es altmodische, ehrliche und aufrichtige Angst.

Es dauerte nicht allzu lange, bis Georg mit meinen Haaren fertig war, und während er arbeitete, redete er ausgiebig.

„Es ist so schön, dass Seine Hoheit eine Freundin aus den Staaten mitgebracht hat. Wir bekommen selten sowas zu sehen. Er hat mir erzählt, dass Sie in New York Modedesignerin sind. Ich liebe Kylie Morgan, es muss so schön sein, ihre beste Freundin zu sein.“ Aha, Liam hatte also entweder geplaudert oder der Tratsch und Klatsch hatte uns bereits eingeholt.

„Ich kenne Kylie schon, seitdem wir Kinder sind, für mich ist sie die gleiche, die sie immer war, das ganze Ding mit der Berühmtheit macht für mich also keinen so großen Unterschied. Wenn wir unter uns sind, ist sie … einfach nur Kylie. Mode ist mein

Leben. Ich liebe es. Ich finde, dass Kleider viel darüber aussagen, wie man sich fühlt und was man der Welt über sich selbst sagen möchte.“ Ich war mir nicht ganz im Klaren darüber, wieso ich so viel von mir preisgab, aber aus irgendeinem Grund hatte ich das Gefühl, dass ich einen Verbündeten brauchte, der kein Mitglied der Königsfamilie war.

Dieser Bursche hier war von meinem Schlag. Es war anzunehmen, dass er schwul war, außerdem Amerikaner, stylisch und witzig. Mit Georg wollte ich abhängen, das einzige Problem war vielleicht, dass sein Kopf zu tief in Liams Arsch feststeckte.

„Na, ich freu mich jedenfalls riesig, mit dir zu arbeiten. Seine königliche Hoheit hat mich angeheuert als dein Makeup-Artist und Stylist. Ich übernehme dein ganzes Styling, solange du hier bist. Ich bin auch aus New York. Der Prinz fand, es würde für dich angenehmer sein, wenn dich jemand stylt, der auch aus den Staaten kommt, wobei ich allerdings schon seit fünfzehn Jahren in Irland lebe und für die Königsfamilie arbeite. Ich bin hergezogen, um bei meinem Freund sein zu können, der inzwischen mein Mann ist. Ich kann dir versprechen, Mädchen, du wirst Irland lieben. Das Wetter ist zwar ein bisschen wärmer als in New York, aber es kann manchmal ganz schön regnerisch sein. Dafür sind die Leute toll und das Essen, naja, daran wirst du dich gewöhnen. Das Nachtleben … Die Pubs… Es ist großartig hier.“ Sein Enthusiasmus versiegte ein wenig und mir wurde klar, dass er einige Abstriche gemacht hatte, um sein Leben genießen zu können. Mir wurde mulmig.

„Ich brauche keinen Stylisten. Ich meine, du wirkst wie ein toller Typ, aber im Ernst, ich brauche niemanden, der mich stylt.” Ich war von der Vorstellung so vor den Kopf gestoßen, immerhin war ich verflucht noch mal Modedesignerin … Hallo, ich konnte mich verdammt gut selbst anziehen.

„Oh, Mädchen, das weiß ich doch, aber der royale Stil entspricht nicht so ganz deiner Komfortzone. Ich hab die coolen Sachen von Flower Street gesehen, aber der König würde tot umfallen, wenn du sowas bei Hof anziehst. Aber davon abgesehen, ich kann's kaum erwarten, dass du mir was davon besorgst."

Sein zwinkerndes Lächeln war so ansteckend, dass mein altes Herz weich wurde und ich Liam in Gedanken dafür belobigte, Georg ausgesucht zu haben. Wenigstens würde es in meinem Leben hier eine vernünftige Person geben.

Ich vermisste trotzdem meine Mädchen. Ich war noch nie so weit von ihnen weg gewesen und im Moment fühlte es sich an, als wäre ich auf einem anderen Planeten gelandet. Sobald ich mich selbst in dem Trenchcoat und den hohen Schuhen sah, mitsamt Hochsteckfrisur, hatte ich Gewissheit, dass ich ein Alien war. Ich sah aus wie eine piekfeine Avery, die vor einer Million Jahren geboren worden war … in einem anderen Leben und in einer weit, weit entfernten Galaxie.

„Oh, wow!", platzte Liam heraus, der hereinkam, gerade nachdem mir Georg in den Mantel geholfen hatte.

„Voila!" Georg breitete die Arme aus. „Sie ist bereit, unter Leute zu gehen … oder naja, unter diese Leute eben."

„Kann man wohl sagen." Liam bot mir seinen Arm und ich tat mein Bestes, den Stress wegzuatmen und die Übelkeit zu unterdrücken. „Wenn ich", flüsterte er, „dir von alldem vor unserem Abflug erzählt hätte, wärst du vielleicht nicht eingestiegen und du hättest ganz bestimmt nicht so ein dringend benötigtes Schläfchen bekommen. Vertrau mir, ich beschütze dich."

„Ähm ja, du hast vermutlich recht", war alles, was ich sagte, als wir auf die Ausstiegsluke zugingen.

In einiger Entfernung, außerhalb der Tore zur Rollbahn, wartete eine Traube Menschen. Es waren lautes Jubeln und Zurufe zu hören, aber ich konnte nicht ausmachen, was sie sagten.

„Ah, die jubelnden Massen", sagte Liam halb flüsternd.

„Ist das alles wegen dir?" Ich war ehrlich perplex.

„Sei doch nicht so überrascht, ein gutaussehender Prinz zu sein hat seine Vorzüge, zum Beispiel große Mengen hingerissener, ergebener Frauen, die der Meinung sind, dass sie wunderbare Prinzessinnen abgeben würden … oder Königinnen. Da siehst du mal, wie viel Glück du hast.“ Er stupste mich scherzhaft in die Seite, doch der Anblick all dieser geifernden Frauen ließ mich sehr besitzergreifend werden.

„Wo muss ich unterschreiben?“ Ich stupste zurück.

„Ich freue mich, dass du deinen Humor noch hast.“ Er senkte die Stimme noch ein wenig und ich versuchte weiterhin meine Nervosität zu verbergen. „Alles wird gut, versprochen.“

Er zog mich etwas dichter an sich und ich konnte wahrhaftig meine Stimme nicht finden, um noch etwas zu sagen. Als wir uns dann auf die Menge zubewegten, übermannten mich die Nerven doch und ich begann zu zittern, selbst unter dem verdammten Mantel. Gottseidank gesellten sich zum Schutz noch Sicherheitsleute zu uns, die uns flankierten und dafür sorgten, dass wir unbehelligt und ohne direkten Kontakt zu der Meute in die bereitgestellte Limousine steigen konnten.

„Liam!“, rief es von überall her, und „Prinz“, mehr an erkennbaren Worten konnte ich nicht heraushören.

Sollte ich wirklich seine Frau werden, würde es mich extrem sauer machen, dass seine „Fans“ so aufdringlich waren. Sobald wir sicher in der Limousine untergebracht waren, schaute ich hinaus zu den dutzenden Frauen, die sich am Tor drängten. Wir waren auf einer abgelegenen Nebenbahn des Flughafens gelandet, diese Damen hatten also einen ordentlichen Weg auf sich genommen, um ihren Prinzen zu drangsalieren.

„Na, das muss sich ja toll anfühlen.“ Ich schielte ihn von der Seite an und war eindeutig schnippisch. „All diese Frauen, die dir hinterher kreischen, als wärst du ein Rockstar!“ Ich konnte nicht verhindern, dass meine Eifersucht sich ein wenig zeigte. Ich meine, hallo, wir hatten viermal gevögelt und kannten uns seit achtundvierzig Stunden, ich hatte eindeutig ein Vorrecht auf den Mann.

Ich lachte innerlich und dachte daran, wie idiotisch das alles war. Ich würde mir einen Spaß gönnen und dann nach Hause gehen, auf keinen Fall würde ich an diesem Wochenende irgendetwas unterschreiben. Ich fühlte mich besser, nun da ich wusste, dass ich mich nicht in diesen Schwachsinn hineinziehen lassen würde. Ich wollte mir schon kräftig auf die Schulter klopfen dafür, dass ich auf diesen Scheiß nicht reingefallen war, als Liam sich einmischte.

„Ich bin ihr schöner Prinz." Ich hätte mich fast verschluckt, als ich das hörte.

„Und so bescheiden", triezte ich ihn noch etwas mehr.

„Hier." Er holte sein Telefon hervor. „Das ist ihr illustrer König." Er zeigte mir auf dem Handy ein Bild von einem Mann mit schiefen Zähnen, der zwar gut gekämmt und staatsmännisch war, aber dabei ach so hässlich.

„Er ist bestimmt sehr nett." Ich bot Liam ein gütiges Lächeln dar. „Ich frage mich, warum der König von Irland sich nicht die Zähne hat richten lassen. Ihr könntet euch doch wohl bestimmt einen Zahnarzt leisten."

„Seine Zähne sind die königlichen Zähne Irlands. Verstehst du, das Lächeln meines Vaters ist sein Erkennungsmerkmal, inoffiziell natürlich. Seine schlimmen Zähne sind sogar eine Familieneigenschaft, mein Großvater hatte auch schon ein entsetzliches Gebiss, genau wie mein Urgroßvater. Als ich dann daherkam und die Zähne meiner Mutter geerbt hab … Nun, das Königreich geriet in Aufruhr. Tatsächlich komme ich nämlich in allen Belangen nach meiner Mutter." Er durchsuchte kurz sein Telefon und fand das Bild einer schönen jungen Frau mit rabenschwarzem Haar, die an der Seite des Königs stand. „Ich hab alles von ihr außer der Haarfarbe."

„Sie ist sehr hübsch." Sie war nicht einfach nur schön, sondern auch fürstlich und staatstragend. Wollten die etwa, dass ich auch so wurde? Ich war abgedreht und süß, manchmal fast umwerfend, wenn so jemand wie Georg ein bisschen an meinen Haaren rumschraubte, doch Liams Mutter war das Inbild einer wahren Königin.

„Du musst sie wirklich vermissen", fügte ich hinzu, ohne nachzudenken.

„Es war schwer mitanzusehen, wie sie verwelkte. Ihre Krankheit war so weit fortgeschritten, als sie gestorben ist, wirkte sie eigentlich gar nicht mehr wirklich wie meine Mutter, die ich so geliebt habe. Sie war unglaublich schwach und fragil. Am Schluss konnte sie kaum noch sprechen, es war fürchterlich. Ich hab mir eigentlich nur gewünscht, dass sie ihren Frieden findet. Ich weiß, das klingt vielleicht schlimm, aber an dem Tag, an dem sie starb, war ich glücklich, weil sie endlich frei war. Erst am nächsten Tag hab ich verstanden, dass ihre Freiheit gleichzeitig mein Verlust war. Ein Teil von mir starb damals und ich hab ihn nie wieder zurückbekommen … Tschuldigung." Er unterbrach sich selbst. „Ich, äh … rede sonst nie über diese Sachen." Er wirkte tatsächlich beschämt darüber, dass er über den Verlust seiner Mutter gesprochen hatte.

„Nein, ich bin froh, dass du es getan hast. Ich hoffe, dass du immer das Gefühl haben wirst, mit mir reden zu können. Ich bin für dich da. Es muss wirklich hart sein, so früh die Mutter zu verlieren." Ich hielt ihm die Hand und hoffte, dass er mein Mitgefühl und mein Verständnis spüren würde.

„Für meinen Vater war es noch schlimmer. Er ist danach ziemlich eingebrochen und hat sich, glaub ich, auch nie wieder erholt. Ich bin mir ziemlich sicher, dass er mich deshalb vor vierzig zum Heiraten zwingt und bevor ich den Thron einnehme. Er will die leeren Hallen und Gänge wieder füllen. Er und ich, wir haben uns nie besonders nahegestanden. Nach Moms Tod ist die Distanz dann noch größer geworden … Was für ein Glück du doch hast!", wechselte er den Ton, „du wirst ihn in ein paar Minuten kennenlernen.“

„Junge, Junge, ich freu mich.“ Ich verdrehte die Augen und lachte, während ich immer nervöser wurde.

Kapitel 14

Liam

Sie sah schön aus, wie sie so makellos gekleidet dasaß. Sie erinnerte mich an eine jüngere Version meiner Mutter. Ich wusste zwar, dass sie diese Kleider nicht mochte und ihre Frisur seit fünfzig Jahren aus der Mode war, aber sie war perfekt. Jedenfalls würde mein Vater dieser Meinung sein. Er hatte uns aufgetragen, uns sofort mit ihm zu treffen, sobald wir im Palast waren. Er wollte keine Minute länger warten. Er war sehr wütend darüber gewesen, dass ich so mir nichts, dir nichts jemanden in New York aufgetrieben hatte, und schlimmer noch, dass ich nun verkündete, sie anstelle von Lucy zu heiraten.

Sicher, Lucy würde ein gebrochenes Herz haben, aber ich hatte einen Cousin, falls mein Vater sie unbedingt an jemanden von uns verheiraten wollte, konnte sie ihn haben. Es gab mir ein starkes Gefühl, Avery meinem Vater zu präsentieren, weil es bedeutete, dass ich das Heft in die Hand nahm. Ich würde mich nicht jedem Aspekt seines hirnrissigen Ultimatums beugen. Eine totale Fremde zu heiraten war dementsprechend eine Befreiung für mich. Die Tatsache, dass Avery so in die Defensive gegangen war, nahm mir zwar ein wenig die Freude, doch ich wusste, dass ich sie mit etwas Charme wieder auf meine Seite holen konnte. Sie hatte schon jetzt begonnen, sich ein kleines bisschen zu ändern. Bald schon würde sie die alte Avery nicht wiedererkennen und sie würde auch nicht wieder zurück in ihr früheres Leben wollen. Es würde etwas Arbeit bedürfen, doch ich war entschlossen.

Mir gefiel das Gesicht, das Avery machte, sobald unser Wagen den Weg hinauf zum Palast einschlug. Das Schloss befand sich auf einer kleinen Halbinsel nördlich von Dublin. Es war ein echtes europäisches Schloss, komplett aus Stein und mit jeder Menge Türme. Imposant auf den ersten Blick, doch gleichzeitig auch groß und zugig.

„Lebt ihr Leute wirklich in einer Burg?" Ihre Augen waren vor Verwunderung geweitet.

„Ja, offiziell. Tatsächlich nicht wirklich. Der Hauptbereich ist eine Touristenattraktion und die Privaträume sind für offizielle Angelegenheiten. Die Wohnbereiche sind hinter dem Anwesen. Ich habe ein kleines Cottage hinterm Hauptgebäude, niemand von uns lebt im eigentlichen Schloss." Ich hoffte, sie würde sich behaglicher fühlen in dem Wissen, dass wir nicht in einer steinernen Monstrosität wohnen würden.

„Wow, das ist alles ein bisschen überwältigend", gestand sie, also zog ich sie wieder zu mir heran.

„Darauf wette ich." Ich konnte mir nicht vorstellen, wie es für eine Bürgerliche, und dann noch eine New Yorkerin, sein musste, die volle Breitseite des europäischen Monarchentums abzubekommen, aber sie würde sich gefasst machen müssen, denn ich sah bereits meinen Vater und einige ausgewählte Berater am Eingang, die unsere Ankunft erwarteten.

Meine Ankunft an sich war ihm dabei freilich scheißegal. Er wollte lediglich anwesend sein, um uns einzuschüchtern. Er würde Avery inspizieren, irgendetwas Schreckliches sagen und dann weiter seinem Tagwerk nachgehen. Bei diesem Auftritt vor dem Schloss ging es um nichts weiter als Macht. Er wollte Avery beherrschen, noch bevor sie eine Chance bekam, hier auf den Füßen zu landen. Ich hatte ihn das schon zuvor tun sehen, aber ich hatte Avery aus gutem Grund gewählt. Ich nahm an, dass sie genug „Scheißdrauf" in sich hatte, um sich von den Einschüchterungsversuchen meines Vaters nicht allzu sehr aus der Bahn werfen zu lassen.

Der Wagen hielt vor den Stufen zum Eingang und ich beugte mich zu Avery hinüber.

„Okay, Showtime.“ Ich schnappte mir ihre Hand und drückte sie aufmunternd.

„Ich schaffe das, ich schaffe das“, sagte sie zu sich selbst als flüsterndes Mantra.

„Es gibt nichts zu befürchten, du bist charmant und schön. Sei beides und alles wird gut.“ Ich kam heran und gab ihr einen sanften, verführerischen Kuss auf ihre herrlichen, vollen Lippen. „Und falls es irgendwie heftig wird, konzentrier dich einfach auf die Zähne meines Vaters, aber nicht zu sehr.“ Nachdem er das gesagt hatte, öffnete der Page die Tür, ich stieg aus und reichte Avery meine Hand.

„Muss ich mich verbeugen?“, fragte sie tonlos.

„Ach richtig, ja, einfach ein knapper Hofknicks, das reicht.“ Dieses kleine Detail hatte ich vergessen. Als Ausländerin würde man nicht erwarten, dass sie von Anfang an das ganze Protokoll kannte, aber ein respektvoller Hofknicks war definitiv Voraussetzung.

„Okay.“ Sie schien sich zusammenzunehmen und zu sammeln, als wir die Stufen hinauf zum Gefolge nahmen. Hitze kochte in meinen Adern, denn ich verabscheute es wahrhaftig, wie mein Vater von oben auf uns herab geierte. Wer zum Teufel stellte sich einem Menschen draußen vor der Tür vor, umgeben von einer Armee Bediensteter?

„Wie ich sehe, bist du gut wieder nach Hause gekommen“, begann er zu sprechen.

„Vater.“ Ich offerierte ihm eine knappe Verbeugung. „Das ist Avery Johnson, meine Verlobte.“

„Eure Hoheit.” Avery bot die perfekte Kombination von Hofknicks und gesetzter Verneigung mit dem Kopf dar, was allseits das Interesse aufflammen ließ.

„Miss Johnson“, war meines Vaters kalte Antwort. „Liam, ich will, dass du dich nach dem Lunch mit mir und dem Hofrat zusammensetzt. Geht euch frisch machen und ich treffe mich dann mit dir und Miss Johnson – "

„Avery", unterbrach ich ihn.

„Im Speisesaal." Damit machte er auf dem Absatz kehrt und trat ins Schloss, woraufhin ihm sein Hofstaat wortlos folgte.

Die ganze Show war unglaublich sinnlos. Ich blieb mit Avery noch zurück, um meinen Vater und seine Entourage passieren zu lassen. Dann überquerten wir die Auffahrt und umrundeten das Schloss außen. Es lag zwar noch auf dem Grundstück, aber mein kleines Landhaus befand sich etwa einen halben Kilometer vom Haupteingang entfernt, den wir ohnehin nie verwendeten. Wir waren dort nur ausgestiegen, weil es mehr Eindruck machte, dem König oben auf der Treppe zum großen Tor zu begegnen.

Ich hatte zwar nicht vorgehabt zu Fuß zu gehen, aber ich war wirklich angepisst, weil mein Vater sich von Anfang an wie ein Scheißkerl benahm, und ich musste mir den Zorn aus dem Leib laufen. Er wusste genau, was er da tat, der Bastard. Er stieß Avery vor den Kopf, bevor er überhaupt noch Gelegenheit gehabt hatte, sie kennenzulernen. Vermutlich würden wir bei unserem Treffen erfahren, dass wir einen Ball oder sonst irgendeine Veranstaltung geben würden, wo er mich dann mit Lucy schikanieren konnte. Ich hatte um eine Feier gebeten, um meine Verlobung mit Avery zu zelebrieren, doch ich wollte daraus keine Gelegenheit zu geistiger Folter machen, weder für mich noch für Lucy. Ich marschierte entschlossenen Schrittes und Avery musste fast rennen, um Schritt zu halten.

„Ist irgendwas nicht in Ordnung?", fragte sie mit einem Stich Verärgerung in der Stimme.

„Manchmal ist er so ein verfickter Bastard!", sagte ich halb bei mir selbst.

„Er ist der König von Irland, das ist sein Recht." Was? Sie verteidigte den Narzissmus meines Vaters.

„Er sollte nicht Hof halten, sondern meine Verlobte

kennenlernen. Er hat es genau geplant, sich mit uns am Haupteingang des Schlosses zu treffen. Er hat kaum zwei Worte gesprochen. Der einzige Sinn dieses lächerlichen Spektakels bestand darin, dir zu zeigen, dass er der König ist, und um dich zu demütigen." Ich wandte mich ihr zu und verlangsamte für einen Moment mein Tempo, damit sie aufholen konnte.

In meiner Gekränktheit tat ich ihr vermutlich noch mehr Unrecht an, als es mein Vater getan hatte.

„Gut, naja …" Sie sog in tiefen Zügen Luft ein. „Er ist der König, aber ich lasse mich nicht so leicht einschüchtern. Ich gebe zu, das alles hier ist ein bisschen überwältigend. Ich weiß allerdings, dass ich jederzeit in ein Flugzeug steigen und heimfliegen kann, du kannst das nicht. Also, alles gut bei mir. Mach dir keine Gedanken." Sie reckte schwach den Daumen hoch.

„Siehst du, das ist das Problem. Ich will absolut nicht, dass du irgendwohin gehst, bald schon wird das hier auch dein Zuhause sein." Ihr Blick brachte mitnichten die Freude zum Ausdruck, die ich erhofft hatte.

„Jaa", machte sie. „Vielleicht sollten wir fürs Erste noch nicht so weit gehen."

„Zur Sicherheit", antwortete ich. „Allerdings freue ich mich darauf, dich auf dem Anwesen herumzuführen, das möglicherweise unter Umständen vielleicht eines Tages auch dein Zuhause werden könnte."

Sie lachte, das war eine Erleichterung.

„Es gibt hier ein paar schöne Dinge, die du bestimmt lieben wirst. Das Cottage ist gleich da vorne rechts. James lässt unser Gepäck bringen und ich glaube, Georg wartet schon dort, um mit dir das Teekleid anzuprobieren, das ich ausgesucht habe. Ich verspreche, dir nicht ständig Kleider zu kaufen und dich anziehen zu wollen, weil du keine Puppe bist und ich weiß, dass du ohnehin viel besser darin bist als ich, zumal du selbst Modedesignerin bist, allerdings ist unsere

Zeit gerade sehr knapp. Ich musste sicherstellen, dass du etwas Angemessenes zum Lunch anzuziehen hast. Mein Vater wird erwarten, dass du dich in Zukunft mehr und mehr an die Regeln des Königshauses zu halten beginnst. Nach dem Essen werden wir das Protokoll durchgehen, damit du weißt, was erwartet wird, wenn wir uns unter den Augen der Öffentlichkeit bewegen. Keine Sorge, es ist nichts allzu Extremes, nur ein paar simple Reglements, denen alle in der Monarchie folgen.“ Ihr Gesicht nahm ein ungesundes Grün an.

Gottseidank waren wir vor dem Cottage angelangt und aus irgendeinem Grund gab mir die Ankunft zu Hause ein besseres Gefühl zu alledem.

Sie funkelte mich von der Seite an und bemerkte: „Das ist kein Cottage!“

„Nun, wir Iren prahlen nicht gern.“ Ich warf ihr ein schmieriges Grinsen zu und ging mit ihr gemeinsam zur Eingangstür.

Es stimmte schon, mein Cottage war alles andere als ein Cottage, vielmehr eine Villa mit fünfzehn Zimmern, einige hundert Meter abgelegen vom Hauptschloss. Sie war viel zu groß für mich allein, aber da ich der Thronfolger war, musste ich ein angemessenes Anwesen bewohnen, das meine Rolle in der Monarchie widerspiegelte. Es gefiel mir nicht, in so einem großen und unpersönlichen Haus zu leben, und ich hielt mich in der Regel ohnehin nur im zweiten Stock auf, womit das Erdgeschoss meinen Bediensteten und geschäftlichen Treffen vorbehalten war. Der dritte und der vierte Stock blieben verlassen und wurden nur gelegentlich von den Putzfrauen betreten.

Ich hatte nie unbedingt König von Irland werden wollen, auch wenn man mir das eingeschärft hatte, seitdem ich Worte verstehen konnte. Ich wurde nun aber allmählich mit der Vorstellung vertraut, denn ich wollte ein paar Änderungen an der eingestaubten Aristokratie vornehmen und eine eher modernere Monarchie schaffen. Mein Vater war ein großer Traditionalist und hielt eisern an den althergebrachten Idealen fest. Ich wollte da etwas revolutionärer sein und Avery war mein erster Schritt in diese Richtung.

Als wir die Tür erreichten, öffnete mein Hausbutler Finnegan die Tür, ohne dass ich unsere Ankunft hätte ankündigen müssen.

„Willkommen daheim, Eure Hoheit“, sagte er und verneigte sich. „Dürfte ich die Mäntel nehmen?“

Ich nickte Avery zu, nahm meinen Mantel ab und hoffte, dass sie dasselbe tun würde. Ich überreichte meinen an Finnegan und sie machte es mir nach. Dann nahm ich Averys Arm und führte sie ins Landhaus. Die Augen gingen ihr vor Ehrfurcht und Staunen über und ich fühlte eine kitzlige Freude in mir. Es war zum Anbeißen, wie sie den Luxus der Villa bewunderte.

In den Ecken standen antike Statuen von berühmten griechischen und römischen Bildhauern, die mein Vater im Laufe seiner vielen Reisen nach Italien und Griechenland erstanden hatte. Die Wände des hohen Empfangssaals waren mit Gemälden geschmückt und schwere Brokatvorhänge verdeckten die großen Fenster, wodurch ein Großteil des mittäglichen Lichts ausgesperrt wurde, um die Meisterwerke zu schützen, was aber gleichzeitig auch einen eher düsteren ersten Eindruck präsentierte. Avery schien sich nicht daran zu stören.

„Das ist ja unglaublich“, sagte sie und wanderte umher, ließ sich von den Füßen in alle Richtungen tragen und landete schließlich vor einem Bild der Aphrodite.

„Aphrodite, die Sexgöttin, kein Wunder, dass sie dir gefällt“, scherzte ich.

„Sie ist nicht nur Sexgöttin, sie macht auch anderes Zeugs.“ Ihr fauchendes Gesicht war hinreißend.

„Sowas wie Babys machen und Ständer verursachen?“ Ich konnte nicht anders.

„Du bist furchtbar“, schalt sie mich.

„Japp, immer noch furchtbar und ich habe nicht vor, mich zu

ändern, aber du, meine liebe Königin, wirst dich sehr wohl verändern müssen." Ich nickte Georg zu, der in einiger Entfernung darauf wartete, seine Magie spielen zu lassen. „Witz verstanden?" Ich schob sie sanft in seine Richtung und wusste schon, dass der Tag für sie noch mehr Überwältigendes zu bieten haben würde. Doch in unserer Zukunft wartete definitiv irgendwo ein heißes Bad und ein guter Fick, um sie für all das zu entschädigen, was ich sie demnächst durchmachen lassen musste.

„Was denn jetzt schon wieder?" Sie verdrehte entnervt die Augen. „Meine Haare sehen fantastisch aus!" Sie warf protestierend die Hände in die Luft.

„Alles an dir sieht fantastisch aus, aber wir speisen mit dem König, da musst du fantastisch bis zur Vollendung sein. Vertrau mir, nach dem heutigen Tage wirst du ihn nicht mehr oft zu Gesicht bekommen."

Sie schnaubte und schaute böse. „Wenn ich mich für jedes Mal umziehen muss, wenn wir ihn treffen, und ich dabei nicht meine eigenen Sachen anziehen darf, dann hoffe ich, dass ich ihn überhaupt nie treffen muss. Das verhunzt mir wirklich den Stil."

Oh, sie hatte ja keine Ahnung, wie sehr der König von Irland ihren Stil zu verhunzen gedachte.

Kapitel 15

Avery

Georg brachte mich in einen Raum, wo auf einer Garderobe verschiedene Outfits hingen. Er war liebenswert und aufmerksam, wie auch bereits im Flieger, aber ich sah eindeutig, dass er auf Seiten von Team Königshaus stand. Er war so übereifrig und pingelig, dass mir schwindlig zu werden begann. Alles entglitt rasant meiner Kontrolle. Ich wusste nicht recht, wie viel davon ich noch hinzunehmen bereit war, denn ich hatte das Gefühl, dass Liam nicht aufrichtig gewesen war darüber, was alles von mir erwartet würde.

„Aber hallo noch einmal“, grüßte mich Georg und führte mich zu einem Sessel. „Ich freue mich ja so, dass du mit dem König zu Mittag isst“, begann er. „Keine von Liams anderen …“ Er zögerte einen Moment, „… Dates hatte bisher das Vergnügen.“

Ich antwortete ohne Überzeugung: „Woohoo.“

„Also dann, suchen wir zuerst dein Outfit aus und dann mache ich deine Haare und das Make-up.“ Plötzlich war er wieder ganz geschäftig.

„Hast du nicht ohne Witz vor kaum einer Stunde meine Haare und mein Make-up gemacht?“ Ich wollte nicht gemein zu ihm sein, also hielt ich meine Verärgerung im Zaum, aber auf dieses Spiel hatte ich keinen Bock.

Ich war das Mädchen, das pinke Jeans trug, Ich hatte Sachen mit aufgemalten Blumen und Schuhe aus dem Gebrauchtwarenladen oder von meiner Mom, weil sie *vintage* waren. Ich war keine Frau, die ihre Haare in einen Dutt schnürte und sich in einen Bleistiftrock zwängte, und ich hatte nicht vor, etwas daran zu ändern. Ich konnte meinetwegen für einen Tag die Prinzessin spielen, aber auf keinen

Fall würde mich Liam dazu bringen, diese Show tagtäglich abzuziehen für die Dauer eines Vertrages, der zumindest bis nach der Geburt von zwei Kindern anhielt, wenn nicht sogar länger. Ich wollte Kinder und ich begann Liam echt zu mögen, doch nichts wäre ein derartiges persönliches Opfer wert gewesen.

„Naja, ich hab deine Haare für die Ankunft gemacht. Jetzt ist es Zeit für deine Lunch-Frisur.“ Er wedelte mit den Armen und ich wusste, dass dieser Mann nicht von seiner Mission abzubringen war, ich würde mich fügen müssen.

„Von mir aus“, murrte ich.

„Du gewöhnst dich dran“, warf Georg in den Raum, als wäre es eine alltägliche Sache, einfach sein ganzes Leben wegzuwerfen.

„Wie viele hast du schon gesehen, die sich daran gewöhnt haben?” Er musterte mich und ich äugte zurück.

„Keine …“ Lügner. „Du bist die Erste, er muss dich wirklich lieben.“

„Nicht!“ Mein Blick verfinsterte sich weiter zu einem wirklich bösen Starren.

„Nun, es waren schon ein paar Frauen hier in diesem Sessel, aber keine davon so liebreizend wie du, mal abgesehen von dem entsetzlichen Gesicht, dass du gerade gemacht hast.“ Er biss sich auf die Lippe und begann die Spangen aus meiner Hochsteckfrisur zu ziehen.

„Und?“ Ich brauchte etwas gegen Liam in der Hand. Ich war dabei, den größten Fehler meines Lebens zu machen. Ich musste wissen, wo der Hund begraben lag, um mir ausmalen zu können, wie sehr am Arsch ich sein würde.

„Und aus ihnen ist nichts geworden, sie kamen, sie gingen.“ Er begann zu trällern und zu summen.

„Nope.“ Ich entzog meinen Kopf seiner Reichweite, sodass er nicht arbeiten konnte. Ich hatte ihn in der Hand, ich musste alles wissen, was er hatte.

„Okay. Schätze, du solltest es wissen, zumal du die Einzige bist, und das meine ich ernst, weil deine Ankunft die Alarmstufe ausgelöst hat.“ Er ließ die Schultern sinken, als hätte er soeben die Position der Rebellenbasis an den Feind verraten.

„Und was soll das schon wieder heißen?“ Mein Starren wurde weicher, aber nur ein kleines bisschen.

„Nun“, er atmete tief durch. „Alarmstufe bedeutet, dass ein Mädchen, oder eher wohl eine Frau, nicht nur den König kennenlernt, sondern auch im Landhaus übernachtet. James hat erwähnt, dass Liam vorhabe, viel Zeit mit dir zu verbringen, also sind wir alle auf Alarmbereitschaft und bekommen auch mehr bezahlt, weil unsere Dienste öfter gebraucht werden.“ Alles Geschäft … hmm.

„Und mit ‚wir‘ meinst du?“ Mir gefiel, dass er alle Geheimnisse nach ein klein wenig Sticheln schon preisgab.

„Ich, deine Ernährungsberaterin, deine Publizistin, dein Redenschreiber, obwohl der Posten wohl noch eine Weile unbesetzt bleiben wird, dein Assistent, und später dann deine Bedienungen.“ Er zuckte die Achseln und grinste breit.

„Was zum Teufel?“ Ich fühlte mein Gesicht rot werden vor Hitze.

„Und vielleicht auch noch eine Dialektexpertin. Und jetzt muss ich meine wenige wertvolle Zeit nützen.“ Er machte sich wieder an meinen Haaren zu schaffen und summte sein verdammtes Lied dabei.

„Und Liam hat all diese Leute in den letzten beiden Tagen eingestellt?“ Ich konnte die Worte kaum aussprechen, ohne dabei zur rasenden Furie zu werden.

„Ich bin, wie gesagt, schon eine ganze Weile an Bord. Der Rest der Leute wird von einer anderen Frau abgezogen, die Liam ursprünglich hätte heiraten sollen. Sie befindet sich schon längere

Zeit in der Ausbildung." Und jetzt war es er, der ein wenig angepisst klang.

„Magst du sie? Diese Frau, die ihn heiraten sollte?" Oh, endlich konnte ich auf ein wenig Schmutzwäsche hoffen.

„Ich habe keine Abneigung gegen sie."

„Aber du hast eine Abneigung gegen mich?" Hui, das machte Spaß, großen Spaß.

„Wenn ich dich unterwegs in einem Club treffen würde, würden wir uns bestimmt super verstehen, aber als die potentielle Königin von Irland sehe ich eine Menge Arbeit auf mich zukommen." Sein übertriebenes Seufzen machte mich nur wieder sauer.

„Warum? Weil ich keinen Stock im Arsch stecken hab?" Ich legte den Kopf schief und ließ die Diva voll raushängen.

„Vielleicht, ja. Diejenigen, die angemessen vorbereitet sind auf ihre Rolle bei Hof machen viel weniger Ärger." Jetzt verwendete er seine Haarbürste als Waffe und arbeitete seine Frustration an den langen Strähnen ab, die teilweise von den Klammern ziemlich verknotet waren.

„Was ist mit Liams One-Night-Stands? Müssen die sich auch dieser Folter unterziehen?" Ich meine, jetzt waren wir schon so weit gekommen, wieso nicht der Sache bis ganz auf den Grund gehen?

„Die gehen nicht zum Lunch mit dem König, aber ja, ich hab jede einzelne von ihnen gestylt." Ich glaubte zu sehen, dass er die Augen verdrehen wollte.

„Und wie viele waren das genau?" Ich begann ein wenig zu beben, der Moment der Wahrheit war gekommen.

„Zu viele, um mitzuzählen", sagte er mit gesenkter Stimme in dem Wissen, was für eine Bombe er da hatte platzen lassen.

„Aber du sagst, ich bin anders?" Ich zitterte.

„Naja, ich weiß nicht, wie sehr du anders bist. Du bist,

hübsch, wie gesagt, aber hübsche Frauen hatte er auch vorher schon ein paar, doch das vorgegebene Protokoll für dich ist dasselbe wie für Lady O'Day, was bedeutet, dass du hier eine große Nummer bist, und als solche musst du mir erlauben, mich auf deinen Look zu konzentrieren. Uns läuft die Zeit davon." Plötzlich war er ganz nervös und hatte zu schwitzen begonnen.

Ich war mir noch nicht sicher, ob ich Georgs dicke Freundin oder seine schlimmste Feindin werden wollte. Ich beschloss, die Entscheidung zu verschieben und ihn vorerst einfach an meinen Haaren arbeiten zu lassen, während ich meine Gefühle sortierte. Zuvor hatte ich sein Summen nicht ausstehen können, aber jetzt tat es mir gut, weil es wie eine Schallwand zwischen seiner Realität und meiner fungierte. Nie hatte ich mich so allein und fremd gefühlt. Ich wünschte, ich hätte Kylie anrufen können, denn sie hatte solcherlei Dinge schon oft erlebt. Sie hatte viele Fake-Beziehungen gehabt und vor der Presse eine tapferes Gesicht dazu gemacht. Bevor sie Alec traf, war sie das größte Playgirl in der Geschichte der Modeindustrie gewesen. Ich konnte doch wohl einen Prinzen überstehen, wo sie doch eine gefälschte Liebesgeschichte nach der anderen abgespult hatte. Ich brauchte ihren Rat. Ich begann auf dem Stuhl herumzurutschen, um an mein Handy zu kommen, das auf dem Tisch neben Georgs Arbeitsplatz lag. Plötzlich musste ich unbedingt mit Kylie reden.

„Und wir winden uns jetzt wie ein aufgespießter Wurm, weil?", schalt mich Georg.

„Ich brauch mein Telefon, kannst du's mir geben?" Auf einmal war ich ganz süß und lieb.

„Wir haben's eilig, kann dein Anruf warten?" Er hingegen war noch immer sehr gereizt.

„Nein." Dann lehnte ich mich rüber und schnappte es mir, gerade als Liam zur Tür hereinplatzte, als hätte er mich auf einer Sicherheitskamera beobachtet, und dann traf es mich, denn wahrscheinlich hatte er das tatsächlich. Ich verlor definitiv allmählich den Verstand. „Hast du mich etwa die ganze Zeit über beobachtet?“, fragte ich anschuldigend.

„Ja. Nein. Vielleicht …“, war seine entsetzliche Antwort.

Georg bearbeitete meine Haare mit dem Lockenwickler und Liam trat zu uns.

„Ich hab dich nicht wirklich ausspioniert, aber … ja. Ich hab dich ausspioniert.“ Er zog einen Stuhl heran und schob ihn neben mich. „Ich dachte mir, du würdest jetzt wohl jeden Augenblick durchdrehen, und ich hatte absolut recht. Und deshalb ist Prinz Charming zu deiner Rettung hier.“ Sein umwerfendes Lächeln half überhaupt nicht.

„Ich kann mich um meine Haare selbst kümmern, Liam“, knurrte ich.

„Ja natürlich, und du kannst dich auch selbst einkleiden, aber Irland ist einfach noch nicht ganz bereit für Avery Johnson. Gib ihnen ein bisschen Zeit und es wird sicher noch werden. Halte durch, bis der Schock ein wenig abklingt.“ Er sagte das alles mit ernstem Gesicht.

„Sagt der Mann, der sein Leben lang jede Woche eine andere Frau in diesen Stuhl hier gesetzt hat.“

Ich begann mich zu fragen, ob ich für Liam überhaupt irgendetwas bedeutete. Ich begriff, dass ich vermutlich nur ein letzter Ausweg war. Liams Zeit war aufgebraucht und sein Playboytum musste gezähmt werden, ansonsten verlor er seine Gelegenheit, auf den Thron zu steigen. Ich war nicht besonders oder wichtig und ich begriff nicht, wieso ich je etwas anderes hatte glauben können. Wir kannten uns noch immer erst seit zwei Tagen. Fantasie und Realität passten nicht zusammen. Das hier war keine Liebesgeschichte. Alles hatte nur damit begonnen, dass ich auf einer Veranstaltung gestresst gewesen war und deshalb meine Vagina einen Mann aussuchen hatte lassen, der sich als völlig unpassend entpuppt hatte. Ich hatte mich dem Schwanz eines Könners hingegeben, weil er einen tollen Akzent hatte, einen rotgoldenen Haarschopf und einen Charme, so exakt kalkuliert, dass ich ihm direkt in die Falle getappt war.

Ja, er bot mir eine Gelegenheit, in einer festen Beziehung zu sein und Kinder zu haben, aber das alles nur auf Basis eines Vertrags. In meinem Sessel sitzend, wobei Georg mir schmerzhaft heiße Rollen in die Locken drehte, alles für ein Mittagessen mit dem König von Irland, begriff ich, dass ich mich gerade für einen Vierundzwanzigstundenjob bewarb, den ich überhaupt nicht wollte.

„Schuldig im Sinne der Anklage. Ich habe eine Menge Frauen durch, wie ich dir auch bereits gesagt habe." Na immerhin stritt er es nicht ab. „Wenn der Lunch vorbei ist und dieser scheußliche Tag hinter uns liegt, tauchen wir ein paar Tage unter, damit du dich eingewöhnen kannst. Alles, was du jetzt erlebst, ist ganz normal", erklärte er.

„Gar nichts hier ist normal", korrigierte ich ihn.

„Ja, naja, normal für Angehörige des Hofes. Was du gerade tust und dir überlegst, in Zukunft weiter zu tun, wird so schon seit hunderten von Jahren gemacht. Ja, mir ist bewusst, dass genau das Teil des Problems ist, aber wir können nicht die Lösung sein, ohne zu verstehen, was nicht stimmt. Und … Apropos. Lunch. Es gibt ein paar Verhaltensregeln, die ich mit dir durchgehen muss, und wir haben fast keine Zeit mehr." Ich seufzte kindisch, einfach um zu untermalen, wie sehr mir das alles missfiel, was ihn zum Lachen brachte, bevor er seine Liste an Regeln zu verlesen begann. „Niemand fängt vor dem König zu essen an. Wir können allerdings auch in seiner Abwesenheit weiteressen, denn er bleibt in der Regel nicht allzu lange. Ich glaube, er mag seine Verpflichtungen noch weniger als du, also wird er essen, verkünden, was immer er verkünden will, und sich dann selbst entlassen, um sich in seiner eigenen Behausung ein Bier und einen Burger reinzuziehen." Er zwinkerte mir zu.

„Er war wirklich ein toller Vater, als ich klein war, obwohl er auch damals schon der König von Irland war, aber nach dem Tod meiner Mutter und als dann klar wurde, dass ich mich nicht wie ein Mustersohn und braver Adliger aufführen würde, sind wir oft aneinandergeraten. Wir hatten nie Zeit oder Interesse, an unserer Beziehung zu arbeiten. Das ist für dich eigentlich eine gute Sache, denn so müssen wir ihn nicht allzu lange ertragen."

Die Verhältnisse in seiner Familie klangen wirklich deprimierend. Wenigstens hatte ich einen wunderbaren Vater, auch wenn er ein bisschen ungelenk und tollpatschig war. Ich liebte meinen Vater aus ganzem Herzen und plötzlich vermisste ich ihn auch sehr.

„Das klingt schrecklich." Ich ließ meine Deckung kurz sinken, um etwas Mitgefühl zu zeigen.

„Ja, manchmal ist es ziemlich schrecklich." Er erzählte das alles, als wäre die grauenvolle Beziehung zu seinem Vater ein unausweichlicher Teil seines Lebens. „Trotzdem wird er dich genau begutachten, wahrscheinlich um zu entscheiden, ob du entweder meine langersehnte Rettung oder aber mein endgültiger Untergang sein wirst. Und deshalb flehe ich dich um deine Mithilfe an. Und wenn du mich auf Händen und Knien haben willst, noch bevor wir nachher allein und nackt sind, dann bitte, dann gehe ich auf Händen und Knien."

Ich schaute in Panik verstohlen zu Georg.

„Ach Mädchen, das hab ich alles schon gehört." Er rollte mit den Augen und es war zugleich witzig und traurig. „Man kann ja keine Haare machen, ohne sich auszumalen, wovon sie davor so verstrubbelt worden sind." Er versuchte wohl einen Scherz zu machen, aber es machte alles nur noch unangenehmer.

„Das ist nicht hilfreich." Ich versank tiefer in meinem Sessel.

„Aber Georg, Avery ist anders, sie wird meine Frau sein", sagte Liam mit beunruhigender Ehrerbietung.

„Auf dem Papier", fügte ich hinzu.

Ich konnte einen Wandel bei Liam erkennen. Meine Worte

hatten ihn verletzt. Ich fühlte mich deswegen nicht allzu geknickt, zumal er es ja gewesen war, der mich in einen lieblosen Vertrag zerren wollte, nachdem er mich für gut genug befunden hatte, weil er sich inzwischen mit dem Rücken an der Wand wiederfand und mich für seinen Thron brauchte. Liam wenigstens ein bisschen eins ausgewischt zu haben, gab mir das Gefühl, den kommenden Herausforderungen schon ein wenig eher gewachsen zu sein.

„Wir werden auch von Angesicht zu Angesicht verheiratet sein“, entgegnete er schließlich, um zu retten, was er in Gang gesetzt hatte.

„Okay, also nicht vor dem König zu essen anfangen. Was noch? Darf ich meine Finger benutzen? Mich unter den Achseln kratzen? Über Politik sprechen? Mit Akzent reden und so tun, als wäre ich doch auch Irin?“ Ich begann zu scherzen, weil ich die Intensität der Situation allmählich nicht mehr aushielt.

„Ja, mach das alles, Daddy wird ganz aus dem Häuschen sein“, gab Liam zurück. „Sitz einfach aufrecht, benutz das Besteck nacheinander von außen nach innen, wenn du etwas nicht magst, iss es nicht. Wenn du bei etwas nicht sicher bist, nimm einen einzelnen Bissen, wenn du etwas lecker findest, kannst du diskret um Nachschlag bitten. Die Magie dieses Schlosses sorgt dafür, dass, wenn du etwas auf dem Teller liegen lässt, es nie wiederkommen wird. Bittest du hingegen um Nachschlag, wirst du das entsprechende Gericht immer wieder in den verschiedensten Variationen erleben. Meinen Vater sprichst du als Eure Hoheit an, aber das weißt du ja schon. Du musst mit ihm keine Konversation führen, aber du kannst Punkte machen, wenn du es doch tust. Er mag Pferderennen, die Jagd, Gegenwartskunde, Weltpolitik, Ballett, die Oper und Kinder. Solltest du in einem dieser Bereiche etwas Amüsantes zu besprechen finden, lass dich nicht aufhalten. Wenn nicht, dann lächle einfach und lache höflich, wenn es angemessen ist. Er erwartet von dir nicht, dass du sprichst, besonders nachdem du gerade erst aus dem Flieger gestiegen bist. Noch Fragen?“ Ich sah, dass er sich nicht wirklich nach meinen Bedenken erkundigen wollte, aber sich doch anständig zu verhalten versuchte.

„Kann ich jetzt nach Hause gehen?“ Ich verlieh meiner Stimme Leichtigkeit, die er, wie ich hoffte, als Scherz auffasste, wobei mir im Grunde gar nicht nach Scherzen zumute war.

„Das kannst du jederzeit, aber lass es uns versuchen, das dauert nicht ewig.“

Ich wusste nicht recht, worauf er sich bezog, unseren Lunch, meinen Besuch in Irland oder unser gesamtes Arrangement an sich.

Kapitel 16

Liam

Avery bot in der Tat einen prachtvollen Anblick, als Georg mit ihr fertig war. Sie war elegant und herrschaftlich, sie erinnerte mich kaum noch an die wilde und ausgelassene Modedesignerin von der Gala vor nur zwei Tagen. Ich erkannte in ihr das Zeug zu einer wahren Königin. Natürlich nur, bis sie ihren Mund öffnete und ihr wahres Ich herausließ, eine Kriegerprinzessin wie aus dem Film, schön, aber kämpferisch. Sie war bereit zur Schlacht, als wir den Speisesaal betraten, wo mein Vater mit seinen Dienern bereits am Tisch stand. Wir waren nicht zu spät, doch mein Vater liebte eben seine kleinlichen Spielchen. Indem er zu früh kam und rumstand, als wartete er schon ewig, wollte er andeuten, dass wir ihn nur aufhielten und in unserer Mission schon jetzt gescheitert waren.

Avery spannte sich an, sobald wir den Saal betraten, und ich ließ meinen Daumen sanft ihren Unterarm massieren, um die Nerven zu beruhigen, die ausgeschlagen hatten. Sie war schon zuvor gestresst gewesen, als Georg sie hergerichtet hatte. Ich wollte mich zu ihr beugen und ihr etwas Aufmunterndes zuflüstern, doch ich befürchtete, dass mein Vater das als Abwehrschachzug gegen ihn fehldeuten würde. Dabei war ich bewaffnet mit einem Date und er hatte nichts weiter als seine ‚Leute‘.

„Ah, Vater“, spielte ich mit. „Ich hoffe, wir haben dich nicht warten lassen. Wir sind beide etwas müde von unserem langen Flug.“ Ich hielt Avery einen Stuhl hin und sie blieb danebenstehen, darauf wartend, dass mein Vater sich setzte. Ich machte eine Show daraus, meinen eigenen Stuhl ebenfalls umständlich hervorzuziehen und mich daneben zu stellen. Um die Affäre nicht unnötig in die Länge zu ziehen, nahm mein Vater Platz und wir folgten seinem Beispiel sogleich.

„Nein, ich freue mich nur, deine Freundin kennenzulernen." Er nickte Avery zu und sie nickte höflich zurück.

Sosehr ich die angriffslustige Frau mochte, die ich an der Bar kennengelernt hatte, sosehr war ich froh, dass sie sich nun in Zurückhaltung übte. Nichts wollte ich lieber, als eine aufbrausende, selbstbewusste, immens talentierte und unabhängige Frau an meines Vaters Tisch zu bringen und es ihm unter die Nase zu reiben, aber ich verstand gleichzeitig auch, dass so etwas nicht die beste Strategie war für unsere Zukunft.

„Es ehrt mich so sehr, Eure Bekanntschaft zu machen", sagte Avery nun und zeigte eine Seite an sich, von deren Existenz ich nichts geahnt hatte. „Euer Land ist wunderschön." Ihr Lächeln war entzückend. „Ich bin unglaublich froh, dass ich hier etwas Zeit verbringen darf."

„Nun, dann werde ich es mir nicht entgehen lassen, Ihnen eine Führung über das Anwesen zu geben. Wir haben einige der weitläufigsten Gärten in ganz Europa." Woher wollte er das wissen? Er setzte nie auch nur einen Fuß dort hinein.

„Ein Rundgang durch die Gärten würde mir sehr gefallen, Eure Hoheit." Und schon wieder das flirtende Lächeln.

„Und vielleicht nimmt er dich auch mit zur Fasanenjagd." Ich sah sie steif werden ob der Erwähnung vom Jagen … Mir war klar, dass ich ein absoluter Arsch war.

Ich brauchte sie auf meiner Seite, sie musste für Team Liam spielen. Ich wollte nicht, dass ihr mein Vater zu nahekam. Er hatte noch nie angeboten, irgendetwas mit irgendjemandem zu tun, den ich je ins Schloss mitgebracht hatte. Selbst Lucy bekam kaum je eine Audienz bei ihm, abgesehen von ein paar Minuten Konversation hier und da auf einer Gala oder einem Event. Niemals zuvor hatte er angedeutet, jemanden persönlich auf dem Anwesen herumführen zu wollen.

„Oh, gütiger Himmel, nein. Ich bin sicher, Miss Johnson hat kein Interesse an der Jagd“, spöttelte mein Vater. „Hab ich nicht recht, Darling?“ Ooh, wie gut er doch wusste, wie er mich beleidigen konnte.

„Durchaus, Eure Hoheit, aber wie gesagt, eine Runde durch die Gärten wäre wundervoll. Vielleicht könnten wir ja bowlen gehen oder Minigolf spielen.“ Ihr charmantes Lächeln hätte jeden Eisbären geschmolzen und ich lehnte mich entzückt zurück. Minigolf? Ei, ei, es interessierte mich brennend, wie das wohl weitergehen würde.

Ich hatte mit Absicht viele der Regeln vage oder unerwähnt gelassen. Ich wollte, dass Avery sich natürlich fühlte und nicht gestelzt, und ich wollte meinen Vater wissen lassen, dass ich null Absicht hatte, eine von denen zu heiraten, die er gutheißen würde. Die Tatsache, dass ihr so etwas wie Minigolf und Bowling überhaupt in den Sinn kam, musste meinen Vater geradezu abstoßen. Ich hatte ihr gegenüber erwähnt, dass wir beide Amüsements auf dem Schloss für die Öffentlichkeit zur Verfügung hatten, weil ich sie als Kind geschenkt bekommen und dann irgendwann das Interesse daran verloren hatte. Doch zu meiner Überraschung schien mein Vater im Gegenteil sehr erfreut über den Vorschlag.

„Wenn ich in meinem Terminplan etwas Platz finde, dann könnten wir vielleicht das mit dem Minigolf mal ausprobieren. Das Spiel habe ich seit Liams Kindheit nicht mehr gespielt. Wir haben hier auf dem Anwesen einen Parkour, ich kann ja mal sehen, was sich arrangieren lässt.“

Wie bitte?

„Ist das dein Ernst, Vater? Minigolf?“ Plötzlich hatte ich das Gefühl, in eine Parallelwelt gestürzt zu sein.

„Warum nicht? Das könnte unterhaltsam werden.“ Er beäugte Avery mit einer Art animalischem Verlangen, das mich aus der Bahn warf. Vielleicht sah er Averys gutes Aussehen und stellte sich seine künftigen Enkelkinder vor. Sein Bedürfnis nach

Enkelkindern und die Fortführung seiner Stammeslinie war wichtiger als alles sonst, was er jemals gewollt hatte.

„Das würde mich sehr freuen, Eure Hoheit." Avery war noch immer die perfekte Prinzessin.

So wütend ich auf meinen Vater war, weil er nicht reagiert hatte, wie ich es erwartete, war ich aus demselben Grund nun sogar noch mehr hingerissen von Avery. Wie auf ein Zeichen hin brachten die Bedienungen just in jenem Moment unseren ersten Gang. Es gab eine irische Kartoffelsuppe mit Kohl und Porree, garniert mit frischen Kräutern. Es war ein ziemliches Armeleuteessen, nur eben fein angerichtet, ein aktueller Trend der Küche schien zu sein, gutbürgerliche Gerichte so anzupassen und neu zu erfinden, dass daraus etwas Exklusives und Kostbares wurde.

Avery wartete, bis mein Vater den ersten Bissen nahm, wie ich sie gebeten hatte, und er tat es, sofort nachdem der Teller vor ihm abgestellt worden war. Als sie ihren ersten Löffel probierte und offenbar vom Geschmack begeistert war, platzte sie heraus: „Das ist ja lecker! Wow!"

„Bei uns gibt's nicht nur Corned Beef und Hackfleisch, wie mancher vielleicht denken mag", war der Versuch eines selbstironischen Witzes seitens meines Vaters.

„Ich wusste ehrlich gesagt überhaupt nicht, was mich erwartet", gab Avery zurück. „Was ist denn noch an Irland dran, was nicht den Stereotypen entspricht? Ich bin neugierig, Eure Gedanken dazu zu erfahren." Wer war sie nur?

„Eine interessante Frage." Mein Vater hielt einen Moment inne, um zu überlegen. „Nun, wir trinken in der Tat viel Tee, das ist auf jeden Fall wahr, aber nicht alle Iren sind Säufer. Wir haben darüber hinaus nicht alle rote Haare und wir sind kein Teil von Großbritannien, das gilt nur für Nordirland. Denken alle Amerikaner, ihr Land beherrsche den Rest von uns allen?" Oh, da war er wieder … Endlich war mein Vater am Tisch angekommen, beleidigend und grob.

Avery verzog keine Miene. „Manche schon, zu viele, genau genommen. Es ist aber nicht allein ihre Schuld. Die amerikanische Gesellschaft tut vieles, was dieses Klischee fördert. Aber es gibt viele unter uns, die wissen, dass die Welt ein vielschichtiges Gebilde ist, in dem es viel zu sehen gibt. Wir können von allen Kulturen lernen und ich glaube aufrichtig nicht daran, dass eine Kultur die beste ist oder die dominanteste sein sollte. Manche Leute verlassen nie überhaupt ihr eigenes Land und erfahren dementsprechend nichts über die Welt. Andere bereisen zwar die Welt, verlassen ihr Land aber im Geiste auch nie. Es dürfte das Erstrebenswerteste sein, wenn wir uns als globale Studierende von Kultur sehen, um die Welt um uns herum besser verstehen zu können. Doch all das beiseite, manchmal hasse ich es tatsächlich sehr, wie sich manche Amerikaner aufführen, wenn sie im Ausland sind.“ Sie nippte an einem weiteren Löffel Suppe.

„Scharfsinnig“, grübelte mein Vater und aß ebenfalls seine Suppe.

Es kam zu einem unangenehmen Moment der Stille, der jedoch schon bald in Gedanken zu Kindern, Familie und Hofstaat überging, dazu viele schwierige Fragen, die Avery mit Anmut und Diplomatie meisterte. Am Ende der Mahlzeit wiederholte mein Vater noch einmal seinen Wunsch, Minigolf mit uns zu spielen, was ich als unsäglich seltsam empfand. Anscheinend beinhaltete dieser Vorschlag eine unausgesprochene Billigung von Avery und mochte seine Art sein, sie in der Familie willkommen zu heißen. Alles lief unerwartet glatt, bis wir auf die Kulturministerin trafen, eine verhärmte Frau mit einer ultrakonservativen Sicht auf die Welt. Avery mochte zwar den Test bei meinem Vater bestanden haben, doch es bedeutete noch nichts, bevor sie sich nicht Siobhan O'Shays Prüfung unterzogen hatte.

Tatsächlich war es durchaus denkbar, dass mein Vater sich nur einen Spaß mit Avery erlaubte und ganz genau wusste, dass O'Shay sich über sie hermachen und zweifelsohne einen gesalzenen

Bericht schreiben würde. Nicht etwa, dass die Ministerin in der Sache wirklich etwas mitzureden gehabt hätte. Ich konnte heiraten, wen ich verdammt noch mal wollte, aber sie würde das Bild mitformen, das die Öffentlichkeit von Avery bekam.

„Sie müssen stets tadellos gekleidet sein, keine grellen Farben auf ihren Nägeln. Niemand darf Sie berühren, keine öffentlichen Zuneigungsbekundungen, keine politischen Meinungsäußerungen, keine privaten Geschäfte, keine beleidigenden Bemerkungen, Sie gehen hinter dem Prinzen und dem König." O'Shay war in Topform. „Halten Sie Ihr Kinn hoch und Ihren Mund geschlossen, es sei denn, Sie werden direkt von einem Regierungsmitglied oder jemandem aus der Königsfamilie angesprochen. Jemand wird alle Reden vorbereiten, die Sie in der Öffentlichkeit abzugeben haben, keine sozialen Medien, keine Privatkonten, keine Presse."

Je mehr sie schulmeisterte, desto blasser wurde Avery. Nach ihrem brillanten Auftritt zu Mittag duckte sie sich nun unter dem absichtlichen Druck der Ministerin.

„Verstehe, ja." Kopfnicken, wieder und wieder.

Als wir endlich wieder zurück im Landhaus waren, war es bereits spät geworden und ich konnte sehen, wie völlig erschöpft Avery war. „Nun, das hat doch gut geklappt." Ich versuchte den heftigen Tag locker zu beschließen.

„Freut mich, dass du das findest", sagte sie leise und nahm ihre High Heels ab. „Gibt's irgendwo einen Ort, wo ich die hintun kann? Oder, ähm …, darf ich sie überhaupt ausziehen? Ich kann meine Füße nicht mehr wirklich spüren." Sie hatte aufgegeben … Eine totale Kapitulation innerhalb eines Tages.

„Natürlich, hier." Ich nahm ihr die Schuhe ab. „Wir wohnen oben." Ich deutete zur Treppe. „Du wirst sehen, mein Cottage ist da oben sehr viel gemütlicher."

„Die Schuhe kann ich auch selber nehmen." Sie wirkte verzagt.

„Nö, schon gut, hoch mit uns." Ich ging die Stufen hinauf und sie folgte mir.

Das Haus war umgebaut worden, um nicht mehr so muffig und zugig wie die alte Burg zu sein. Die Sockelleisten waren aus hochglanzpoliertem Mahagoniholz und die Wände waren schiefergrau gestrichen. Die Farbe und Fülle der Ledermöbel kontrastierte schön mit den subtilen einfarbigen Wände. Alles war geschmackvoll elegant mit einem Hauch von Maskulinität. Die Fenster reichten vom Boden bis zur Decke und boten einen Blick auf den Ozean draußen vor der Halbinsel, außerdem ließen sie viel natürliches Licht herein.

Ich fühlte mich auf diesem Stockwerk immer viel entspannter. Wir gingen die Stufen hinauf und bogen links ab zu zwei großen Doppeltüren, hinter denen sich das Foyer zu meinem Wohnbereich verbarg. Die Treppe führte weiter in den dritten und vierten Stock, wo es einige Gästezimmer und Bäder gab, aber sie wurden kaum je benutzt. Die einzigen Leute, die dort oben unterwegs waren, kamen vom Putzteam, das einmal pro Woche nach dem Rechten sah, es sei denn, es waren Gäste da. Ich hatte nie viel Gelegenheit gehabt, Leute in mein Wohnhaus einzuladen. Es gab auf dem Anwesen auch noch einige Gästecottages, in denen bis zu zwanzig Leute Platz fanden. Die oberen Stockwerke blieben also leer.

Avery betrat den Raum und sofort entspannten sich ihre Schultern ein wenig. Das war genau die Reaktion, auf die ich gehofft hatte.

„Komm, lass mich deinen Mantel nehmen", bot ich an.

Sie schlüpfte bereitwillig aus dem Mantel, denn im Kamin prasselte bereits ein ordentliches Feuer. „Das ist wirklich schön." Ihr Lächeln wärmte das Zimmer mehr, als es jede Flamme vermocht hätte.

„Freut mich, dass es dir gefällt. Hier verbringe ich die meiste Zeit. Ich gehe nicht so gern ins Schloss. Es dient wirklich nur den offiziellen Angelegenheiten und dem Tourismus. Der öffentliche Bereich ist ein Besucherzentrum. Diese Räume verwenden wir nie, dort werden nur Antiquitäten und Artefakte ausgestellt, die durch die Zeiten innerhalb der Dynastie weitergereicht werden“

„Wo lebt dein Vater?“, fragte sie.

„Im Schloss, er hat dort im Obergeschoss eine Wohnung. Es gibt einen privaten Aufzug in seine Residenz. Ich habe früher mit ihm dort gelebt, als ich noch jünger war, so wie unsere ganze Familie, aber als meine Mutter gestorben ist, bin ich in dieses Landhaus gezogen. Es hat davor jahrelang unbenutzt leer gestanden, also habe ich darum gebeten. Mein Vater, der mich wohl eh lieber loswerden wollte, hat dem ziemlich schnell zugestimmt. Ich habe dann die nächsten achtzehn Monate mit der Renovierung zugebracht, was du hier siehst, ist also alles ziemlich neu und modern.“

„Damit hatte ich nicht gerechnet.“ Ihre schönen Augen wanderten im Raum umher, neugierig.

„Komm, ich geb dir eine Führung.“ Ich schaltete die Lichter ein und zeigte ihr die Wohnung, die noch immer unfassbar groß und weitläufig war, obwohl es nur das zweite Stockwerk von einem Cottage war. „Das ist das große Schlafzimmer“, sagte ich und öffnete die Tür zu meinem Zimmer. „Du wirst hier bei mir unterkommen.“ Ich versetzte ihr ein verschlagenes Grinsen.

„Ich krieg kein eigenes Zimmer?“ Der Ausdruck von Enttäuschung auf ihrem Gesicht besorgte mich.

„Nun, du wirst schon ein Zimmer für dich haben, du weißt schon, einen Ort, wo Georg seine Wunder vollbringen kann, und vielleicht willst du ihn ja auch als Büro nutzen, aber du schläfst bei mir.“ Ich wollte meiner Stimme nicht diesen barschen Ton verleihen, aber verdammt noch mal, sie war schließlich nur aus dem einen Grund in Irland, um bei mir zu sein.

„Ich verstehe. Es ist nur, ich möchte vielleicht auch einen Ort, wo ich ohne dich sein kann.“ Warum?

„Ich hatte vor, dir das Zimmer gegenüber zu geben, hier." Ich schloss meine Tür und brachte sie in ihr Zimmer, das auf der anderen Seite des Ganges lag und das ich zuvor als Arbeitszimmer genutzt hatte. Es standen noch mein Schreibtisch und einige volle Bücherregale darin.

Es gab eine bequemes Ecksofa und einen Lehnstuhl, dazu einen Flachbildfernseher in der Ecke neben dem Panoramafenster, das hinaus auf die Berge schaute. Ich hatte den Raum nicht oft genutzt, denn ich hatte unten noch ein richtiges Büro, das für meine Zwecke besser ausgestattet war. Es war dementsprechend kein großes Opfer für mich. Außerdem hatte ich auch noch ein Gästezimmer und ein Gästebad, aber die wollte ich Avery nicht anbieten, denn ich brauchte sie in meiner Nähe.

„Könnten wir hier nicht ein Bett reinstellen?" Sie war ein wenig munterer geworden.

„Nein", sagte ich schroff.

„Wieso?" Sie blieb standhaft, was, sosehr ich ihre Wehrhaftigkeit auch mochte, manchmal echt ärgerlich sein konnte.

„Weil wie soll ich dich flachlegen, wenn du im Zimmer gegenüber bist?" gab ich direkt zurück.

„Wie soll ich vor dir flüchten, wenn ich immer im selben Bett schlafen muss? Ich soll deine Konkubine sein, richtig? Ich bin mir ziemlich sicher, dass Konkubinen für gewöhnlich ihr eigenes Zimmer kriegen." Jetzt wollte sie einfach nur garstig sein.

„Ehefrauen aber nicht. Du wirst meine Ehefrau, also bekommst du das Arbeitszimmer. Ich kann meinen Innenarchitekten alle Änderungen übernehmen lassen, die du gern hättest, sobald du die Verträge unterzeichnet hast und wir unser Arrangement aufs Papier gebracht haben. Und wo wir gerade davon sprechen, ich dachte mir, wir sollten uns die Dokumente vielleicht jetzt noch schnell durchsehen, bevor du zu müde bist. Dann nehmen wir ein leichtes Dinner, toben in den Laken rum und hauen uns dann aufs

Ohr." Ich kam vielleicht etwas zu gebieterisch rüber, aber sie war hier auf meinem Territorium, ich hatte das Sagen.

„Ich muss mit meinen Freundinnen reden", plädierte sie.

„Ich weiß, und ich möchte auch, dass du mit ihnen redest, aber zuerst will ich dich für mich haben. Du und ich, wir kennen uns kaum, ich möchte, dass wir Zeit damit verbringen, das zu ändern. Ich hoffe, du verstehst das, es ist wirklich wichtig für mich." Ich wusste, dass diese Strategie nicht wirklich aufging, als ich sah, wie ihr Gesicht säuerlich wurde.

Kapitel 17

Avery

„Dann geht's hier also ausschließlich um dich?" Ich war so stinksauer. Nachdem ich den ganzen Pomp und die Feierlichkeit um alles herum gesehen hatte, begann ich mich schon jetzt wie eine Gefangene am irischen Hof zu fühlen. Ich verstand, dass von meinem alten Leben nicht sehr viel übrigbleiben würde, und mein Leben war etwas, das ich liebte und an dem ich festzuhalten gedachte.

Ich hätte meine Frustration allerdings nicht an Liam auslassen sollen. Er war von Anfang an mehr oder weniger ehrlich gewesen. Ich war in den Flieger gestiegen in dem Wissen, dass viel von mir verlangt werden würde, und genau so war es eben gekommen. Ich war in Irland und stellte mich seinem Vater vor, um einen Vertrag mit ihm einzugehen und seine Frau zu werden. Es war nicht Liams Schuld, dass die Krone archaische Regeln vorgab, die ein echtes Leben nahezu unmöglich zu machen schienen. Der arme Liam hatte innerhalb der Grenzen dieser Regeln sein gesamtes Leben zubringen müssen. Kein Wunder, dass er dagegen aufbegehrte, soweit er nur konnte. Sein Landhaus war entzückend schön und ein Teil von mir wollte sich hier häuslich einrichten und die Gegenwehr einfach aufgeben, aber ein noch größerer Teil wollte Liam die Augen auskratzen.

„Es geht nicht nur um mich, tatsächlich geht es bei gar nichts hier um mich. Ich habe die Regeln bezüglich der Thronfolge nicht aufgestellt. Wenn es nach mir ginge, hätte ich den Thron als alter Junggeselle und Frauenheld bestiegen, aber ich weiß, dass der Skandal schließlich zu groß gewesen wäre. Wir werden beide sehr bald sehr viel zu tun haben. Sieh die Zeit bei mir im Bett als unsere gemeinsame Freizeit. Hier ist der einzige Ort, den ich kenne, an dem uns niemand stören wird. Würdest du mir fürs Erste, bis wir uns besser kennen, die Ehre erweisen, meine Gesellschaft zu teilen?" Plötzlich war er wieder ganz der manierliche Prinz.

„Wenn du erzählst, wie viel lieber du ein alter Junggeselle und Frauenheld wärst, macht es das Ganze nicht gerade leichter."

„Verstehe, nun, Ehrlichkeit ist aber die beste Taktik, oder nicht? Du würdest lieber Kleider entwerfen und in New York feiern gehen, nun, ich wär lieber ein Junggeselle mit einem Buffet voller Frauen, zwischen denen ich wählen kann. Nachdem keiner von uns genau das bekommen wird, was wir uns wünschen, lass mich dir wenigstens zeigen, was du sehr wohl bekommen wirst. Mein Bett ist ein Vorzug, zu dem bis auf weiteres niemand anderes auf der Welt exklusiven Zugang haben wird. Bitte, folge mir", sagte er und ging ein paar Schritte voraus.

Die Arroganz dieses Mannes. Ich betrat sein Büro, das aufgeräumt und sehr modern war, mit einem Computer und zwei großen Bildschirmen auf einem schweren Mahagonitisch. Darauf waren eine Reihe Umschläge ausgebreitet. Jeder von ihnen war maschinell mit einem Titel versehen. Jemand musste ganze Arbeit geleistet haben, während wir den Atlantik überquerten. Viel Arbeit und Vorbereitung war in sehr kurzer Zeit erledigt worden, um dieses Arrangement zwischen mir und Liam möglich zu machen. Liam öffnete den ersten Umschlag, auf dem die Beschriftung *Eheverträge* prangte.

„Lass uns mit dem Papierkram loslegen, wollen wir?" Er setzte sich an den Tisch und bot mir den Stuhl daneben an.

„Sicher, legen wir los." Ich kämpfte die Übelkeit nieder, die in meinem Magen aufstieg, aber ich befand mich längst in Irland, ich konnte wenig tun, um mich dem zu entziehen, worauf ich mich da eingelassen hatte.

„Hier, wir können gemeinsam lesen." Er breitete die Papiere

aus und begann sie laut vorzulesen, während meine Eingeweide sich vor Anspannung und Furcht weiter verkrampften.

Die grundlegende Stoßrichtung des Vertrags war ziemlich simpel. Ich würde einen Betrag von zehn Millionen Dollar erhalten, wenn ich die Bedingungen erfüllte. Ich sollte der Heirat mit Liam zustimmen und mit dieser Zustimmung würde ich einen vorehelichen Vertrag unterzeichnen, der sein Erbe und sein Einkommen schützte, sollte unsere Ehe vor Vertragsablauf oder durch meinen Tod enden. Sollte die Ehe durch seinen Tod enden, würde ich aus seinem Vermögen eine Rente erhalten. Deren genaue Höhe würde bei meiner Unterzeichnung errechnet und mir dann vorgelegt mit dem Vorbehalt, dass sie auf einen zu bestimmenden Prozentsatz geändert werden würde, sollte ein männlicher Thronfolger geboren werden.

„Moment mal? Ein männlicher Thronfolger? Was ist mit einer weiblichen Thronfolgerin? Wir befinden uns im einundzwanzigsten Jahrhundert. Ich unterzeichne bestimmt nichts, das meine Töchter benachteiligt." Komisch, dass es mich dagegen nicht aufrührte, dass mein eigenes Erbe zugunsten meiner Kinder eingeschränkt werden sollte, aber ich wollte ihm auf jeden Fall zu verstehen geben, dass ich Sexismus nicht dulden würde.

„Richtig, in Ordnung. Ich werde dafür sorgen, dass der Wortlaut hier geändert wird. Außerdem sollte mit dem Erbe zu gleichen Teilen für alle Kinder gesorgt sein. Ich werde ein paar neue Gesetze durchsetzen müssen, denn im Moment kann nur ein männlicher Nachfolger den Thron einnehmen. Wenn ich König bin, werde ich diesen Brauch ändern." Wow, das hätte ich gar nicht von ihm erwartet. „Andere europäische Monarchien lassen auch zu, dass Frauen den Thron einnehmen, also sollte Irland es ihnen gleichtun."

„Das wäre gut." Ich konnte noch immer nicht glauben, dass ich gerade mit ihm die Angelegenheiten unserer Kinder besprach, ganz zu schweigen von Thronfolgern und Thronfolgerinnen. Es war alles so seltsam.

Der Vertrag besagte darüber hinaus, dass ich mit Liam

verheiratet bleiben sollte, bis entweder sieben Jahre abgelaufen oder zwei unserer gemeinsamen Kinder das Abstillalter erreicht hatten, das im Vertrag mit dreieinhalb Jahren festgesetzt war. Es war ebenfalls vorgesehen, dass ich in Irland verblieb, um meinen Kindern mütterliche Fürsorge zukommen zu lassen, auch nachdem meine Ehe zu Liam Sheamus Michael Grady McMurrough zu Ende war.

„Ich muss also dreieinhalb Jahre lang stillen?" Das wirkte abschreckend auf mich.

„Der Vertrag legt nicht wirklich konkret fest, wie du deine Kinder füttern sollst, er erwähnt das Stillen nur beiläufig. Ein Kleinkind braucht eine stabile und sichere Umgebung, das mit dem Stillen kannst du dementsprechend nach deinem Gutdünken auslegen. Wenn du möchtest, dass ich den Vertrag überarbeite und spezifische Bestimmungen übers Stillen miteinbeziehe, kann ich das ändern lassen." Er sprach wie ein Beamter und es war ein wenig furchteinflößend.

„Nein, ist schon gut, solange mich keiner zwingt, so lange zu stillen, ist alles okay." Worüber redeten wir da? Ich begann zu schwitzen und ein wenig zu zittern.

Er nahm meine Hand und führte sie sich an die Lippen, um sie mit einem zarten und sinnlichen Kuss zu versehen.

„Ich weiß, das ist alles viel zu viel, aber je früher wir die unterzeichnet haben, desto früher können wir heiraten und mit dem Rest dieses Arrangements fortfahren." Bäh, das Wort Arrangement.

„Schön, na gut. Also weiter." Ich wusste, dass ich es möglichst schnell hinter mich bringen musste, sonst würde ich mir demnächst die Seele aus dem Leib kotzen.

Der Rest des Heiratsvertrages besagte nur noch, dass ich mich im Wesentlichen an die Regeln zu halten hatte, die Miss O'Shay mir zuvor so gründlich dargelegt hatte. Und dass die Unterschrift mich auch rechtlich an die Einhaltung dieser Regeln binden würde, die im Anhang noch einmal aufgelistet waren. Die Vorstellung, jeden

Tag Strumpfhosen und konservative Kleidung zu tragen, um den Stilrichtlinien bei Hof zu genügen, war wider meine Natur und bedrohte ernsthaft meine Integrität. Ich konnte dem nicht zustimmen.

„Den Modeeinschränkungen kann ich nicht zustimmen, Liam. Ich bin Designerin. Ich bin alternativ, aufrührerisch. Du kannst mich eine Weile lang in eine eckige Form pressen, aber ich will nicht so leben. Ich kann das nicht unterschreiben, wenn die Regeln der verrückten alten Schachtel Teil des Deals sind. Gibt es keine Möglichkeit, diesen Teil diskret auszusparen?“ Ich verspürte eine Art von Verzweiflung, die ich noch nie erlebt hatte.

„Ich werde das von meiner Anwältin ändern lassen, um es weniger konkret zu machen. Wenn der Wortlaut vage genug ist, dann wird bei einem vermeintlichen Verstoß die Auslegung dehnbarer“, sagte er und sprach dabei mehr zu sich selbst als zu mir.

„Was?“ Mir schwirrte der Kopf.

„Wenn jemand uns einer Übertretung bezichtigt, haben wir mehr Spielraum. Denk dran, diese Teile des Vertrags spielen nur eine Rolle, wenn jemand einen Vertragsbruch zur Anzeige bringt. Wenn du zum Beispiel einen Bikini in der Oper trägst oder wenn wir uns scheiden lassen und du versuchst, an meinen letzten Penny zu kommen. Das soll nur die Heiligkeit unserer Verbindung schützen.“ Darüber lachten wir beide herzhaft. Ich hatte keinerlei Absichten, je in die Oper zu gehen.

„Ach ja, unsere ach so heilige Verbindung“, kicherte ich.

„Gut, immerhin kannst du noch lachen, ich hab mir schon große Sorgen gemacht.“ Er entließ ein erleichtertes Seufzen.

„Oh, die solltest du dir auch machen, vertrau mir. Lass uns den Rest dieses Schlamassels durchlesen, um zu sehen, worauf zur Hölle ich mich noch einlassen soll.“ Ich fühlte mich in dem Moment wie eine Raubkatze, bereit, alles anzuspringen, was mich von meiner persönlichen Freiheit trennte.

Der Rest des Ehevertrages war jedoch recht unkompliziert. Ich durfte keine sexuellen Beziehungen außerhalb der Ehe haben. Ich durfte weder den Namen des Königs noch jenen meines Ehemanns verunglimpfen. Ich durfte weder die irische Krone noch die Republik Irland an sich verschmähen. Sowohl ich als auch meine Kinder würde eine Doppelstaatsbürgerschaft erhalten. Das alles schien mir akzeptabel, also steckte er die Papiere schließlich säuberlich zurück in ihren entsprechenden Umschlag und öffnete den nächsten.

Der nächste Vertrag war ein Dokument, auf dem in roten Buchstaben die Worte NICHT ÖFFENTLICH standen. Es war ein Vertrag, der ausschließlich zwischen Liam Seamus Michael Grady McMurrough und Avery Lynn Johnson Bestand hatte und spezifische Regelungen für ihn und mich beinhaltete. Der Vertrag enthielt ein Begleitschreiben, das zum Ausdruck brachte, dass es sich um eine Privatangelegenheit handelte, die von niemand Drittem gelesen werden und weder irgendwelchen Mitgliedern des Hofes, der Presse noch sonstigen Parteien bekannt gemacht werden durfte.

Dieses Dokument legte die Bedingungen unserer Ehe fest. Ich war verpflichtet, mit Liam über entweder sieben Jahre oder zwei Kinder verheiratet zu bleiben mit der Option, den Vertrag innerhalb der sieben Jahre für ein drittes oder viertes Kind zu verlängern. Ein weiteres Dokument war bereits vorgesehen, das auch eine Einigung über noch weitere Kinder ermöglichte. In einem Anhang gab es außerdem einen Absatz über eine Verlängerung des Zeitraums für den Vertrag.

Weitere Gegenstände dieses persönlichen Vertrags umfassten die Schlafregelungen und Arbeit. Gemäß den Bestimmungen musste ich einen anwaltlichen Antrag einbringen, falls ich in einem anderen Bett als dem von Liam schlafen wollte. „Das ist lächerlich!", brauste ich auf.

„Das ist notwendig. Es schützt uns beide. Solltest du, Gott behüte, ein Kind bekommen, das nicht von mir ist, wärst du besser geschützt, wenn du dich zuvor an die Schlafregelung gehalten hast."

„Ich sehe nicht ein, inwiefern das irgendeine Relevanz hat, Babys werden nicht immer in Betten gezeugt."

„Zugegeben, aber wenn du beweisen kannst, dass du stets nur in meinem Bett warst, könnte es leichter zu argumentieren sein, dass das Kind von mir ist und nicht aus ruchlosen Umständen stammt … Es würde also weniger Spekulationen darüber geben, ob du womöglich untreu geworden sein könntest."

Gott, der Sexismus in all diesen Verträgen brachte mein Blut zum Brodeln. „Und wenn eine andere Frau aus heiterem Himmel mit einem neugeborenen Kind des illustren Königs auf dem Arm antanzt?"

„Dann gilt dasselbe, aber ich hoffe doch, dass wir uns beide an die Regeln zu halten gedenken …" Er beäugte mich misstrauisch. „Wir gehen beide davon aus, treu zu bleiben, oder nicht? Du erbringst viele Opfer, aber glaube deshalb nicht, dass es mir nicht auch so geht. Es wird sehr schwer für mich sein, treu zu bleiben."

„Oh, du Armer." Ich funkelte ihn an.

„Bitte, akzeptiere einfach diese Bedingungen. An mein Bett gebunden zu sein, macht es für mich leichter, nachzuvollziehen, dass alle deine Kinder von mir sind. Es ist eine alte Klausel, die auch im Privatvertrag meiner Mutter und aller Königinnen vor ihr stand. Da wirst du dich nicht rauswinden können. Meine Mutter hat um ihr eigenes Zimmer ersucht, als sie krank war, es ist also möglich und wurde auch schon gemacht. Lass dich von diesem Absatz nicht beunruhigen." Ihn schien es ja nicht zu stören, aber was, wenn er selbst auch mal Raum für sich brauchte … Naja, er würde dann ja der König sein. Er würde bestimmt bekommen, was immer er wollte.

Die Bestimmungen bezüglich Arbeit waren sogar noch schlimmer. Ich hatte kein Recht, irgendwo eine bezahlte Stelle innezuhaben. „Das kann ich nicht unterschreiben." Ich schaute ihn an und hoffte, dass er das verstehen würde. „Ich muss arbeiten, Liam. Das weißt du." Ich begann allmählich vor Zorn zu rauchen.

„Ja, das weiß ich. Ich habe das Dokument noch nicht zu Ende vorgelesen.“ Er wurde ebenfalls langsam sauer und frustriert. „Diese Seite hier …“ Er nahm das Blatt in die Hand, „… ist ein Zusatz, der besagt, dass du dein Modelabel weiterhin betreiben kannst, solange es dich nicht von deinen Verpflichtungen der Krone gegenüber abhält. Du wirst mit deiner Arbeit allerdings keine Profite machen dürfen. Du musst eine Wohltätigkeitsorganisation auswählen, der jegliche Erträge zukommen, die du mit deiner Bekleidungslinie einführst. Was dir, so denke ich, gefallen dürfte, denn als ich dich kennenlernte, hast du gerade Geld für Every Dream gesammelt. Flower Street kann als Non-Profit arbeiten und sich um Bewusstseinsschaffung und Förderung obdachloser Jugendlicher kümmern. Ich verspreche, das Geld wirst du in der Zwischenzeit nicht brauchen. Ich habe Milliarden, dir wird es an nichts fehlen. Und vergiss nicht die zehn Millionen, die du am Ende bekommst.“ Seine träumerischen Augen wurden von so etwas wie lüsterner Selbstlosigkeit vernebelt.

„Wunderbar, nur bin ich bis dahin deine Gefangene.“ Ich teilte seine Sinnenlust bezüglich des Arrangements offenbar nicht.

„Noch einmal, Avery, du wirst meine Frau und Königin von Irland. Nichts daran ist so furchtbar und es ist nicht für die Ewigkeit.“

„Liam, du musst mir etwas Raum lassen. Ich brauche einen Moment, um das alles zu überdenken. Kann ich die mitnehmen?“ Ich deutete mit den Augen auf die Verträge.

„Nein, außer du gehst, um einen Stift zu holen.“ Jetzt war er wieder super ernst und im Befehlston.

„Dann eben nicht.“ Ich konnte nicht mehr. Ich stand auf und verließ den Raum. Nachdem ich nirgends hinkonnte, suchte ich das nächste Badezimmer und sperrte mich dort ein.

Kapitel 18

Liam

Ich hätte die Vertragsbesprechung wohl nicht noch schlimmer in den Sand setzen können. Ich beachtete Averys Gefühle nicht im Geringsten. Ich wollte einfach nur ihre Unterschrift, damit ich mit meinen eigenen Plänen fortfahren konnte. Ich dachte gar nicht wirklich an den leibhaftigen, atmenden, wunderschönen Menschen, den ich davon überzeugen wollte, das alles für mich möglich zu machen. Ich ließ sie den Raum verlassen, ohne ihr zu folgen, denn ehrlich gesagt hatte ich selbst auch ein wenig Angst davor, was ich da mit ihr anzustellen gedachte. Ich konnte es nicht rechtfertigen. Ich ließ ihr etwas Zeit, während ich selbst den Vertrag durchging und nachsah, ob ich nicht doch ein paar rechtliche Änderungen vornehmen konnte, die ihr etwas mehr Freiraum gewährten.

Ich konnte einiges an Wortlaut und Satzstellung so ändern, dass noch mehr Interpretationsmöglichkeiten entstanden. Ich hoffte, dass es Avery besänftigen würde und dass sie so ausreichend Gelegenheit hatte, ihre Arbeit fortzusetzen und Geld für Kylie Morgans Non-Profit-Organisation zu sammeln. Was ihre persönlichen Finanzen anging, änderte ich die Verträge so, dass sie ihre eigenen Entscheidungen treffen konnte bezüglich des Erbes für unsere Kinder, sollte ich selbst sterben. Als ich mit den Änderungen fertig war, glich das Ganze schon viel mehr einer normalen Ehe. Es war auf eine Art geschrieben, dass mein Vater vermutlich auch nichts daran in Frage stellen würde. Ich würde die Verträge von meiner Anwältin neu aufsetzen lassen müssen, aber ich freute mich darauf, meine Anpassungen Avery zeigen zu können. Ich hatte gehofft, dass sie in ihr Lesezimmer gegangen war, um allein zu sein, aber als ich sie zu suchen begann, konnte ich sie nirgends im Haus auffinden.

„Avery?“, rief ich, aber sie gab keine Antwort.

Ich versuchte es in jedem Raum, bevor ich sie am Ende in der Küche aufspürte, wo sie mit einer Tasse Tee in der Hand aufs Meer hinaus starrte. „Da bist du ja“, unterbrach ich ihre stille Einsamkeit.

Der Raum war finster bis auf das kleine Licht über dem Tisch. Ich wollte ein paar mehr einschalten, um die Atmosphäre aufzuhellen, aber ich begriff, dass sie womöglich emotional nicht in bester Verfassung war. Ich wollte sie nicht noch aufgekratzter machen, als sie nach diesem Tag ohnehin schon war. Also setzte ich mich neben sie, die neuen Verträge in der Hand. Bevor ich auf die Suche nach ihr gegangen war, hatte ich die Anwältin eiligst alles einarbeiten und neu ausdrucken lassen. Ich musste um jeden Preis ihre Unterschrift bekommen. Dafür musste ich mir allerdings ein Bild davon machen, was sie fühlte.

Sie schaute mich an. „Hier bin ich”, sagte sie in schwerem Ton. „Eine deiner, ähm, … Dienerinnen, schätze ich, hat mir Tee angeboten. Ich hoffe, es macht dir nichts aus.“

„Martha, meine Haushälterin. Ich bin froh, dass sie das getan hat. Sie ist wunderbar und sie ist die Frau von Finnegan, unserem leitenden Hausbutler. Sie leben schon hier, solange ich denken kann.“ Der Smalltalk fühlte sich für den Moment richtig an. „Hilft der Tee?“

„Ich kann meine Arbeit nicht aufgeben. Es macht mir nichts aus, wenn alle meine Einnahmen an Every Dream gehen, das ist in Ordnung, aber ich will mich nicht von dir anketten lassen. Ich habe nicht studiert und mir den Arsch abgearbeitet, um dann nur jemandes Frauchen zu sein, selbst wenn ich das Frauchen vom Märchenprinzen persönlich bin. So läuft das bei mir nicht.“ Ich liebte sie, sie war so echt.

„Und du sollst auch nicht dein Leben aufgeben, um meine Frau und Irlands Königin zu sein. Ich hab ein paar Änderungen gemacht.“ Ich schob ihr den Ordner hin. „Lies sie durch, wann du möchtest. Und am Ende des Ganges ist ein Gästezimmer. Es gehört dir. Wenn du morgen den Innenausstatter kennenlernst, der dein Büro gestaltet, kannst du mit ihm auch Änderungen an dem Gästezimmer besprechen, ganz nach deinen Wünschen. Bitte betrüg mich einfach nicht und bekomm kein uneheliches Kind, wenn du die Verträge unterzeichnest.“ Ich musste darüber lachen, wie schrecklich das alles klang.

„Werde ich nicht.“ Dem Himmel sei Dank, da war ihr Lächeln wieder.

„Du bist also nicht mehr sauer auf mich?“ Wir mussten irgendwo ansetzen und dass sie total angepisst auf mich war, konnte kein guter Ausgangspunkt für uns sein.

„Ich bin nicht sauer auf dich. Es sind nur diese bescheuerten Regeln. Ich hab Regeln schon immer gern missachtet und hier muss ich sie schneller runterschlucken, als ich atmen kann.“ Sie nahm einen Schluck von ihrem Tee, um ihre Nerven wieder zu beruhigen.

„Ich weiß. Aber du darfst nicht glauben, dass ich diese Dinge nicht zu ändern versuchen werde, sobald ich hier am Ruder sitze. Irland ist eine sehr alte Nation. Wir blicken auf eine lange Geschichte zurück und haben viele Traditionen. Wir müssen also kleine Schrittchen machen. Es mag mir zwar gestattet sein, das Leben eines Playboy-Prinzen zu führen, doch sobald diese Krone auf meinem Kopf sitzt, muss ich viele derselben bitteren Pillen schlucken wie du. Mir gefällt das auch nicht, glaub mir. Aber gemeinsam können wir etwas verändern.“ Ich nahm ihre Hand und ich meinte es aufrichtig.

„Ich will es versuchen.“ Mehr konnte ich nicht verlangen. „Und danke, dass du mir ein eigenes Zimmer gibst. Vielleicht werde ich es nie brauchen, aber es macht mich sehr viel entspannter, eines zu haben.“

„Das hab ich mir gedacht. Ich war ein Idiot zu glauben, dass ich einfach so eine aufstrebende Modedesignerin aus New York verführen, sie nach Irland verfrachten und ihr Leben an mich reißen könnte, … ohne dass sie mir die Eier abreißen würde wollen. Ich war sehr egoistisch. Wir müssen nur diese Verträge unterschreiben, und dann können wir selbst im Stillen unsere Veränderungen vornehmen. Der Ehevertrag ist das einzige öffentlich zugängliche Dokument, und der ist nichts weiter Besonderes, alle in Irland unterzeichnen bei der Heirat so einen abgesehen von ein paar königlichen Sonderbestimmungen."

Bevor ich noch etwas sagen konnte, warf sie sich an mich und drückte mir einen Kuss auf die Lippen.

„Wow, war das alles, was dich gestört hat?"

„Hätte es dich etwa nicht gestört? Ich meine, ich war drauf und dran, mein gesamtes Leben vertraglich aufzugeben."

„Nun, du wirst noch immer in Irland leben und meine Frau sein müssen, das wird ein gutes Stück deines Lebens in Anspruch nehmen … und dann sind da noch die Kinder … und …"

„Ist okay. Ich glaube, ich kann das. Lass mir einfach einen Notausgang, falls ich einen brauche."

„Den nennt man Scheidung. Wenn wir so weit sind, lassen wir uns scheiden … Wie es normale Leute eben auch tun." Ich sagte es nicht gerne, aber die Ehe mit Avery war schließlich nichts als der Weg zu einer Scheidung.

Es machte mich traurig, wenn ich daran dachte, dass unsere Beziehung irgendwann zwangsläufig enden würde, aber ich durfte nicht bei diesen Gedanken verweilen. Ich tippte auf dem Handy eine Bestellung zum Abendessen, das die Hausbelegschaft herrichten und liefern würde, und bot Avery an, mit mir ins Schlafzimmer zu gehen, denn ich wollte sie ein wenig geil machen, um die vielen Wirrnisse zu verscheuchen. Ich küsste ihren Hals und berührte ihre prächtigen Brüste.

„Es war ein langer Tag, bist du bereit für etwas Liebe?" Ich knabberte an ihrem Nacken und am Schlüsselbein.

„Versucht Ihr mich etwa zu verführen, Prinz?“ Es gefiel mir, wie schnell sie wieder verspielt wurde.

„Nun, Prinzessin, ja, das tue ich.“ Ich hielt ihr meine Hand hin und verneigte mich.

„Zeigt mir den Weg.“ Sie knickste und mein Herz fühlte sich schon viel leichter an.

Es war bereits etwa fünf Uhr abends und ich wartete schon seit Ewigkeiten darauf, sie wieder haben zu können. Sie stellte etwas mit mir an, das magisch war, und nachdem wir in der realen Welt so viele Hindernisse hatten, wollte ich sie in der Parallelrealität zwischen den Laken vom Hocker hauen. In meinem Schlafzimmer angekommen, begann ich ihr Haar zu streicheln und betastete die lieblichen Ohrringe, die Georg ihr gegeben hatte. Ihre Frisur war zwar schön anzusehen, doch sie verkörperte nicht jene wilde Frau, die ich in New York kennengelernt hatte.

Ich küsste ihre Wange und liebkoste dann ihren Mund. Ich wollte jeden Zweifel auslöschen, der bei ihr aufgekommen war. Sie war wie ein unentdecktes Land für mich. Insgeheim hoffte ich bereits, dass unser Bündnis länger als die sieben vereinbarten Jahre dauern würde. Ich wollte noch nicht offen zugeben, dass Avery etwas Dauerhaftes verkörpern könnte, aber sie hatte eine Kraft an sich, die ich noch nie in einer Frau gesehen hatte. Sie knöpfte ihre Bluse auf und streifte sie über ihre Schultern, wo ein seidiges Mieder zum Vorschein kam, darunter ihr Bügel-BH. Ich wollte ihr die gesamte Verpackung vom Leib reißen, doch stattdessen sah ich ihr dabei zu, wie sie ihre Kleider sinnlich Stück für Stück von sich gleiten ließ, bis sie nackt vor mir stand.

„Ich hoffe, ich treffe die richtige Entscheidung“, sagte sie, nachdem sie sich entblößt hatte und einen langen, zittrigen Atemzug tat.

„Tust du nicht.“ Ich berührte ihre wunderbar vollen Brüste und ließ die Daumenballen über die dunklen Nippel gleiten, woraufhin ich zusehen konnte, wie sie sich genüsslich reckten. „Keine Frau bei klarem Verstand würde mich je heiraten." Ich küsste sie erneut, denn ich liebte ihren Mund, … ihre Brüste, ihren Körper.

„Was, wenn ich mich in dich verliebe?" Sie hielt mein Gesicht fest.

Schon die Frage allein ließ mein Schwanz hart und steif werden.

„Ich hoffe, du tust es", gab ich nur zur Antwort, bevor ich mich wieder über ihren Mund hermachte und sie dichter an mich zog.

Ich spreizte ihre Beine und tauchte in die empfindsamen Tiefen ihres Geschlechts ab. Augenblicklich wünschte ich mir nichts mehr auf der Welt, als ihr endloses Vergnügen zu bereiten und sie wieder und wieder zum Kommen zu bringen, bis sie völlig erschöpft und verbraucht war. Dann würde ich ihr Essen einflößen wie ein sinnlicher Liebhaber aus Mythen und Legenden. Ich kostete die Süße ihrer Vagina und tauchte meinen Mund hinein, wovon sie zu zucken und zu wimmern begann.

„Liam", japste sie.

„Keuch nur weiter, meine Liebste. Wenn ich mit dir fertig bin, wirst du so befriedigt sein, dass du dich nicht einmal an deinen eigenen Namen erinnern kannst." Ich blickte zu ihr auf und ließ meine Zähne über die Innenseite ihrer Schenkel streifen.

Ich fuhr mit der anderen Seite fort und wandte mich dann ihrer Klitoris zu, wo ich die Geste wiederholte, bis sie geschwollen und heiß war. Ich sog den kleinen Knopf in meinen Mund und sie stieß die Hüfte gegen mich. Ihre Reflexe diktierten jede ihrer Bewegungen. Als sie sich wand und zuckte, steckte ich zwei Finger in sie und erfuhr, dass sie bereits wunderbar feucht und bereit für mich war. Ich war noch immer voll bekleidet, als ich meinen Körper an ihren schmiegte und wieder an ihren köstlichen Nippeln zu lecken begann.

Kapitel 19

Avery

Es war kaum zu ertragen, wie er über meine Brüste herfiel, meine Pussy, einfach alles. Ich wünschte mir nur noch, dass er mich nahm, hart und tief. Ich war wie von Sinnen. Ich plante, mein ganzes Leben zu unterbrechen für den Mann, der da auf mir lag, und es störte mich nicht mal. Ich war bereit, einfach loszulassen und diese Verrücktheit zu begehen.

Meine Hand fummelte an seiner Hose herum, um sie loszuwerden. „Zieh die aus!“, befahl ich und zerrte daran.

„Jawohl, Eure Hoheit“, flüsterte er heiß in mein Ohr, schlüpfte aus der Hose und warf sie auf den Boden.

Ich half ihm mit seinem Hemd, knöpfte es schleunigst auf und konnte das Fleisch darunter fühlen. Sobald er nackt war, schlang ich meine Beine hinter seinem Rücken zusammen und presste mich an seine Erektion.

„Ich will dich!“, krächzte er und drückte sich mit Macht in mich.

Das fühlte sich richtig an. In mir war genau dort, wo er in jenem Augenblick hingehörte. Ich konnte in einen Flieger steigen und flüchten, doch er war gefangen. Sein einziger Ausweg, so verstand ich, während er gemächlich ein- und auspulsierte, war ich. Ich würde sein wildes Mädchen hinter den dicken Vorhängen und unter den Kronleuchtern sein. Ich würde das verrückte Huhn sein, das er in einer Bar am St. Patrick’s Day kennengelernt hatte. Mit jenem Gedanken im Kopf überrumpelte ich seinen Körper mit all meiner Kraft und rollte ihn auf den Rücken, um seinen Schwanz härter zu reiten, als ich es je zuvor im Leben getan hatte. Ich musste ihn spüren und die Macht, die ich über ihn innehatte und damit über meine eigene Situation. Ich ruckte heftig und schnell auf ihm vor und zurück und er spießte mich auf, während er mich an den Armen festhielt.

„Heilige Scheiße, Avery!“

Ich würde keine Gnade walten lassen, ich würde ihn ficken, bis er so hart kam, dass er mindestens eine Stunde lang nicht geradeaus schauen konnte.

Und als jener Augenblick der glorreichen Erlösung kam, presste ich mich mit meinem ganzen Gewicht auf ihn und nahm jeden Tropfen auf, den er in mich schießen ließ. Ich scherte mich nicht um Babys oder Hochzeiten oder Verträge, mir ging es einzig und allein um diesen Moment und ich kam dafür, dass Liam sich zuckend unter mir ergab. Er keuchte und schwitzte, als ich mich graziös von ihm gleiten ließ und mich an seine Seite kuschelte.

„Du machst mich wahnsinnig“, hauchte er aus, als sein gesamter Körper vom höchsten Gipfel der Ekstase herabschwebte.

Da summte sein Handy und er griff danach.

„Sag mir jetzt bitte nicht, dass wir uns anziehen und irgendwo hingehen müssen“, ächzte ich.

„Nein, aber das Essen wartet unten auf uns, wann immer wir so weit sind.“ Sein Lächeln war berauschend.

„Können wir nackt essen?“ Ich stupste ihn mit dem Knie in die Seite.

„Wäre nicht das erste Mal.“ Er sagte das so dahin, als bedeutete es nichts, dass er vor mir schon mit so vielen Frauen geschlafen hatte.

„Jedenfalls wird es das beste Mal.“ Ich sprang auf und schlenderte zur Tür.

„Warte, das Personal ist noch – “ Er stand auf und eilte mir nach, wobei er die Bettdecke hinter sich her schleifte.

Als ich rauslatschte, fand ich das Haus voller Leute vor, naja

… fünf oder so. Ich war splitternackt und auf jeden Fall kreischte ich wie am Spieß. Die Bediensteten schwiegen zwar, wollten es mir aber an ihren Gesichtern zu schließen gleichtun. Ich wandte mich ab, um zurück ins Zimmer zu wuseln. Liam stand bereits mit der Decke dort und wartete auf mich, um mich einzuwickeln.

„Normalerweise stolziere ich erst nackt herum, nachdem die Belegschaft nach Hause gegangen ist." Er hielt mich fest an sich gedrückt und ich begrub mein Gesicht in seiner Brust.

„Ich verlasse dieses Zimmer nicht wieder, bevor nicht alle weg sind." Ich presste mich noch fester an ihn.

„Sie kann manchmal etwas schlüpfrig sein", sagte er ans Publikum gerichtet. „Wenn es Ihnen allen nichts ausmachen würde, Miss Johnson müsste in ihr Zimmer, um sich umzuziehen."

Ich hörte das Trappeln von Schritten, das beinahe so laut war wie das Hämmern meines Herzens. Nach einer Weile blieb nichts als Stille.

„Sind sie jetzt weg?", wagte ich schließlich zu fragen.

„Ja, sie sind weg. Du kannst dich anziehen, ich schick eine Nachricht raus, dass für heute Abend alle aus dem Dienst entlassen sind."

„Warum sind die hier?" Ich war so durch den Wind und erschrocken, ich meine, war das hier nicht sein Haus? Warum waren in seinem Haus ein Haufen Leute unterwegs?

„Nun, normalerweise hat während der Geschäftszeiten, die um sieben enden, immer jemand Dienst. Und dann gibt's da noch die Nachtbelegschaft, die sich auf Abruf befindet."

Ich löste mich langsam von ihm und er eskortierte mich liebevoll zurück in sein Zimmer. „Wozu braucht ein Mann so viele Leute?" Ich konnte mir nicht vorstellen, wozu ein Junggeselle eine Dienerin brauchte, geschweige denn gleich mehrere.

„Es gibt eine Menge zu tun, wenn man der Sohn des Königs

ist. Je mehr Dienerschaft man führt, desto wichtiger ist man. So läuft das Spiel. Ich kann sie nicht loswerden, aber man wird uns mehr Privatsphäre einräumen, wenn wir einmal verheiratet sind. Die Regeln in einem Ehehaushalt sind anders als bei Junggesellen und sie werden sich noch mal ändern, wenn das erste Baby da ist. Du wirst noch draufkommen, dass man als Royal oft mal wegmuss, einfach um dem eigenen Leben zu entfliehen. Wir reisen ziemlich viel. Du wirst dich ziemlich schnell an alle gewöhnen."

Es stand zu bezweifeln, dass mir jemals wohl sein würde, wenn sich ständig eine Handvoll Leute in meiner Wohnung zu schaffen machte, aber im Moment war es mir egal und ich konzentrierte mich einfach aufs Anziehen. Doch dann musste ich leider erkennen, dass ich überhaupt nichts anzuziehen hatte.

„Uff, alle meine Klamotten sind immer noch in meinem Koffer, und der ist nirgendwo." In jenem Augenblick fühlte ich mich vollkommen niedergeschlagen.

„Ich kümmer mich drum." Liam ließ mich nackt stehen und ging hinaus, ebenfalls nackt, aber in ein Laken gewickelt, und kehrte mit ein paar Sachen unterm Arm zurück. „Ich hab etwas Nachtwäsche gefunden, such dir was aus." Sein Lächeln war umwerfend wie immer.

„Vielleicht sollte ich etwas Angemesseneres tragen." Ich musterte die Anziehsachen mit neuerlicher Skepsis.

„Die meisten von den Leuten sind heimgegangen, wie ich gesagt habe, nur Martha ist noch da. Sie ist Großmutter von zwölf Kindern und hat auch schon Mal eine Lady in Nachtwäsche gesehen. Unten steht ein fantastisches Essen für uns bereit und ich für meinen Teil bin am Verhungern." Er legte meine Klamotten aufs Bett. „Also, such dir was aus und lass uns essen."

Ich erblickte immerhin eine gebürstete Baumwollhose und ein passendes T-Shirt, die beide meinen Namen riefen. Ich beschloss mich zu entspannen und einfach mitzumachen, also zog ich mich rasch an, wobei mir auffiel, dass Liam mir keine Unterwäsche gebracht hatte, der hinterlistige Teufel. Ich fühlte mich schon viel ruhiger, sobald ich angezogen war. Während ich mich bedeckte, tat er es ebenso.

„Okay, Futter.“ Ich drehte und präsentierte mich und er kam herbei, um meine Wange zu küssen, wobei seine rauen Bartstoppeln mich kitzelten; die mussten ihm irgendwann in den letzten zwanzig Minuten gesprossen sein. Das ließ mich zurückschrecken und kichern.

„Ich verspreche, du wirst dich schon bald an all das hier gewöhnen.“ Eine gewagte Prognose, aber ich schenkte ihm ein mattes Lächeln, auch um die Bombe in mir zu entschärfen, die noch immer kurz vorm Explodieren stand.

„Das gefällt mir.“ Ich rieb mit dem Finger über seinen Bartansatz.

„Gut. Mir gefällt das hier.“ Er klatschte mir auf den Hintern und wir gingen ins Esszimmer, um unser Mahl einzunehmen.

Es war köstlich: Lachs, Salat und irgendeine Art Pudding oder Teig oder was auch immer dazu. Es schmeckte nach Zimt und duftete herrlich. Danach wanderten wir durch seine geräumige Wohnung im zweiten Stock. Er zeigte mir all seine geliebten Artefakte und Kunstgegenstände, die er von überall auf der Welt zusammengesammelt hatte. Jedes Teil hatte eine Geschichte. Wo ich ihn zunächst nur für einen Playboy gehalten hatte, entdeckte ich auf unserer Führung auch, dass er ziemlich gebildet und interessant war. Viele seiner Kunstwerke waren Stücke der indigenen Kunst aus kleinen Dörfern in fernen Ländern. Einiges war exotisch, bunt und provokativ, und es repräsentierte Zivilisationen weitab jeder europäischen Kultur.

Ich fand heraus, dass Liam auch außerhalb seines persönlichen Einflussbereiches Interessen hatte. Das machte ihn für mich nur noch attraktiver. Später am Abend schauten wir uns noch einen Film an, machten Liebe und schliefen ein. Am nächsten Morgen wachte ich auf und erblickte einen Mann im dreiteiligen Anzug, der vor dem Bett stand.

„Eure Hoheit, verzeiht, dass ich Euch wecke, aber Euer Vater lässt bitten, dass Ihr und Miss Johnson sich zu ihm gesellen, um wie vereinbart Minigolf zu spielen."

Verschwommen und mit schlaftrunkenen Augen erkannte ich James, der uns auch schon im Hotel auf ähnliche Weise geweckt hatte.

„Pah, das war deine Idee, Avery. Du hast ein Monster erschaffen. Musst wohl einen guten Eindruck gemacht haben. Sag meinem Vater, wir sind auf dem Weg", meinte Liam verschlafen und groggy an James gewandt.

„Ich lasse Georg sofort heraufkommen", fügte James hinzu, vollführte eine knappe Verbeugung und zog sich zurück.

„Georg, echt jetzt? Kann ich mir nicht einfach selbst die Haare kämmen?" Ich schaute Liam flehentlich an.

Er antwortete mit einem furchtsamen Blick. „Oh Liebling, dieses Vogelnest braucht einen Profi."

Er lachte, sprang auf mich und drückte mir seine Morgenlatte in den Bauch. „Ich wünschte, wir hätten Zeit hierfür." Er schlängelte sich auf mir. „Er mag dich offenbar sehr."

„Nur er?" Ich schielte hinab zu seinem Schwanz und Liam gab mir einen Kuss.

„Und ich natürlich auch." Er riss uns die Decke runter. „Wer zuerst in der Dusche ist. Wenn wir schnell sind …" Sein Blick wurde animalisch.

Ich liebte diese verspielte Seite an ihm. Ich rannte nicht, aber ich gesellte mich dennoch zu ihm in die Dusche, und er war bereit für mich, denn er hatte sich selbst befummelt, bis er stolz und stramm in Habachtstellung stand.

„Ist das alles für mich?“, fragte ich gut aufgelegt und betrat die Dusche, deren Wasser ich über meine Haare rinnen ließ.

„Aber sicher doch.“ Er bewegte sich hinter mich und ich spürte sogleich die Hitze seines Körpers und die Kraft seiner Erektion.

Er spreizte die Lippen meiner Pussy mit den Fingern und drückte sich sanft in mich, während er seine Arme um meinen Körper schlang. „Wir werden den Tag mit meiner Familie verbringen. Bitte denk dran, ich bin nicht die.“ Und damit presste er sich fester an mich und begann mich langsam von hinten zu nehmen.

Mein Geist und mein Körper steckten in einem Knäuel aus Verwirrung, aber ich ritt die Welle namens Liam, Prinz von Irland, denn trotz allem verfiel ich ihm mit jedem Stoß und jedem Schub noch mehr.

Kapitel 20

Liam

„Oh, du strahlst ja richtig“, bemerkte Georg an Avery gewandt und stellte damit auf seine Weise klar, dass er wusste, dass ich sie mir soeben mal wieder gegönnt hatte.

Georg hatte mich schon mit einigen Frauen gesehen. Über die Jahre hatte ich auch immer mal wieder ein paar ernstere Dates mit nach Hause gebracht. Nichts davon hielt lang genug, um im Gedächtnis zu bleiben. Mein Vater und seine Gefolgschaft wandten oft den Blick ab von allem, was ich tat, wenn es um meine Aktivitäten mit den Damen ging. Ich hatte die Frauen dann ein paar Tage hier, denn sie genossen meistens ihre königliche Behandlung und waren ganz aufgedreht, weil sie in einem Schloss wohnen durften. Und dann verschwanden sie wieder, mein Vater atmete erleichtert auf und Georg begnügte sich wieder damit, meine Cousinen zu toupieren.

Dieses Mal würde es allerdings anders werden, denn ich hatte bereits überall verkündet, dass Avery bald schon meine Frau sein würde. Mein Vater war demnach verpflichtet, sie kennenzulernen, und es gab nichts Besseres als eine öffentliche Darbietung, um Avery zu testen. Je weniger sie über die Folter wusste, die ihr blühte, desto besser. Georg, der kein Spielverderber war, verriet ihr genauso wenig, dass er sie für einen Spießrutenlauf royaler Prüfungen herrichtete.

„Für das Strahlen kannst du ihn verantwortlich machen“, schimpfte Avery scherzhaft und warf mir einen ärgerlichen Blick zu.

„Schuldig im Sinne der Anklage.“ Ich küsste ihren Kopf und ging mich mit James absprechen, um mich selbst ebenfalls auf einen Tag voll Minigolf und Miseren vorzubereiten.

Selbstsicher und beschwingt erwartete mein Vater elegant gekleidet das kommende Desaster. Meine Cousinen Elena und Cara waren ebenfalls anwesend. Beide waren über die Jahre einigermaßen verbittert geworden, weil sie oft aus den Funktionen bei Hof ausgeschlossen wurden. Sie waren die Töchter des jüngsten Bruders meines Vaters, der keine Söhne hatte, und standen an sechster und siebter Stelle in der Thronfolge. Sie verbrachten ihre Zeit damit, das Geld ihres Vaters rauszuschmeißen und das Highlife ohne Konsequenzen zu leben. Ehrlich gesagt mochte ich sie lieber als meinen Cousin Patrick, bei dem ich stets das Gefühl hatte, seinen Atem im Nacken zu spüren mit einer unsichtbaren Axt, die er jederzeit bereit war, mir in den Rücken zu hacken. Er wollte das Königreich mehr als wir alle zusammen und er war auffallend abwesend bei dieser Zusammenkunft.

„Na, da seid ihr ja“, bemerkte mein Vater, als wären Avery und ich unverschämt spät dran.

Wir waren beide rechtzeitig gekleidet und bereit gewesen. Es war unser Fahrer, der nicht sofort da gewesen war und so unsere kleine Verspätung verursacht hatte. Wir befanden uns auf dem Palastgelände und wurden daher in einem Golfbuggy hergefahren. Mein Vater hatte den Minigolfplatz für mich einrichten lassen, als ich noch ein kleiner Junge war. Mir gefiel der Sport nicht besonders und so war er nur ein paarmal verwendet worden, etwa zu meinen Geburtstagsfesten. Meine Cousinen hatten ihn über die Jahre wohl mehr genutzt als ich. In letzter Zeit war der Rundkurs für spezielle Anlässe auch der Öffentlichkeit zugänglich gemacht worden und das hatte etwas Geld eingebracht, weil es eine Besonderheit war. Kürzlich hatte eine Renovierung und Modernisierung stattgefunden, um den Spaß zu vergrößern. Tatsächlich freute ich mich jetzt darauf, Avery dabei zu beobachten, wie sie sich mit meiner Familie und gleichzeitig einem relativ anspruchsvollen Minigolfplatz anstellen würde.

„Wir sind hier und bereit für den Sieg“, sagte ich und ignorierte den Tadel in seiner Stimme.

„Spielen Sie oft Minigolf, Avery? Sollte ich mich um meinen königlichen Ruf sorgen?“, fragte mein Vater.

„Ich denke, Euer Heldenmut als Minigolf-Ass wird heute nicht zu sehr in Gefahr geraten, Eure Hoheit. Ich muss gestehen, ich bin nicht sehr gut.“ Avery warf ihm ein herzerwärmendes Lächeln zu und seine Schultern entspannten sich ein wenig.

„Dann können wir ja anfangen“, meckerte Cara mit ihrem Plastikgesicht.

Und los ging’s. Avery hatte richtig gelegen, sie beherrschte das Spiel nicht sehr gut. Tatsächlich war es ziemlich brutal, ihr dabei zuzusehen, wie sie den Ball unbeirrbar in jedes Aus zu stoßen schien, die Kinderstationen miteingeschlossen. Sie lachte viel und nahm ihre Inkompetenz gutmütig hin, doch ich konnte sehen, wie meine Leute ungeduldig wurden, als Ball um Ball verschwand oder zurückrollte. Letztlich bot ich ihr meine Hilfe an und sie nahm sie dankbar an.

„Hab ja gesagt, dass ich nicht sehr gut bin“, meinte sie und schlug kokett die Augen nieder. „Aber ich hab Spaß.“

„Du machst das großartig“, flüsterte ich in ihr Ohr und beugte mich über sie, um ihr bei ihrem ersten Hole-in-one des Tages zu helfen.

Es gab etwas müden Applaus von Seiten meiner Familie, während Avery sich aufs Herzigste freute.

„Yay! Ich hab’s geschafft. Oder vielmehr, *du* hast es geschafft!” Sie konnte ihre Freude kaum zurückhalten. „Jetzt geht das Spiel erst richtig los!“

„Oh ja, und wie”, fügte ich mit einem Schmatzer auf ihre Wange hinzu, der ringsum wohl für etwas Irritation sorgte.

„Also“, begann mein Vater seine Klauen einzusetzen. „Wie genau haben Sie denn nun meinen Sohn kennengelernt?“ Seine Augen wurden schmal und man konnte erkennen, dass ihm meine körperliche Nähe zu Avery ein Dorn im Auge war.

„Wir sind uns“, setzte sie an und ich drückte ihren Arm aus Angst, sie würde etwas Unangemessenes preisgeben, doch sie schüttelte mich sanft ab, „bei einer Benefizgala für eine Organisation begegnet, wo für obdachlose Jugendliche gesammelt wurde. Diese Sache ist mir ein großes Anliegen“, sagte sie und strauchelte kaum merklich auf ihren High Heels, während wir durchs Gras zum nächsten Loch gingen.

„Ja, Obdachlosigkeit ist ein ziemliches Problem in den Staaten, wie ich höre.“ Wieder setzte mein Vater die Zähne an.

„Wir haben viele Menschen ohne Unterschlupf, aber wir tun unser Bestes, um zu helfen.“ Sie hatte ihn schließlich eingeholt, wenn auch noch immer etwas wacklig auf den Füßen.

Zweifellos hatte sie Übung im Gehen auf Absätzen, aber eben nicht auf irischem Boden. Wir hatten sehr reichhaltige Böden auf dem Schlossgelände, auf denen hohe Schuhe ein Graus waren. Ich würde ein Wörtchen mit Georg reden müssen, denn er vernachlässigte praktische Überlegungen oft zugunsten von Stilfragen.

„Traurigerweise ist das auch in Irland ein wachsendes Problem. Welche Maßnahmen ergreifen Sie denn in den Staaten?“ Ich konnte kaum glauben, dass mein Vater anscheinend ein aufrichtiges Interesse an der Unterhaltung hatte.

„Nun, Every Dream ist eine Stiftung, die persönliche Betreuung, Unterkunft und Ausbildung für obdachlose Kinder und Jugendliche anbietet. Es geht um die Schaffung einer Art Familie für junge Menschen, damit sie einen besseren Start ins Leben bekommen. Obdachlosigkeit ist oft das Resultat psychischer Erkrankungen oder wenn die Jugendlichen ihren Familien von ihrer sexuellen Gesinnung erzählen, nicht selten auch Drogen … Deshalb haben wir verschiedene Zweige in der Stiftung, die sich um die jeweils für die Kids nötigen Anliegen und ihre Herausforderungen kümmern.“ An der Art, wie sie über das Thema sprach, konnte ich erkennen, dass Avery es liebte, durch ihre Stiftung anderen zu helfen.

„Ich führe außerdem ein Modelabel namens Flower Street, mit dem einige unserer Klienten und Klientinnen zusammenarbeiten. Es ist so schön zu sehen, wenn die Leute ihrem Leben eine Wendung geben."

„Modelabel?"

Natürlich, das war das Einzige, was mein Vater hörte.

Meine Cousinen schienen zum ersten Mal an diesem Tag aufzuhorchen.

„Ja", meldete ich mich zu Wort, um sicher zu gehen, dass Avery nichts Falsches sagte.

„Avery befasst sich mit Mode. Sie ist brillant."

„Ich stand unter dem Eindruck, dass mein Sohn jemanden zum Heiraten gefunden hätte. Liege ich mit dieser Annahme falsch?" Der kalte und herzlose Klang seiner Worte ließ Avery aufschrecken.

Ich war auf ihn gefasst. Ich wusste ganz genau, wie mein Vater tickte. Er war bestenfalls ein Arsch und wenn nicht, dann war es nur vorgetäuscht. Ich hätte mir gut vorstellen können, dass jeden Augenblick von irgendwoher Lucy auftauchen würde, womöglich mit Schild und Säbel bewaffnet, um ihr Recht auf die Krone zu verteidigen.

„Oh nein, Vater, Avery und ich haben sehr wohl vor zu heiraten, je früher desto besser."

Cara japste hörbar. „Eure Hoheit?", platzte sie empört heraus. „Er kennt sie doch kaum."

„Ich verstehe, nun, dann weißt du ja, dass sie nicht für irgendeine Art von Label arbeiten und gleichzeitig deine Frau sein kann." Sein Blick glitt hinüber zu Avery, die ein wenig zu beben begonnen hatte.

„Oh, armer Liebling." Ich nahm meinen Mantel ab und legte ihn über ihre Schultern. „Du zitterst ja. Vielleicht können wir diese Unterhaltung ja nach drinnen verlegen. Ich hab das Interesse an unserem Spiel verloren und es scheint mir, Vater, als lägest du so weit vorn, dass niemand von uns noch Hoffnungen auf einen Sieg hegen kann.“ Es war eine Kapitulation, doch die richtige Schlacht begann gerade erst, da konnte ich nicht zulassen, dass Avery hier draußen in der Kälte stand in hohen Schuhen und prekärer Lage.

Wir verlegten die Party nach drinnen und es wurde ein leichter Lunch serviert. Meine Tante und mein Onkel, die Eltern der Cousinen, gesellten sich beim Essen zu uns, ebenso wie mein Cousin Patrick und dessen Mutter. Es schien, als hätte sich die ganze königliche Familie versammelt, um zu versuchen, mich und Avery davon zu überzeugen, nicht zu heiraten. Es war absolut keine Überraschung, am Ende auch noch Lucy O'Day und ihre Eltern dazu stoßen zu sehen. Es würde ein royales Schlachtfest epischen Ausmaßes werden und nichts hätte Avery darauf vorbereiten können, wovon sie gleich Zeugin werden würde. Wenn sie dieses Mittagessen überstand und danach nicht direkt in einen Flieger nach New York stieg, würde unsere Ehe bis ins hohe Alter halten.

„Zum Schutz deiner geistigen Gesundheit, du wirst gleich offiziell gegrillt“, flüsterte ich ihr leise zu, während wir uns noch ein paar Schritte abseits hielten. „Also, wir haben sechs Monate im Voraus schon online miteinander kommuniziert. Du und Kylie wusstet von Anfang an, dass ihr mich bei dem Event dabei wolltet, weil du etwas über meine Arbeit mit unseren eigenen Wohnprojekten und unserer Obdachlosenkrise gelesen hast. Was gottseidank ja auch stimmt, nur warst es nicht du, sondern Maralis Gutierrez, die mich wegen der Veranstaltung am St. Patrick's Day kontaktiert hat, weil sie einen meiner Freunde kennt. Wir haben uns schon online gleich gemocht. Uns dann persönlich kennengelernt und es war die Art von Liebe, die man sonst nur aus Filmen kennt. Wir können's kaum erwarten, zu heiraten und Kinder zu kriegen.“ Ich lächelte sie vorsichtig an, denn ich wusste, dass ihr nicht gefiel, was für einen Mist ich sie da erzählen lassen wollte.

„Wir können nicht einfach die Wahrheit erzählen und sagen, dass wir gleich am ersten Abend gebumst haben, weil mir dein sexy irischer Akzent so gut gefallen hat?“ Es war nur zur Hälfte ein Scherz.

„Wenn du rausfinden möchtest, auf wie viele Arten dich die irische Presse als Schlampe bezeichnen kann, ohne es je offen zu sagen, bitte sehr, ansonsten halte dich an die Geschichte, die ich dir gerade gegeben habe.“ Ich wollte nicht so ein herrisches Arschloch sein, aber je weniger man wirklich über uns wusste, desto besser.

„Wir haben uns also online kennengelernt. Ich hab mich schon in dich verliebt, bevor ich dich überhaupt getroffen hab, und jetzt kann ich es nicht erwarten, zu heiraten und ein paar königliche Enkelkinder rauszuquetschen. Ich glaub, ich hab’s verstanden.“ Sie gefiel mir einfach so gut.

„Okay … und die Person, die ich eigentlich heiraten sollte, ist auch hier. Sollte spaßiger als jede Koboldparty werden.“ Ich zwinkerte und führte sie in den großen Wintergarten, wo ein Lunch mit kleinen Sandwiches, Tee und Suppe angerichtet war.

„Wie ist das Spiel gelaufen?“, wollte der Vater von Cara und Elena wissen.

„Es war nicht wirklich ein Spiel. Seine königliche Hoheit hat den Boden mit uns aufgewischt.“ Cara stand hinter ihrem Stuhl, genau wie ihre Schwester.

„Das sieht ihm sehr ähnlich“, sagte mein Onkel nur, während der Rest der Runde an ihre Plätze ging und auf den König wartete.

Lucy sah aus, als würde sie gleich losheulen. Sie starrte mich aus überraschten, verlorenen Augen an. Auch wenn ich ihr über die Jahre mehrere Male gesagt hatte, dass ich keinerlei Absicht hatte, sie zu heiraten, musste sie wohl doch immer geglaubt haben, dass sie mit der Unterstützung meiner Familie irgendwann doch meine Frau werden würde, ob es mir gefiel oder nicht. Sie in so niedergeschlagenem Zustand zu sehen, löste dann doch mein Mitleid aus und ich fragte mich, wie ihre Zukunft wohl aussehen mochte, jetzt wo sie nicht mehr länger Anwärterin auf den Platz der Königin war. Ich würde sogleich eine Ankündigung machen, die ihre Chancen auf eine Verbindung mit mir für immer zunichtemachen sollte.

An ihrem Gesicht konnte ich erkennen, dass der heutige Tag das Ende all ihrer Hoffnungen und Träume brachte. Lucy war kein schlechter Mensch, nur ein langweiliger. Sie war stets meine Triebkraft gewesen, irgendeine andere zu finden. Als ihre Augen Avery erblickten und zweifellos den markanten Unterschied in ihrem Äußeren erkannten, fand sie sich wohl mit dem ab, was nun kommen würde. Lucy würde selbst an ihren allerbesten Tagen nie auch nur annähernd an Avery heranreichen. Sobald Avery den Stuhl neben mir fasste und dahinter stehen blieb, um auf meinen Vater zu warten, schlug Lucy die Augen nieder, wissend, dass sie verloren hatte. Ihr einziger Trost würde sein, Avery hier an diesem Tisch zu brechen zu versuchen. Ich nahm ihre Hand und drückte sie, um ihr Mut zu machen und zu sagen, dass sie hier als meine Partnerin war und was sie ihr auch entgegenschleudern mochten, ich würde zu unserer Einigung stehen.

Vater ließ sich Zeit mit der Ankunft am Esstisch, weil er wusste, dass diese Versammlung seine letzte Gelegenheit zur Einschüchterung war. Als er schließlich kam, machte er in bedeutsamem Ton eine Ankündigung.

„Ich habe euch alle hier heute zusammenkommen lassen, damit wir Gelegenheit haben, Avery Johnson kennenzulernen, jene Frau, die mein verlorener Sohn als seines Interesses würdig befunden hat." Es gab doch nichts schöneres, als gleich an die Gurgel zu springen.

„Danke sehr", sagte Avery und bot der Runde einen kleinen Hofknicks dar, woraufhin sich mein Vater mit einem entnervten Seufzen auf seinen Stuhl sinken ließ. „Ich bin sehr geehrt, hier sein zu dürfen."

Es war das Stichwort für alle, sich ebenfalls zu setzen. Der Krieg hatte begonnen.

Kapitel 21

Avery

Wo hatte ich studiert? Was hatte ich für einen Abschluss? Wie hatten wir uns kennengelernt? Was wusste ich über Irland? Ein Kommentar darüber, dass sich Liam und ich ja in der Tat noch nicht lange kannten. Hatte ich irgendeine Ahnung, was es bedeutete, Mitglied der königlichen Familie zu sein? Wo waren meine Eltern? Hatte ich Geschwister? Planten wir, gleich eine Familie zu gründen? Wann würde die Hochzeit stattfinden? Waren wir sicher, dass wir für die Ehe bereit waren? War ich katholisch? Beherrschte ich ein Instrument? Ging es mir nur ums Geld? Fragen über Fragen aus jeder Richtung und in verschieden passiv-aggressiven Ausprägungen.

Ich tat, was ich konnte, um mich fröhlich und strahlend zu geben. Ich setzte mir ein schönes, dickes, breites und falsches Grinsen auf und beantwortete jede ihrer Fragen, immer und immer wieder. Ich habe an der New York University studiert. Mein Fach war Modedesign mit einer Spezialisierung auf soziale Konstrukte, Selbstausdruck und mentale Gesundheit. Ich erzählte, dass ich mit einem eigenen Entwurf meinen Master abgeschlossen hatte und die einzige unabhängige Person in meinem Jahrgang gewesen war. Liam und ich hatten uns, wie er mir eingeschärft hatte, online kennengelernt. Ich hatte mich riesig gefreut, ihn bei der Benefizveranstaltung endlich persönlich zu treffen, wo ich mich unaufhaltsam, abgöttisch und vollkommen in ihn verliebte. Bullshit, Bullshit, Bullshit, Kuhkacke und Pferdeäpfel. Drachenscheiße. Ach, ich dankte dem Himmel, als man endlich den Wein brachte.

Die wahrscheinlich einzige Person an diesem Tisch, die das Recht gehabt hätte, mich so aufs Korn zu nehmen, war die verlassen dreinblickende, matronenhaft aussehende junge Frau direkt mir gegenüber. Sie hatte ihre Haare zu einer Hochsteckfrisur gerafft ganz ähnlich dem, was Georg nach meiner Ankunft bei mir gemacht hatte. Sie starrte mich die meiste Zeit über einfach an und wenn sie doch etwas zur Unterhaltung beitrug, waren es in der Regel kleine Warnungen oder Hinweise, die zu schreien schienen: „Ich hätte ihn geheiratet, wenn du nicht aufgetaucht wärst!“ Sie tat mir wirklich irgendwie leid und ich dachte bei mir selbst, was für eine große Herausforderung es wohl wäre, sie zu meiner Freundin zu machen. Es sah so aus, als hätte sie dringend eine nötig.

Obwohl es schwer war, all die Fragen zu meistern, hatte ich den Eindruck, dass ich mich bei Liams Cousinen beliebt machte. Sie schienen am Ende des Essens deutlich mehr zu meinen Gunsten geneigt zu sein als noch zuvor auf dem Minigolfplatz. Während ich mich weder wohl noch willkommen fühlte und an diesem Tag bisher noch keine Minute genossen hatte, begann ich mich allmählich ein klein wenig selbstsicherer zu fühlen, als wir die Tischrunde endlich auflösten und Liam und ich uns entschuldigten. Leider rief sein Vater Liam sogleich hinfort, um etwas scheinbar sehr Wichtiges zu besprechen. Der Rest von uns verabschiedete sich voneinander und Liams Butler James geleitete mich zurück zur Wohnung.

„Danke, dass Sie mich zurückbringen“, sagte ich zu James, der uns im Golfwagen zu Liams Cottage fuhr. „Ich habe keine Ahnung, wo ich bin, so kompliziert ist dieses Anwesen. Wie um alles in der Welt findet man sich hier zurecht?“ Ich lächelte ihn an und sprach auf Umwegen, da ich wusste, dass er die Augen und Ohren dieser Monarchie war. Ich wusste nur noch nicht, ob er auf meiner Seite stand oder nicht.

„Man macht sich allmählich mit der Umgebung vertraut. Und, wenn ich das sagen darf, ich bewundere, was Sie zu erreichen versuchen, Miss Johnson. Ihr Weg wird kein leichter sein, das steht fest. Ich habe in meiner Zeit hier zugesehen, wie Liam so manche junge Frau unterhielt, doch keine davon hat ihn glücklich gemacht. Ich hoffe, Sie lassen sich von der königlichen Familie nicht entmutigen, sie können manchmal etwas viel auf einmal sein, doch ich glaube, Sie verfügen über die Stärke, ihnen die Stirn zu bieten.“ Ich war völlig überrascht von seiner Vertrauensbekundung, aber ich wusste sie umso mehr zu schätzen.

Das war das netteste, was mir an jenem Tag bisher gesagt worden war.

„Ich danke Ihnen, James, Sie haben ja keine Ahnung, wie gut ich das gebrauchen kann.“ Ich fühlte mich noch immer so fremd und einsam.

„Oh, ich denke schon.“ Er lächelte mich gutherzig an und ließ mich ins Cottage, ohne mir zu folgen.

„Kommen Sie nicht herein?“, fragte ich, denn ich wollte eigentlich nicht allein sein.

„Nein, ich habe meinen eigenen Wohnsitz. Machen Sie es sich schon mal gemütlich. Finnegan und Martha sind für Sie da, sollten Sie etwas benötigen.“ Mit diesen Worten verneigte er sich und kehrte zum Golfwagen zurück.

Als ich eintrat, war das Haus düster und schaurig still. Vielleicht hantierte die Dienerschaft ja nur herum, wenn Liam auch da war. Nun doch froh darüber, dass niemand da war, um mich zu empfangen, ging ich nach oben. Sobald ich in der Wohnung war, rief ich bei Madison an. Ich musste eine vertraute Stimme hören. Ich wusste, dass Kylie schwerer zu erreichen sein würde, und ich hatte mich nicht genau über die Zeitverschiebung schlau gemacht, aber Madison wäre ohnehin Tag und Nacht rangegangen.

„Oh mein Gott, Mädchen! Ich warte schon die ganze Zeit drauf, dass du mich anrufst. Ich wollte schon die Botschaft einschalten und eine Entführung melden. Entweder läuft es ganz wunderbar oder du bist irgendwo in einen Keller gesperrt und hast gerade eine Möglichkeit gefunden, mich anzurufen.“

Obwohl ich merkte, dass sie sauer auf mich war, weil ich mich nicht gemeldet hatte, war ich unglaublich froh mit ihr zu reden.

„Irgendwie beides. Ich wurde sofort weggeschleift, nachdem das Flugzeug gelandet ist, und mit Liam ständig bei mir und den ganzen Familienmitgliedern hatte ich nicht eine Minute für mich allein, um mal anzurufen. Es tut mir leid. Ich wollte mich die ganze Zeit bei dir melden.“ Meine Stimme zitterte und ich musste mich schwer zusammenreißen, um nicht loszuheulen.

„Okay, jetzt komm aber wieder zurück nach Hause. Es war ein lustiges Experiment, aber am Klang deiner Stimme höre ich, dass es ein schrecklicher Fehler war. Niemand wird dir böse sein, wir wollen dich nur wiederhaben. Ein Mann ist so viel Schmerz nicht wert. Und auch nicht jedes Geld der Welt.“ Gott, ich liebte sie.

„Nein, es ist nicht Liam, er ist … Naja, er war gut zu mir. Es ist nur, mit der Königsfamilie ist nicht gut Kirschen essen. Ich weiß nicht, ob ich das schaffe.“

„Ist es nur die Königsfamilie? Ist Liam den Aufwand wert? Wie kannst du das überhaupt wissen? Mach deine Arbeit und nimm dir etwas Zeit, um es dir zu überlegen.“ Aus irgendeinem Grund machte mich Madisons Vorschlag böse.

„Nein, ich will das hier. Ich schaffe das. Ich kann das hinkriegen. Ich meine, es ist super für die Publicity. Irgendwann wird das alles hinter mir liegen und dann bin ich die ehemalige Königin von Irland. Vielleicht lasse ich den Namen schützen und mache eine Haute-Couture-Marke draus.“ Ich lachte etwas unbehaglich.

„Naja, mach dein Ding, Avery, aber du weißt, dass mir das alles nicht geheuer ist.“ Ich konnte den tadelnden Ton in ihrer Stimme nicht ertragen.

„Vielleicht hast du recht und vielleicht bin ich verrückt, aber ich springe nicht über Bord, noch nicht. Ich liebe dich und ich weiß, dass du ein Rettungsboot mit meinem Namen drauf parat hast, falls ich eins brauche.“

„Darauf kannst du wetten. Lieb dich auch, du arme Irre“, sagte sie, bevor wir auflegten.

„Super für die Publicity?“ Liam stand im Türrahmen, seine imposante Statur warf im gedimmten Licht einen Schatten quer durchs Zimmer.

Ich wäre beinahe aus der Haut gefahren, als ich ihn da stehen sah. „Wie viel von dem Gespräch hast du gehört?“ Ich war sowohl verschreckt als auch erzürnt.

„Genug.“ Er schien nicht sauer zu sein, was mich überraschte.

„Du weißt, dass ich nicht wegen der Publicity hier bin, aber nach dem Lunch gerade muss ich zugeben, dass ich auch nicht mehr so recht weiß, weswegen ich das eigentlich alles tue.“ Da waren sie, die verdammten Tränen.

„Nun, mein Vater würde dieselbe Frage stellen. Ich scheine der Einzige hier zu sein, der es weiß. Ich weiß, heute war heftig, und es tut mir leid. Meine Familie kann etwas einschüchternd sein.“

„Einschüchternd? Du meinst wohl eher vernichtend!“

„Ich muss sagen, du hast dich exzellent geschlagen. So gut, dass mein Vater schließlich widerwillig seinen Sanctus zu unserer Ehe gegeben hat. Wir werden in zwei Monaten eine Verlobungsfeier abhalten und unsere Hochzeit steht fest: in fünf Monaten in der Kapelle auf Hillsborough Castle.“

„All das für eine gefälschte Ehe?“ Ich war so gestresst, ich begann schon wieder zu zittern.

„Auch das wäre nicht das erste Mal, wie schon gesagt, Scheinehen unter Adligen sind sogar eher die Norm. Die meisten in der Geschichte wurden zwischen den Familien arrangiert und oft trafen sich Braut und Bräutigam nur Tage vor ihrer Vermählung zum ersten Mal. In einigen Fällen sprachen sie nicht einmal dieselbe Sprache. Nein, unsere Ehe wird in einer Linie mit dem Großteil aller monarchischen Ehen stehen und letzten Endes ist das womöglich sogar der Grund, weshalb mein Vater seine Zustimmung erteilt hat. Seine einzige echte Sorge ist, dass du in den USA bereits einen kleinen Namen als Modedesignerin hast und dass du überhaupt Amerikanerin bist … Und dass du nicht Lady Lucy O'Day bist." Irgendwie trafen die Worte bei mir einen wunden Punkt.

„Soll heißen das, was mich in meinem Heimatland einzigartig und besonders macht, ist das, was dein Vater am allermeisten verabscheut?" Ich wollte einfach nur um mich schlagen.

„Nein, meinem Vater missfällt vor allem, dass es nicht er selbst war, der dich ausgesucht hat. Ich glaube aber eigentlich, dass du ihn schon auf deine Seite gezogen hast, und sobald wir mal ein Kind haben, wird er längst vergessen haben, dass er jemals gegen meine Ehe mit dir gewesen ist." Liam sprach diese Tatsache mit einer seltsamen Art von Triumph aus.

Ich ließ mich auf die Couch fallen und fühlte mich völlig taub. Liam setzte sich neben mich und nahm meine schmerzenden Füße, die noch immer in Strumpfhosen gestopft waren, und rieb meine malträtierten Zehen und Fußballen.

„Wow … Wir müssen uns echt ranhalten, um das Kind zu machen, oder?" Es fühlte sich alles so falsch an.

„Mich stört es nicht, dass unsere Ehe vorgetäuscht ist, ich genieße unsere aufkeimende Freundschaft und unseren bemerkenswert guten Sex. Natürlich wird es Kinder geben, jetzt, … später, das kümmert niemanden. Es wird nicht halb so schlimm, wie du es dir in deiner Vorstellung ausmalst. Lass einfach los und wir geben der Sache eine Chance. Ich verspreche, dir nach Kräften ein guter Ehemann zu sein. Ich werde meinen Teil der Abmachung in Ehren halten, solange unsere Ehe dauert, und für dich möchte ich nur, dass du die Zeit genießen kannst." Er war einfach verdammt überzeugend.

Also stimmte ich dieser verrückten Sache zu, die wir da angefangen hatten. Unsere Verlobungsfeier sollte in zwei Monaten steigen. In diesen zwei Monaten machten Liam und ich jeden Tag Liebe und er hatte recht, der Sex war bemerkenswert. Wir versuchten immer neue Dinge und experimentierten mit unseren Körpern und jede Nacht wuchsen wir noch mehr zusammen. Wir verbrachten auch viel Zeit mit Spaziergängen auf dem Anwesen, sprachen über das Leben, unsere Hoffnungen und Träume.

Ich musste alle meine Verpflichtungen in New York absagen und jedes Mal, wenn ich eine Laufstegshow oder eine Popup-Party verpasste, war es wie ein Stich zwischen die Rippen. Die Arbeit fehlte mir von allem am meisten. Ich hatte jede Menge Inspiration, jedoch sehr wenig Zeit, die noch knapper werden würde, sobald ich mit dem Kinderkriegen anfing.

Eines der großartigsten Dinge war jedoch, dass manches Zeug einfach verschwand. Ich musste nie spülen oder Wäsche waschen, ich musste nicht einmal meine eigenen Klamotten raussuchen, auch wenn mir mein eigener Stil fehlte. Genau genommen fehlte *ich* mehr und mehr, doch während ich den Verlust meiner Selbst zu beklagen hatte, füllte mich Liam zusehends aus. Liam wurde alles in meiner Welt, er und meine Rolle als seine baldige Ehefrau. Avery Johnson war so gut wie verschwunden und Ihre königliche Hoheit, die Prinzessin von Irland, begann allmählich ihren Platz einzunehmen.

Einer der Nachteile wiederum bestand darin, dass Liam und ich immer mehr von Paparazzi belagert wurden. Sie hatten mir den Namen Prinzessin Barbie verpasst, eine Bezeichnung, die ich ziemlich beleidigend fand. Es wurde zu einem so großen Problem, dass wir oft gezwungen waren, im Verborgenen hinauszuschleichen. Ich wusste aus meinen vielen Jahren an der Seite von Kylie, welche Schwierigkeiten einem Paparazzi bereiten konnten. Die beste Art, uns vor ihnen zu schützen, bestand darin, sie zu meiden. Liam und ich fanden Wege, uns zu verkleiden und so manchmal auch normale Dinge miteinander zu unternehmen. Ich entdeckte, dass es Georg großen Spaß machte, immer neue und ausgefallenere Methoden zu finden, uns unter Make-up, Perücken und manchmal sogar Prothesen zu verstecken.

Dank Georgs Genialität konnten wir unentdeckt vor die Tür gehen. Es waren diese Gelegenheiten der Flucht vor allem, wo Liam und ich am meisten Spaß miteinander hatten.

„Ich kann nicht fassen, dass der Typ einfach so zu singen angefangen hat", sagte ich und streifte meine schwarze Perücke ab, um sie auf den Tresen zu werfen.

„Er war dicht wie eine Haubitze, aber seine Stimme war gar nicht so schlecht, trotz der Sauferei."

„Naja, wenn du mal aufhören würdest, bei echter Musik einzupennen, würdest du das anders sehen", triezte ich ihn und schlüpfte aus meiner Robe, die ich über den Stuhl hängte.

In Unterwäsche schnappte ich mir etwas Lotion und begann meine Abendroutine, Beine einschmieren, Haare bürsten und Zähne putzen, um mich auf das allabendliche Herumtollen mit Seiner königlichen Exzellenz vorzubereiten.

„Bereit für die Verlobungsfeier morgen?", fragte Liam beiläufig, als wäre es nicht so etwas wie eine Atombombe.

Mit der Verlobungsfeier war der große Moment gekommen. Nach der offiziellen Verkündung würde es keinen Weg zurück mehr geben. „Kann man für so etwas jemals bereit sein?" Ich benutzte meinen besten irischen Akzent, um abzulenken, und ich wusste, dass es Liam ärgerte.

„Oh, mach das bei der Party, das kommt bei deinen Kritikern super an."

„Ich habe Kritiker? Wozu das denn? Ich habe mich wie eine brave irische Bürgerin verhalten. Ich hebe meinen kleinen Finger, wenn ich meinen Tee trinke, ich trage bei jeder erdenklichen Gelegenheit einen Chignon, ich hab so oft Strumpfhosen getragen, dass meine Schenkel schon ganz wund sind … Was um alles in der Welt sollten die kritisieren wollen?" Wieder benutzte ich den blöden Akzent.

„Du bist Amerikanerin, aus den USA. Du bist nicht aus

Irland oder England oder Großbritannien. Du bist schön, du bist klug, du hast eine Persönlichkeit, so viel furchtbare Dinge, ich weiß gar nicht, wo ich anfangen soll." Er zog sich das Shirt über den Kopf und entblößte seine immer betonter werdenden Bauchmuskeln.

Seitdem wir unsere echte Fake-Beziehung angefangen hatten, hatte er zu trainieren begonnen. Er war jetzt noch viel muskulöser als bei unserer ersten Begegnung und er hatte begonnen, Modemagazine zu lesen und Kylie Morgan und Alec Blair in ihren sozialen Medien zu folgen.

„Ich bin neugierig, wozu muss der nächste König von Irland aussehen wie ein Comic-Held und gleichzeitig auch noch insgeheim Instagram-Stalker sein?"

„Oh, naja, nun. Ich hab eben die Nachrichten gelesen, du nicht?" Sein Gesicht wurde entzückend rot.

„Und was steht in den Nachrichten?" Ich glitt aus meiner Unterwäsche und unter die Decke.

„Nun, obwohl du Ami bist, bist du gleichzeitig auch viel schöner, als ich es verdiene, offenbar. Du umgibst dich auf dem Olymp der sozialen Netzwerke mit Göttern und Göttinnen, nämlich deiner besten Freundin und ihrem Ehemann, die, obwohl du erzählt hast, sie würden die Presse meiden, überall darin zu finden sind." Er zog seine Unterhose aus und gesellte sich zu mir unter die Decke.

„Ist das so? Erzähl mir mehr!" Ich kuschelte mich an ihn.

„Und Flower Street Clothing hat schon jetzt Legendenstatus, obwohl die Kollektionen selten sind und weit auseinander liegen, weil die Chefin insgeheim geflohen ist, um Prinzessin einer europäischen Königsfamilie zu werden. Anscheinend trenden deine Kleider auf Instagram und Twitter." Er wirkte so verspielt-unterlegen.

„Das weiß ich tatsächlich auch. Ich versuche schon, ein paar neue Sachen rauszubringen." Meine Hand langte nach seiner gemeißelten Brust. „Das hier gefällt mir allerdings, ist sehr sexy. Es hat so seine Vorzüge, wenn dir jemand Feuer unterm Hintern macht."

„Ich hoffe jedenfalls, dass es zu verhindern hilft, dass mir meine für mich viel zu schöne Braut vor dem Altar abhandenkommt", scherzte er.

„Du siehst gut aus …" Ich seufzte. „Auf deine eigene Art."

„Wer ist hier jetzt schrecklich?" Er sprang auf mich und stieß meine Beine auseinander. „Dafür wirst du zahlen!", knurrte er in finsterem Ton und stach mit seinem jetzt schon harten Schwanz nach meiner Mitte.

„Ach, du meine Güte, lass es mich wiedergutmachen." Ich glitt an seinem harten Körper hinab und fand seinen steifen Schwanz zwischen uns eingeklemmt. „Lass mich dir zeigen, wie würdig du meiner bist."

„Das wäre hilfreich." Er warf sich auf den Rücken und ließ mich mit dem Mund an die Arbeit gehen.

Manchmal gab er's mir oral, manchmal ich ihm. Er schien mir ein bisschen extra Zuwendung zu brauchen, denn sein Ego konnte manchmal recht fragil sein. Er machte zwar Scherze, doch einige davon enthielten auch viel Wahres. Er sagte es zwar nicht so, doch der Druck auf ihn war gestiegen. Die ganze Aufmerksamkeit seitens der Presse und der viele Argwohn fingen an, ihren Tribut bei ihm zu zollen. Ich konnte sehen, was das mit ihm anstellte.

Als ich nach Irland kam, war er noch ein Playboy, der mittlerweile von der Öffentlichkeit größtenteils ignoriert wurde, abgesehen von seinem rustikalen guten Aussehen und seinem Status als ewiger Single. Seine Missetaten waren gutes Füllmaterial für die Klatschseiten, aber jetzt waren wir Teil der landesweiten Nachrichten. Sobald er der Welt verkündet hatte, dass er mit einer zusammen war, die er zu heiraten gedachte, war es rings um ihn herum kühler geworden, einschließlich von Seiten der irischen Presse. Plötzlich redete man nicht mehr nur über sein Aussehen oder seinen Erfolg, jeder seiner Schritte wurde unter die Lupe genommen. All das lief auf eine zentrale Frage hinaus … War er würdig, zum König gekrönt zu werden?

Er brauchte einen bewusstseinserweiternden Blowjob, um seine geschundenen Nerven zu beruhigen. Oft erwischte ich mich dabei, wie ich mir Mühe gab, seinen Stress zu lindern. Meistens war ich so auf ihn fokussiert, dass ich meine Arbeit völlig vernachlässigte. Ich brauchte unsere Nähe genauso wie er und sie war mir willkommen, aber ich fand es unmöglich, gleichzeitig zwei verschiedene Menschen zu sein. Er war mein sicherer Hafen in einer Welt, die so fremd für mich war.

Ich küsste die Eichel seiner beeindruckenden Männlichkeit und spürte ihre Seidenartigkeit im Mund. Ich musste mich immer ein bisschen aufwärmen, bevor ich ihn schlucken konnte, aber sein Wimmern und das ekstatische Knurren lohnten die Mühen. Ich spielte mit seinen dicken Eiern, die warm und schwer in meiner Hand lagen.

„Oh Gott, Avery, ich werde niemals genug davon kriegen, was du mit meinem Körper machst“, sagte er und begann in meinem Mund zu zucken, womit er mich ein wenig überraschte.

Kapitel 22

Liam

Ich begann mich in Avery Johnson zu verlieben. Wir waren uns in den vergangenen zwei Monaten kaum je von der Seite gewichen und am kommenden Tag sollte unsere Verlobung offiziell verkündet werden. Mein Vater hatte den Ehering meiner Mutter für mich aufbewahrt, auf dass ich ihn zu Averys Verlobungsring mache. Das war der größte Vertrauensbeweis, den ich mir von ihm je hätte wünschen können. Tatsächlich fühlte es sich ein wenig seltsam an, ihn Avery zu geben, denn er war für die Frau gedacht, mit der ich den Rest meines Lebens verbringen wollte, und ich war nicht sicher, ob Avery diese Person überhaupt sein wollte. Ich selbst wurde immer sicherer, dass sie diejenige war, die ich wollte. In der Zeit, die wir miteinander verbracht hatten, hatte ich sie zu lieben begonnen. Ich brachte viel Zeit mit den Änderungen am Ring zu und entschied mich schließlich dafür, den Diamanten meiner Mutter im Zentrum zu belassen und ihn mit Smaragden zu umgeben, weil es mich an unser erstes Treffen und all das Grün erinnerte, das wir damals tragen mussten.

Avery hatte mit ihrem Charme das ganze Land in ihren Bann gezogen. Sie war sehr gut darin vorzugeben, etwas zu sein, das sie in Wahrheit so gar nicht war. Ich wusste, dass sie es wirklich kaum aushielt mit all der zurückhaltenden Mode und immer hinter mir hergehen zu müssen, still zu sein, wenn sie reden wollte. Ich begann mich in sie zu verlieben, weil sie so viel von sich selbst für mich aufzugeben bereit war. Aber ich glaubte nicht daran, dass sie sich auch in mich verliebte, denn das hätte bedeutet, auch noch den letzten Rest von sich aufzugeben.

Sie war lebendig, wild, kreativ und leidenschaftlich, und

während die Welt sie anzubeten begann, trotz ihrer Eigenschaft als Amerikanerin, war sie selbst immer weniger und weniger jene Frau, die ich eigentlich liebte. Nicht, dass ich die Frau nicht auch anbetete, die versuchte, sich meinen zwanzig Zentimeter langen Schwanz bis zum Anschlag in die Kehle zu schieben, doch während Avery so beherzt mein Teil lutschte, entglitt sie mir allmählich. Der Sex war noch immer so fantastisch wie von Anfang an, doch ihr Biss und ihre Leidenschaft siechten dahin. Nicht aus einem Mangel an Inspiration, sondern aus Erschöpfung, aufgrund von Stunden über Stunden, in denen sie vorgab, eine Frau zu sein, die sie nie hatte sein wollen.

„Okay, Liebling." Ich kitzelte ihren Rücken. „Wenn du nicht willst, dass ich in deinem Mund abspritze, schlage ich vor, du kommst mal wieder hoch, damit ich dich ordentlich durchficken kann." Mir gefiel es, schmutzig mit ihr zu reden, um die Glasschicht um uns herum zu zerbrechen.

Sie kraxelte zurück herauf mit einem süßen Grinsen im Gesicht. „Du weißt schon, dass du das immer sagst, oder? Dass du in meinem Mund abspritzt, wenn ich nicht aufhöre dich zu lutschen?" Ich lachte, denn natürlich hatte sie recht. „Aber ich werde besser darin, gib's zu!" Sie stützte das Kinn auf ihre Hand.

„Meiner Meinung nach warst du noch nie *nicht* gut darin." Meine Hand neckte ihre wunderbaren Titten und sie meldeten sich, denn sie war noch immer unglaublich sensibel, wenn ich sie berührte.

Ich hätschelte ihre Brüste, kniff und zupfte an ihnen, bis sie nach meinem Mund bettelten. Sie waren voller geworden, obwohl sie kein Gewicht zugelegt hatte. Wir hielten nicht mehr wirklich Vorkehrungen ein, auch wenn ich meistens rauszog, aber nicht immer. Möglicherweise war sie bereits schwanger. Sie hatte auf meinen Wunsch hin die Pille abgesetzt, zumal unsere Hochzeit in wenigen Monaten bevorstand, und solange sie bis dahin nicht sichtbar schwanger war, bestand kein Grund zur Sorge. Nachzurechnen und es in der Presse breitzutreten galt als geschmacklos, also konnte uns wirklich nicht viel passieren.

Babys waren ja von Anfang an Teil des Plans und des Vertrages, den Avery, dem Himmel sei Dank, bereits unterzeichnet hatte. Dass sie das tat, war eine der Voraussetzungen, die mein Vater für das Stattfinden der Verlobungsfeier festgesetzt hatte. Sie war rechtlich an mich gebunden, also waren wir nicht mehr so vorsichtig mit meinem Sperma.

„Wie hättest du mich denn gern?“, fragte ich, nachdem ich ihren Prachtkörper auf Touren gebracht hatte, damit sie unsere Liebeseinheit so genießen konnte, wie ich es mir vorstellte.

„Von hinten“, hauchte sie und brachte ihren Arsch in Stellung.

Diese Stellung liebten wir beide, weil ich so in sie eindringen und sie mit meinen Armen, dem Körper und allem umfassen konnte. So fühlte es sich an, als hielte ich sie in einer Umarmung fest, während ich sie gleichzeitig auf den Mond katapultierte. Sie schien in dieser Stellung noch heftiger zu kommen. Ihre Pussy war noch immer so eng, wenn sie an meinem Schwanz sog. Ich war zu dem Schluss gekommen, dass sie das mit Absicht machte, weil sie genau wusste, dass ihre engen Lendenmuskeln mich vor Lust in den Wahnsinn trieben.

Ich legte mein ganzes Gewicht in meine Stöße und je tiefer ich drang, desto mehr quetschte mich ihre Pussy. Ich versuchte mich so lange wie nur möglich zurückzuhalten, aber es war ein langer Tag gewesen und ich hatte die ganze Zeit daran denken müssen, wie wir gemeinsam die Nacht verbringen würden. Ich schaffte es nicht mehr lange und kam tief in ihr. Ich fühlte sie in dem Moment zucken, als ich ihre Vagina mit meinem Samen füllte. Als ich mich in ihr entleert hatte, entspannte sie sich und ergab sich den Umständen.

„Bist du sicher, dass es in Ordnung ist, wenn ich bei der Hochzeit schon schwanger bin?“, scherzte sie ohne viel Enthusiasmus.

„Wie sollte das jemand erfahren? Bis zur Hochzeit ist es nicht mehr lang, selbst wenn du es bist, wird man es noch nicht sehen. Kann es denn sein, dass du jetzt schon schwanger bist?", fragte ich und blieb noch einen Moment in ihr, die Wärme genießend.

„Naja, wir sind ein bisschen nachlässig geworden." Ihre Stimme war leise. Ich drückte die letzten Tropfen in sie und hielt sie noch immer fest an meine Brust gedrückt. „Ich bin nicht sicher, wie schnell nach dem Absetzen der Pille ich schwanger werden kann, aber, ähm, du hast gerade den ganzen Laster in mich gekippt, also kann ich mir kaum vorstellen, dass es noch sehr lange dauern wird."

„Ich werde einen Termin mit dem Arzt veranlassen. Hat deine Periode ausgesetzt? Ist es nicht noch zu früh, um es zu wissen?" Eigentlich wollte ich meiner Stimme nicht diesen hoffnungsfrohen Unterton geben, doch mein Herzschlag eskalierte bei dem Gedanken daran, dass wir das Kind vielleicht jetzt schon erwarteten.

„Ähm, ja … Ich sollte meine Periode eigentlich diese Woche kriegen." Sie löste sich behutsam von mir und wandte sich zu mir um. „Manchmal kann die Menstruation unregelmäßig sein, nachdem man mit der Pille aufhört, also kann ich's nicht sicher sagen. Ich dachte nur, vielleicht wollen wir noch etwas mehr Zeit, … solange wir nur zu zweit sind."

„Wir werden immer Zeit haben, einander zu genießen. Vertrau mir, wenn in dieses Haus ein Baby einzieht, dann bringt es ein ganzes Dorf von Bediensteten mit. Die oberen Zimmer werden bevölkert mit Kindermädchen, einer Ärztin auf Abruf, es wird eine Krankenschwester für den Tag und eine für die Nacht geben. Die Damen werden Schlange stehen. Wir haben Glück, wenn wir das kleine Teufelchen überhaupt zu Gesicht bekommen. Wenn du jetzt schwanger bist, läuft alles nach Plan." Ich wollte sie nicht nervös machen, aber für mich würde alles viel leichter werden, sobald sie schwanger war. „Wir werden eine Weile unsere Ruhe haben, denn sobald wir ein Kind bekommen, wird das Land für ein zwei Jahre nicht gleich nach einem zweiten schreien. Diese Zeit können wir dann gemeinsam verbringen."

„Klar … Der Plan." Sie schien so traurig.

Ihre Stimmung schwankte oft zwischen Fröhlichkeit und verlorener Verschwiegenheit.

„Können wir drüber reden?" Wir machten uns so gut zusammen, ich wollte nicht, dass sie mir entglitt.

„Ich hatte vor, mich ein paar Tage nach unserer Hochzeit bei der New York Fashion Week zu präsentieren. Ich muss die Designs fertigstellen und Models anheuern und eine Assistentin, die mir die ganzen Vorbereitungsarbeiten abnimmt, während ich hier bin und heirate. Dann muss ich nach der Show meine neue Linie rausbringen und verkaufen und …" Sie schien sich wirklich fertig zu machen.

„Okay, okay … Jetzt ein Kind zu bekommen wird also schwierig. Du wirst dich nicht gut fühlen, dein Körper wird sich verändern und du wirst irgendwo deine geheime Karriere reinquetschen müssen, während du eine schwangere, frisch verheiratete Prinzessin mimst. Schon das so auszusprechen bereitet mir Kopfschmerzen." Ich strich mit meiner Hand über ihren Arm. „Aber ich sorge dafür, dass du so viele Leute um dich hast, die dir helfen, wie du benötigst. Das Geld wird nie ein Thema sein, wir können Hunderte einstellen, ist mir egal. Ich möchte nur, dass du glücklich bist." Ich meinte es wirklich ehrlich.

„Okay." Sie schenkte mir ihr schönes Lächeln. „Im Moment ist es noch zu früh, um irgendetwas zu unternehmen, aber danke für die Unterstützung." Es war ihre vorgetäuschte Alles-in-Ordnung-Haltung.

„Ich unterstütze dich, wo auch immer ich kann. Ich weiß, dass du das letztendlich alles für mich tust, also möchte ich dich wissen lassen, dass ich mich nicht wie ein blöder Arsch aufführen werde. Du gibst vieles auf, damit ich König werden kann, und das vergesse ich dir nie." Sosehr ich es versuchte, meine Worte schienen sie nur noch trauriger zu machen.

„Danke, lass uns einfach schauen, was der Doktor sagt“, war ihre zaghafte Antwort.

„Okay, warum hauen wir uns nicht aufs Ohr und schauen uns das morgen alles mit frischen Augen an?“ Nachdem ich einen so heftigen Orgasmus rausgehauen hatte, war ich für heute mehr oder weniger fertig.

„Mach das, ich möchte noch etwas Arbeit erledigen.“ Sie ließ mir nicht einmal Zeit zu antworten.

Stattdessen erhob sie sich vom Bett, schnappte sich den Bademantel von einem der Stühle und überquerte den Gang, wobei sie sowohl die Tür zum Schlafzimmer als auch die zu ihrem Arbeitszimmer offenließ. Den Bademantel knöpfte sie nicht zu, sodass ich ihre prachtvolle Nacktheit bewundern konnte, während sie sich an die Arbeit machte. Ich schaute ihr eine Weile beim Zeichnen zu. Sie war bald schon so vertieft in die Entwürfe, dass ihre Finger nur noch so übers Papier flogen und sie ein Stück nach dem anderen aufs Blatt brachte. Ich war nicht mehr müde, denn ihr zuzusehen erfüllte mich mit Energie, also schlich ich leise zu ihrer Tür, nackt, wie der Herr mich geschaffen hatte, und betrachtete sie aus der Nähe, wie sie ihre Designs schuf.

„Was zeichnest du grade?“, fragte ich schließlich, nachdem sie meine Anwesenheit zwar spürte, mich aber absichtlich ignorierte.

„Eine Schwangerschaftslinie“, sagte sie, ohne den Kopf zu heben und mich anzusehen, weil sie so tief auf ihre Arbeit konzentriert war. Es war fast, als wäre ich ein Geist.

Die Vorstellung, mit ihren Projekten zu konkurrieren, gefiel mir nicht, aber es war schwer, ihr die Zeit abzuerkennen, die sie brauchte, um an ihnen zu arbeiten. Ich hatte sie schon lange nicht mehr so zufrieden gesehen.

„Dann bleib nicht zu lange wach, Liebes.“ Ich wollte eigentlich lieb und aufmunternd klingen, aber was aus meinem Mund kam, klang nicht sehr nett. Ich dachte darüber nach, das zu korrigieren und enthusiastischer zu wirken, aber ich brachte es nicht über mich. Auch wenn sie halb Irland in sich verliebt gemacht hatte, kein Mann würde sie mir nehmen können, nur ihre Arbeit vermochte das.

„Japp", war ihre knappe Nichtantwort.

„Na dann, gute Nacht, Avery." Ich ging geknickt von dannen.

Sie arbeitete bis spät in die Nacht. Ich schlief irgendwann ein, offenbar lange, bevor sie aufhörte. Als ich aufwachte, trug sie noch immer ihren Bademantel und lag alle viere von sich gestreckt auf ihrer Seite des Betts.

„Guten Morgen, aus den Federn, Prinzessin." Ich weckte sie mit einem Kuss.

„Wie spät ist es?" Sie machte sich nicht mal die Mühe, die Augen zu öffnen.

„Zeit für unsere große Verlobungsparty." Ich war glücklicher über die Ankunft dieses Tages, als ich für möglich gehalten hätte, aber sie machte keine Anstalten, sich zu rühren.

„Freust du dich nicht, mich zu heiraten?" Ich setzte eine schmollende Stimme auf.

„Ich freu mich nicht allzu sehr drauf, mich wieder mit Strumpfhosen und High Heels abzuplagen." Sie wandte sich ab und vergrub ihr Gesicht im Kissen. „Oder aufs Schauspielern. Ich bin müde", nörgelte sie, gerade als James an die Tür klopfte.

„Georg ist da", sagte er durch die Tür hindurch, denn das Hereinplatzen hatte er sich abgewöhnt.

„Ich werde Georg deine Beschwerde überbringen. Vielleicht kann er etwas bequemeres Schuhwerk für dich auftreiben." Ich klatschte ihr auf den Hintern und schickte mich an, in die Dusche zu gehen. „Kommst du?" Ich schaute über die Schulter und sah, dass sie nach wie vor wie ein Häuflein dalag und keinen Muskel rührte.

Ich war gleichzeitig aufgeregt und frustriert, also warf ich ein

Kissen vom Lehnstuhl auf ihren Allerwertesten, aber sie zuckte nicht mal. Ich schaute mich um, ob ich sonst noch irgendwas werfen konnte, aber da das Kissen keine Wirkung gezeigt hatte, bezweifelte ich, dass ich mit sonst irgendwas mehr Glück haben würde.

„Ich lass dir von der Küche einen Espresso machen." Nackt ausgezogen ging ich zum Bett und hob sie in meine Arme, sie grummelte, wehrte sich aber nicht. „Sorry, Prinzessin, aber wir verloben uns heute. Also, auf Befehl des Königs von Irland schieben wir deinen hübschen Arsch jetzt mal in die Dusche." Ich betrat mit ihr als totem Ballast das Badezimmer. „Wann bist du gestern ins Bett gegangen?"

„Gar nicht", krächzte sie und ich drehte das Wasser auf, um uns unter den Strahl zu stellen.

Sie schrie sofort auf, als sie das eisige Wasser traf. Es war natürlich noch kalt in den Rohren. Das war wohl etwas hinterhältig von mir, aber ich musste sie wachkriegen. Es war ein wichtiger Tag.

„Du entsetzliches, ekelhaftes Monster", jaulte sie.

„Ich kann dich ja nicht unsere Verlobungsfeier verpassen lassen, du schöne, närrische Nachteule." Ein Quickie unter der Dusche war an diesem Morgen zu meiner großen Enttäuschung natürlich ausgeschlossen.

Ich setzte sie ab und sie begann träge ihre Haare zu waschen, während ich mich einseifte. Als wir mit dem Duschen fertig waren, traten wir heraus und mussten feststellen, dass Georg bereits in unserem Schlafzimmer auf uns wartete. Er war auch sonst oft ein wenig aufmüpfig, aber das war schon fast ein Kündigungsgrund.

„Was tust du in unserem Schlafzimmer?", blaffte ich und stellte mich neben Avery, wir beide waren nur mit Handtüchern bedeckt.

„Nun, nachdem niemand zur vereinbarten Zeit aufgetaucht ist, bin ich reingekommen, um zu sehen, ob hier jemand gestorben ist, denn das ist heute die einzige Entschuldigung für eine

Verspätung.“ Sein böses Funkeln war fast komisch.

„Nur James hat die Berechtigung, meine Privaträume zu betreten“, schimpfte ich.

„Es tut mir leid, aber wir liegen Stunden hinter dem Zeitplan. Und heilige Mutter Gottes, was hast du mit deinem Gesicht gemacht, Avery?“, japste er. „Bist du in eine Prügelei geraten?“ Wieder funkelte er mich an.

„Nein, sie ist die ganze Nacht wach gewesen und hat an Entwürfen gearbeitet.“ In meiner Stimme klang meine ganze Enttäuschung mit.

„Ich kann für mich selbst reden“, warf sie genervt ein. „Wenn einen die Inspiration eben trifft“, fügte sie gähnend hinzu.

„Dann macht man sich eine Notiz im Geiste und wartet bis nach der Verlobungsfeier, wo alle Königshäuser Europas anwesend sein werden“, unterbrach ich sie meinerseits scharf.

Sie zuckte die Achseln. „Oder man bleibt wach und bringt seinen Scheiß zu Ende.“ Sie verdrehte die Augen und ließ das Handtuch fallen, woraufhin sie absolut nackt im Raum stand. „Lassen wir die Party steigen.“ Sie war wieder Avery, die aufbrausende Verrückte, die ich damals in der Bar getroffen hatte.

Angst fuhr mir in die Knochen und ich begann stumm zu beten. ‚Bitte, sei heute eine perfekte Prinzessin, bitte, sei eine liebreizende, himmlische, brave Prinzessin … nur heute.‘

„Okay, okay. Schon verstanden. Bräutigam, hinfort! Braut, zieh dieses Höschen hier an und setz dich da in den Stuhl. Mädchen, heute zeige ich dir, weshalb ich so gut bezahlt werde, denn heute Vormittag hab ich ganze Arbeit zu leisten! Natürlich hast du mir dafür nun keine Zeit mehr übriggelassen. Nun geht schon, Eure Hoheit, ich muss dieses Schlamassel hier in Ordnung bringen.“ Er zerrte einen riesigen Koffer Make-up herbei und ich zog mich aus dem Zimmer zurück, bereit für einen Kaffee und etwas Abstand von Avery.

„Mach deinen Job und mach ihr klar, wie wichtig es ist, heute die brave Avery zu sein … Avery, die Modedesignerinnen-Barbie kann bis nach der Verlobung warten."

Ich wollte nicht wütend auf sie sein, aber ich sah allmählich eine Kluft zwischen uns wachsen. Ich wusste, dass sie noch breiter zu werden drohte, noch bevor wir je eine Brücke schlagen konnten, und das machte mir Sorgen.

Kapitel 23

Avery

Es war mir unbegreiflich, wie er es angestellt hatte, aber irgendwie hatte Georg mich in Ordnung gebracht. Ich war so inspiriert gewesen von der Idee, eine coole und dynamische Mutterschaftskollektion zu entwerfen, dass mir die Zeit egal gewesen war. Angesichts der Möglichkeit, dass ich selbst schwanger war, stand ich in Flammen. Ich wollte einen Look entwerfen, der Sexiness von allen Dächern schrie. Nur weil einen jemand aufgepumpt hatte, musste man deswegen ja noch lange nicht zur ollen Matrone werden. Eine Babybeule konnte verdammt süß sein und ich wollte etwas Pfiff in die Dinge hineinbringen, die eine werdende Mutter tragen konnte, zumal ich demnächst ja auch eine sein würde.

Einerseits war mir die Zeit also egal gewesen, andererseits hatte ich aber auch wirklich meine Gedanken von der Verlobungsfeier ablenken müssen. Bei der Unterzeichnung der Verträge hatte ich beschlossen, das durchzuziehen, komme was da wolle. Ich hatte mich mit den Mädels besprochen und wir hatten uns darauf geeinigt. Ich war mir sicher gewesen und hatte mich bereit gefühlt bis zu jenem Augenblick, wo mir bewusst wurde, dass ich möglicherweise schon schwanger war. All mein Enthusiasmus war mit einem Mal verpufft, denn nach der Verkündung der Verlobung würde es endgültig kein Zurück mehr geben.

„Ich arbeite jetzt schon lange genug mit deinem Gesicht", sagte Georg, nachdem er mich eine Stunde lang dafür ausgeschimpft hatte, dass ich es so schändlich vernachlässigt hatte. Vielleicht auch weniger, aber es fühlte sich an wie eine Stunde. „Das Gehänge da unter deinen Augen kommt nicht nur davon, dass du die ganze Nacht wach warst. Du hast geweint." Georg hatte mich erwischt.

„Und zwar ganz schön heftig. Ich hoffe, du weißt, dass ich für dich da bin. Ich hab das auch durchgemacht, Mädel. Mein Mann arbeitet nämlich auch für die Krone. Er ist der Chef des Sicherheitsteams. Er ist ein Bär und total männlich … oh, und so schön, aber wir dürfen uns ja keine Zuneigung zeigen. Wir müssen genau genommen sogar so tun, als würden wir uns gar nicht kennen. So ist das jetzt seit Jahren. Wenn wir zu Hause sind, geht's nur um uns, aber wir sind eben für gewöhnlich bei der Arbeit. Ich sehe ihn oft und doch traue ich mich kaum, ihn anzuschauen. Also, wenn meine Probleme auch anders sein mögen, ich weiß, wie dieser ganze Adelskram einem den Kopf zerwühlen kann."

Gott schütze Georg.

„Es tut mir so leid, Georg, das muss für euch beide wirklich sehr hart sein." Plötzlich kamen mir meine Probleme nicht mehr so schlimm vor, wenigstens würde alle Welt wissen, dass ich Liam liebte … oder so mehr oder weniger … liebte.

„Jeder hat seine Opfer zu erbringen." Er zuckte die Achseln.

„Ich bin Modedesignerin. Mein Label fängt grade an, durch die Decke zu gehen, und ich bin nicht die, zu der du mich jeden Tag machst. Du erschaffst da ein Monster." Ich hielt die Tränen zurück, die mir die Kehle abschnürten.

„Naja, du bist ein ziemlich hübsches Monster, aber ich versteh dich. Du bist jung und gottseidank geht dein Label durch die Decke. Du wirst bald nicht mehr so hart dafür arbeiten müssen. Mach es einfach exklusiver, mach dich rar und entwerfe deine Sachen weiß Gott wo. Sei flüchtig, ungreifbar." Mir gefiel die Illusion, die er da beschwor, doch sie würde niemals funktionieren.

„Verheiratet mit Liam", seufzte ich.

„Das ist nicht das Ende der Welt. Du wirst sehen." Georgs ewiger Optimismus war nervenaufreibend.

Trotz allem aber richtete er mich wieder her und ließ mich zum Anbeißen aussehen. Ich trug ein blasslila Chiffonkleid mit durchsichtiger Strumpfhose, die im Sonnenlicht glänzte, und ein paar tiefpurpurne Pumps. Meine Haare waren vom Gesicht weg gestylt und vollzogen einen skurrilen Bogen mit Ringellöckchen, die um meine Ohren und Schläfen baumelten.

„Die Idee dabei ist, dir einen Anschein von Unschuld zu geben." Georg versetzte mir einen Seitenblick. „Du sollst so gut wie nur möglich nach der errötenden, unberührten und unverdorbenen Verlobten aussehen", sagte er und beendete eben noch die letzten Pinselstriche mit einem rosa, das meine Wangen mit hauchdünner Farbe küsste.

„Wow, du hast es geschafft. Du lässt mich tatsächlich wie eine Jungfrau aussehen. Bravo." Ich lächelte und sehnte mich nach einem Moment der Leichtigkeit.

„Oh, naja, so weit würde ich nun doch nicht gehen, meine Liebe. Ein kurzer Blick auf dieses lüsterne Funkeln in den Augen des Prinzen und man müsste Tomaten auf den Augen haben, um zu glauben, er hätte dich Jungfrau bleiben lassen. Aber an ein wenig Illusion ist nichts verkehrt, ist ja sowieso alles nur Schall und Rauch." Sein Lächeln war breit, fröhlich und stolz.

Liam steckte den Kopf herein, gerade als sich meine Stimmung ein wenig gehoben hatte. Georg hatte recht, das hier war alles ohnehin nur Show. Auch wenn meine Gefühle für Liam gewachsen waren, hielten wir dennoch nur eine Parade ab.

„Und, wie läuft's hier drinnen?" Sobald sein Blick auf mich fiel, begann sein Gesicht zu strahlen und er lächelte. „Ah, da bist du ja! Georg, du bist ein Genie. Wenn ich je an dir gezweifelt habe, tut es mir leid, du hast es geschafft, sie sieht umwerfend aus."

Ich lächelte zurück, auch wenn ich es nur vortäuschte. „Wie in My Fair Lady, er hat mich aus der Gosse geschleift und mich sauber hergerichtet."

Liam machte mich manchmal rasend. Er wollte vermutlich nicht so gemein und scheiße sein, aber manchmal war er es eben doch.

„Wenn er doch nur etwas an deinem vorlauten Mundwerk machen könnte.“ Er hielt mir seine Hand hin, als ich mich vom Sessel erhob. „Und mit diesen unmöglichen Zitaten immer.“

„Es gibt auf der ganzen Welt nicht genug Mascara, um einen so unzähmbaren Geist zu zügeln. Ihr könnt Euch glücklich schätzen, Eure Hoheit.“ Georg, mein Retter.

Liam küsste meine Wange.

„Sowas von glücklich. Okay, der Wagen ist draußen. Wir müssen los.“ Er beugte den Ellbogen, auf dass ich ihn nehme, und bot mir ein warmherziges Lächeln. „Es wird alles ganz wunderbar. Ich verspreche es, Avery.“

Es war schwer, ihn nicht zu lieben. Ich wollte Liam so sehr vertrauen, aber er war derjenige, der König werden wollte, und ich war der Schlüssel zu seiner Krone. Er hätte so ziemlich alles gesagt, um mich in den Wagen zu kriegen und der Welt verkünden zu können, dass wir heiraten würden. Wir verfestigten jenen Vertrag, den ich zuvor mit solcher Zögerlichkeit unterschrieben hatte.

„Konzentrier dich einfach auf die Dinge, die du an ihm magst“, erinnerte ich mich Kylie sagen, als wir darüber sprachen. „Es gab viele Tage, an denen ich nicht geglaubt habe, dass Alec und ich es schaffen würden. Ich habe mir viel und oft Sorgen gemacht und dann wurde ich schwanger und ich war gelähmt vor Angst, das weißt du ja. Aber dann kam ein Punkt, wo ich einfach …, wo ich mir einfach keine Sorgen mehr machen konnte. Ich glaube, das war der Zeitpunkt, wo Alec und ich uns wahrhaftig ineinander verliebt haben. Wir haben uns nicht mehr deswegen gestresst, was wir da taten, und ließen einfach zu, dass wir einander liebten. Inzwischen weiß ich, dass Alec zu heiraten und Elijah zu bekommen die beste Entscheidung meines ganzen Lebens war, und ich könnte mir gar nicht mehr vorstellen, was ich ohne sie machen würde.“ Das Glück in ihrer Stimme machte mich ein wenig neidisch, würden Liam und ich so etwas jemals miteinander haben können?

„Hast du kalte Füße?", fragte Liam, als wir uns der Kapelle näherten. „Du warst die ganze Fahrt lang so still." Seine Stimme war leise und zurückhaltend. „Wenn du das nicht tun willst, ist jetzt der Zeitpunkt, es mir zu sagen." Er schaute mich an mit Liebe und tiefer Besorgnis.

„Ich …" Ich starrte in seine schönen Augen. „Ich …" Sein Gesicht zeigte eine Mischung aus Traurigkeit und Erwartung.

„Ich muss meinen Vater jetzt sofort anrufen, wenn du möchtest, dass wir die Verlobung absagen." Es war keine Drohung.

„Nein. Nicht." Ich schüttelte den Kopf und versuchte alle Sorgen über Bord zu werfen. „Alles gut. Lass es uns tun!" Ich packte seine Hand und küsste seine Knöchel, genau wie er es immer bei mir machte.

„Wir können es langsamer angehen, wenn du willst. Wir müssen nicht auf der Stelle heiraten." Seine Stimme klang abwesend.

„Ich will heiraten. Du bist der beste Mann, der mir je begegnet ist. Ich hoffe, dass ich schwanger bin, und ich möchte dich auf dem Thron sehen. Es ist nur … Vor einem Monat hätte ich noch nicht daran geglaubt, dass ich je hier sitzen würde, kurz davor, aller Welt zu erzählen, dass ich verlobt bin mit dem König von Irland. Ich warte die ganze Zeit darauf, dass ich aufwache." Da war sie wieder, die Ehrlichkeit. „Ich bin hier für dich. Ich mache das … Aber denk bitte dran, mich gibt es auch noch, okay?"

„Ich hätte auch nie gedacht, dass ich jemand so Wunderbares wie dich heiraten würde, Avery. Ich freue mich sehr, dass wir das zusammen tun. Noch vor Kurzem hatte ich vor Augen, wie mein Leben in ein tiefes schwarzes Loch zu schlittern drohte, aber du hast meine gesamte Welt zum Leuchten gebracht. Ich weiß, was du opferst, und ich verspreche, wir werden es so hinkriegen, dass das alles klappt …" Er beugte sich herab und küsste meine Lippen. „Und jetzt lass uns der Welt sagen, dass Avery Johnson meine Frau wird.

Oh“, fügte er noch hinzu, „den hier wirst du tragen müssen.“

Liam ließ einen gewaltigen Diamantring auf meinen Finger gleiten. Ich hatte keine Ahnung, wie viel Karat der Klunker hatte, aber er funkelte so strahlend im Gegenlicht, dass wahrhaftig niemand etwas würde sehen können abgesehen von dem Stein an meinem Finger. Der Ring war verschwenderisch mit seinem riesigen Edelstein umgeben von glitzernden Smaragden. Er war umwerfend. Ich verstand immer mehr, dass Pomp, Luxus und Verschwendung zu einer Königsfamilie genauso zu gehören schienen wie das sture Verharren in alten Traditionen.

Jawohl, Avery Johnson würde die Frau eines künftigen Königs sein, doch sogar sie selbst wusste nicht mehr so genau, wer sie überhaupt noch war. Irland würde eine Prinzessin haben, die jeden Tag aufs Neue erschaffen wurde von Georg, dem fantastischen Make-up-Künstler. Ich war vor allen Dingen seine Schöpfung.

„Tun wir's.“ Ich atmete tief durch, als wir vorfuhren, wo Fernsehbusse, haufenweise Leute und Polizisten uns bereits erwarteten.

Wir entstiegen dem Wagen zum Klang von Jubel und Geschrei, von dem mir beinahe die Knie eingeknickt wären. Liam hielt mich einfach noch fester. Als wir die altehrwürdigen Hallen betraten, füllte meine Nüstern der Geruch von Holz, Stein und Blumen. Ein Streichquartett spielte Pachelbels *Canon in D* und alle Anwesenden flüsterten. Es war, als wäre es bereits unsere Hochzeit.

Liam verneigte sich elegant und schüttelte einigen Würdenträgern die Hand, die in Reih und Glied eintraten, und am Ende der Prozession stand sein Vater in voller königlicher Montur. Die übrigen Familienmitglieder flankierten ihn natürlich, Lucy war da, sie sah schön aus, aber entsetzlich traurig. Liam führte mich zum Platz seines Vaters und wir verneigten uns beide vor ihm.

„Wir sind geehrt, diesen großen Anlass zu feiern, Sohn.“ Daraufhin folgten wir dem König in den Hauptsaal, wo ein gewaltiges Buffet entlang der vier Wände auf beiden Seiten des Raumes verlief, und in der Mitte waren viele Tische und Stühle verteilt.

Die Leute begannen hereinzuströmen und ich tappte mehr oder weniger hinterher, während Liam seinen Smalltalk absolvierte. Manche der Gäste gingen so weit, über meine Designs und die Tatsache zu sprechen, dass ich Amerikanerin war, aber erschreckend wenige redeten überhaupt mit mir. Die meisten starrten mich nur an, als wäre ich Liams hübsche Handpuppe. Barbie stimmte schon, ich verkörperte wenig mehr als eine niedliche Puppe am Arm des Märchenprinzen.

Trotz meines Unbehagens war die Verlobungsfeier nicht halb so schrecklich, wie ich erwartet hatte. Sobald die Musik etwas lebhafter wurde, teilten sich die Leute in kleinere Gruppen auf und die Unterhaltungen blühten überall. Es waren Medienleute da, Schauspielerinnen, Sänger und Models. Der König und seine Familie blieben unter sich. Liam und ich waren an einem eigenen Tisch, wo uns die Gratulierenden aufsuchen konnten. Schließlich, während des Mittagessens, stand Liam auf, um eine Rede zu halten.

„Ich möchte Euch allen danken, dass Ihr heute Nachmittag gekommen seid“, begann er. „Ich bin so froh, dass Ihr euch von Euren vollen Terminkalendern loseisen konntet und uns bei dieser bedeutsamen Verkündung beiwohnt. Selten noch habe ich mich im Leben über etwas so gefreut wie heute. Ich darf ein sehr kostbares Geheimnis mit Euch teilen. Liebe ist selten. Immerwährende Liebe zu finden ist schwer zu fassen und unendlich wertvoll. Um ehrlich zu sein, war ich nicht sicher, ob ich jene kostbare Liebe noch jemals finden würde.“

Ich schaute zu Lucy, als Liam so sprach, und sie senkte den Kopf, um ihre Hände zu betrachten, wie sie es auch bei unserer letzten Begegnung so oft getan hatte.

„Ich weiß, ich habe Euch allen recht viel Kummer bereitet, denn ich gewann immer mehr an Jahren und man sah mich doch nie mit einer Frau, nun, abgesehen von jenen, die in mein Leben hinein und wieder hinaus schneiten. Und dann, als ich mit wichtiger Arbeit für die Menschheit beschäftigt war, fand ich die großartigste Frau der Welt. Avery ist ein Licht in der Finsternis. Sie ist liebevoll, empathisch und so unglaublich talentiert. Ich weiß, im Laufe der Zeit werdet Ihr alle sie so lieben lernen wie ich selbst. Bald schon werdet Ihr mehr sehen als nur ihr schönes Gesicht, Ihr werdet auch ihr wundervolles Herz erkennen. Sie ist zwar aus den Vereinigten Staaten, doch ihr Geist kennt keine Grenzen und sie ist für jedes Abenteuer zu haben. Sie lernt von allem, was sie sieht, und setzt das Gelernte in jedem ihrer Vorhaben um. Ich habe die Ehre zu verkünden, dass ich sie schon bald meine Frau nennen darf, und freue mich noch mehr darauf, in Zukunft mit ihr unsere gemeinsamen Kinder großzuziehen.“ An diesem Punkt nahm Liam meine linke Hand und hielt sie hoch, sodass das Licht meinen Ring traf und für ein glitzerndes Spektakel sorgte.

Unter den Gästen brach tosender Jubel aus und es fühlte sich an, als wäre der ganze Raum explodiert. Liams Freunde aus dem Hotel, die damals auf dem Balkon gespielt hatten, kamen mit weiteren Musikern herein und begannen zu musizieren und jede Menge Leute stürmten die Tanzfläche.

„Darf's ein Guinness sein?“, fragte Liam und konnte seine Freude kaum bändigen.

„Darf ich denn eines haben?“, fragte ich, da ich unter einigen Einschränkungen stand, was den Genuss von Alkohol betraf.

Ich durfte ein Glas Wein zum Dinner trinken und ich konnte einen Cocktail davor oder danach haben, aber nichts Stärkeres. Wenn wir zu Hause waren, durften wir zwar trinken, aber wir waren so oft im Lichte der Öffentlichkeit. Wenn wir dann nach Hause kamen, war es oft schon zu spät, um sich zurückzulehnen und noch ein Bier zu genießen. Normalerweise liebten wir uns noch und fielen dann ins Koma.

„Natürlich darfst du ein Bier haben, das ist ja schließlich auch deine Verlobungsparty." Er packte mich und zerrte mich in eine überschwängliche Umarmung.

„Darf ich auch sieben haben?" Ich testete mal vorsichtig, wie weit ich gehen konnte.

„Natürlich, wenn wir zu Hause sind." Er hatte die Frage nicht einmal gehört.

„Natürlich", seufzte ich.

„Es sei denn, du denkst tatsächlich, dass du schwanger sein könntest?" Die Angst in seinen erwartungsfrohen Augen nahm mir die Entscheidung ab und ich nahm etwas Nichtalkoholisches.

„Vielleicht bleib ich doch bei Mineralwasser." Ich behielt das Plastiklächeln bei, das ich mir aufs Gesicht geklebt hatte.

„Weise Entscheidung." Er drückte meine Taille, bevor er mich losließ.

Wir verbrachten den Abend mit Tanzen und Gesprächen mit seinen Freunden, Würdenträgern und einflussreichen Leuten aus der irischen Gesellschaft.

Irgendwann ließ der König sein Weinglas erklingen, indem er mit seiner Gabel leicht dagegen schlug. „Ich bitte um einen Augenblick Eurer Zeit."

Der gesamte Saal verstummte augenblicklich.

„Ich möchte meinem Sohn Liam für die Wahl seiner Braut gratulieren. Im Laufe der vergangenen Wochen hatte ich das Privileg, diese geheimnisvolle Frau kennenzulernen, und ich muss sagen, dass ich Avery sehr schätze und sie freudig in der Familie willkommen heiße. Ich bin gewiss, dass sie sich bald schon in ihre Rolle als Ehefrau, Mutter und Matriarchin einfügen wird. Ich erwarte mit Ungeduld die Tage, an denen das Tippeln kleiner Füßchen erneut die stillen Hallen des Schlosses erfüllt. Wie Ihr alle wisst, haben sich meine liebe verstorbene Frau und ich viele Kinder gewünscht. Wir hatten das große Glück, dass uns unser Sohn, der zukünftige König, geschenkt wurde. Und nun hat er seine Königin gefunden. Erhebt Eure Gläser mit mir für Liam und Avery. Möge ihre Ehe mit einer tugendsamen Verbindung gesegnet sein, einer erfolgreichen Herrschaft und einem Überfluss an wunderschönen Kindern." Er hob sein Glas weit in die Höhe und nahm dann einen tiefen Schluck, was ihm alle Versammelten gleichtaten.

Nach der Ansprache schaute ich Liam an. „Ist ‚ein Überfluss' eine messbare Größe?" Ich schluckte schwer.

„Vielleicht für meinen Vater", lachte Liam.

„Und wie viele wären das für ihn genau?" Als ich die Antwort hörte, bereute ich umgehend, die Frage gestellt zu haben.

„Also mein Vater wollte immer sechs." Er legte den Arm von hinten um mich und rieb mir allzu offensichtlich den Bauch. „Hoffen wir mal, dass wir schon angefangen haben."

Kapitel 24

Liam

Als die Verlobungsfeier vorbei war, kam für Avery und mich die Zeit, in der wir unsere Hochzeit planen mussten. Die Verkündung der Verlobung war im April gewesen, an einem frischen Frühlingstag. Avery bestand auf eine Hochzeit im Juni, damit wir in den Flitterwochen der Fashion Week in New York beiwohnen konnten.

„Ich dachte, wir könnten auch auf die Seychellen gehen. Mein Vater hat dort eine Villa am Strand. Klingt das nicht nach viel mehr Spaß?“ Ich wollte unsere Flitterwochen nicht wirklich in New York mit Arbeit verbringen, wir brauchten eine Pause.

„Ja, aber ich präsentiere auf der Fashion Week, wir müssen dabei sein. Sie fängt fünf Tage nach unserer Hochzeit an. Ich werde sowieso schon jemanden einstellen müssen, um mich zu vertreten. Wir müssen die Models casten, die Kleider auf sie maßschneidern, … choreographieren.“ Ich konnte die Panik in ihrer Stimme hochkommen hören.

„Nach unseren Flitterwochen kommt meine Krönung“, erinnerte ich sie behutsam.

„Können wir nicht irgendwann später an einen exotischen Ort fahren?“

„Wenn du rund und schwanger bist?“ Ich konnte Ärger in mir aufsteigen fühlen.

„So rund werde ich nun auch wieder nicht!“, warf sie zurück.

Ich musste meinen Platz als König einnehmen. Doch angesichts der steigenden Anspannung, die an ihr sichtbar war, wurde mir klar, dass ihre Gedanken immer in New York sein würden, auch wenn wir auf die Seychellen flogen. Wenn ich sie zwang, die Fashion Week aufzugeben, würde es vorbei sein, bevor es begann. Also gab ich nach. Vertraglich vereinbart blieben uns sieben gemeinsame Jahre, die Seychellen konnten warten.

„Okay, auf die Seychellen können wir später immer noch." Ich war nicht gerade glücklich darüber, aber ich ging ein Opfer ein, zumal sie bereits so vieles für mich aufgegeben hatte.

„Ist gut."

Jetzt war sie an der Reihe mit Eingeständnissen.

„Und deine Arbeit?" Ich hatte schon die ganze Woche Bammel vor dieser Unterhaltung.

„Bitte, Liam." Sie begann schon wieder panisch zu werden.

„Ich frage nur, schaffst du alles und kannst dich gleichzeitig auf die Hochzeit vorbereiten?"

Ihre Augen verengten sich zu scharfen Schlitzen. „Und du? Wirst du weiterhin arbeiten, während wir uns auf einen einzelnen Tag vorbereiten, an dem wir eine Messe abhalten, essen und uns schick in Schale werfen?"

„Du meinst den Tag, an dem wir uns einander per Ehegelübde versprechen?", rief ich ihr ins Gedächtnis.

„Oder per Vertrag?" Autsch.

„Ja, ich habe vor, weiterhin zu arbeiten." Ich wusste, worauf das hier hinauslief.

„Oh, was für ein Zufall, ich mach's genauso." Und damit kehrte sie mir den Rücken zu und verschwand in ihrem Büro/Rückzugsort/Bollwerk.

Sie hatte auf ihren Wunsch hin ihr eigenes Schlafzimmer bekommen, das sie jedoch nie nutzte. Mit ihrem Büro hingegen verhielt es sich ganz anders. Wann immer ich von einem offiziellen Termin heimkehrte, schien sie sich dort verschanzt zu haben. Die Angestellten bekamen sie nie zu sehen, weil sie niemand stören wollte, wenn sie in ihrem Büro zurückgezogen war. Sie kam ihnen wohl wie ein Hausgeist vor. Das Essen wurde gerichtet, alle gingen in die Mittagspause, danach war das Essen verschwunden. Dasselbe geschah, wenn ihre frische Wäsche herausgestellt wurde. Meine Leute waren ein lebhafter und munterer Haufen und sie hätte ihre Gesellschaft bestimmt genossen, aber da kein Mensch sich in ihr Büro wagte, hatte sie sich noch mit niemandem unterhalten, wenn ich in herrschaftlichen Angelegenheiten unterwegs war.

Wann immer wir sonst gemeinsam in der Öffentlichkeit waren, hatte ich bei diesen Gelegenheiten eine Frau dabei, die weniger meine Verlobte war, sondern vielmehr ein royaler Roboter. Irgendwie liefen die Dinge in eine seltsame Richtung, aber ich hatte einen Plan. Ich ließ sie eine Weile köcheln und nahm währenddessen ein paar Arrangements vor. Etwa eine Stunde später näherte ich mich ihrer Höhle.

„Klopf, klopf." Ich trat wagemutig ein.

„Ja." Sie schaute kaum auf zu mir, ihre Haare waren verstrubbelt, ihr Gesicht erschöpft und sie versenkte den Kopf förmlich in ihrem Skizzenbuch.

„Du kannst weiterarbeiten, aber ich hab ein paar Fragen." Ich setzte mich in den Lehnstuhl nahe dem Arbeitstisch. „Welches Hochzeitskleid hast du ausgewählt? Du musst eine Designerin wählen, damit uns Zeit bleibt, um deine Maße zu nehmen, und damit sie sich mit dir und Georg treffen kann, um deinen Look zu besprechen." Sie blickte mich verständnislos an.

„Zweitens, hast du dir die Catering-Optionen angesehen? Es gibt drei Menüs, die ich genehmigt habe, ich möchte deine Meinung, welches du bevorzugst. Du brauchst nur ein Datum und eine Uhrzeit zu nennen, dann vereinbaren wir gemeinsam ein Probeessen. Musik? Irgendwelche Vorschläge? Brautjungfern? Obwohl ich die Antwort da zwar wohl schon kenne, aber meine Cousinen werden der Tradition zuliebe miteinbezogen werden müssen. Was sollen die alle tragen?" Ich war noch nicht fertig.

„Außerdem kennen dich meine Bediensteten nicht und haben den Wunsch geäußert, sich besser mit der neuen Herrin des Hauses vertraut machen zu dürfen …“ Ich fummelte an der Vase mit den welken Blumen herum und dachte bei mir selbst, dass sich die Hausmädchen so vor Avery fürchten mussten, dass sie es nicht einmal wagten, ihre Vasen auszuwechseln. „Und … der Arzt hat deine Ergebnisse … Aber wir müssen zusammen sein, wenn er es uns mitteilt.“ Ich tat einen tiefen Atemzug.

„Antworten.“ Wieder blickte sie nicht einmal von ihrer Arbeit auf. „Ich entwerfe mein eigenes Kleid, danke, ich bin Modedesignerin, das sollte ziemlich logisch sein. Klar, gehen wir schickes Essen probieren, wann immer, wo immer, das überlass ich dir. Musik, Bono … Ich meine, du wirst König sein, oder? Er ist Ire, du bist Ire, ihr zwei werdet euch einig. Brautjungfern hast du eh gesagt. Madison und Kylie und deine Cousinen, … gut. Ihre Kleider mache auch ich. Und, ähm, dann spielen wir eben eine Runde Twister mit der Hausdienerschaft.“ Oha, der Bissigkeitsmesser zeigte Alarmstufe rot. „Und … den Doktor rufen wir morgen an.“

„Avery, viele Modeschöpfende eifern um das Anrecht, Irland repräsentieren zu dürfen und dich für die Hochzeit einzukleiden“, versuchte ich ihr einen vorsichtigen Stups zu geben.

„Zu blöd, dass du eine Modedesignerin heiratest.“ Jetzt schaute sie mich an, und Junge, Junge, an ihrer steinernen Miene konnte ich erkennen, dass sie nicht um alles in der Welt davon abrücken würde, die Kleider für die Hochzeit selbst zu entwerfen. Vielleicht konnte ich ja immerhin herausschlagen, dass das Outfit für die Afterparty von jemand anderem designt werden durfte.

Mein Vater würde nicht amüsiert sein, aber ich heiratete ja auch nicht meinen Vater. Ich heiratete dieses Energiebündel, das mich da gerade anfunkelte, und so ließ ich sie gewinnen. Denn ich würde noch mindestens die nächsten sieben Jahre meines Lebens mit dieser Frau zu Bett gehen müssen, also beschloss ich, dass diese Schlacht sich nicht lohnte. Im Moment war mir viel mehr alles recht, um sie zu besänftigen und ihr erneut ein Lächeln zu entlocken.

„Ich werde meinem Vater mitteilen, dass du die Arbeiten für die Hochzeit selbst übernimmst und bei der Fashion Week anwesend sein wirst, aber was noch? Bekomme ich dich überhaupt noch zu Gesicht, bevor wir zum Altar schreiten?“ Ich begann sie schon jetzt zu vermissen, da ich wusste, wie viel sie mit Arbeit beschäftigt sein würde.

„Na, du bist doch jetzt hier. Sag deinem Vater danke dafür, dass er mich meine Arbeit machen lässt. Ich freue mich sehr, Liam. Ich hab eine Menge Ideen.“ Sie wandte mir das Gesicht zu und wow, da war es wieder, jenes Glitzern in den Augen, das ich schon eine ganze Weile nicht mehr gesehen hatte.

„Ich bitte dich nur, die Entwürfe mir und Georg kurz vorzulegen, bevor du dich hinter die Nähmaschine klemmst.“ Es war als Scherz gemeint.

„Oh, wir werden Leute einstellen müssen, um die Sachen zusammenzunähen. Geht das? Das geht, oder?“ Sie war jetzt Feuer und Flamme.

„Ich werde mir das vornehmen und ich schaue, ob U2 verfügbar sind. Wie sieht’s morgen aus wegen des Probeessens? Und Finnegan ist fast siebzig, ich fürchte, da kommt Twister nicht in Frage. Vielleicht könntest du einfach gelegentlich mal aus deinem Zimmer kommen.“ Ich blieb weiterhin sanft, auch wenn es mir zugegebenermaßen schwerfiel. „Und … meine Liebe. Wir sollten den Doktor jetzt gleich anrufen. Wir sollten Bescheid wissen, je früher desto besser. Er klang am Telefon schon recht dringlich.“ Ich wollte ihr keine Angst machen, doch der Arzt hatte darauf bestanden, dass wir uns gemeinsam mit ihm unterhielten.

„Sicher.“ Sie ließ ein strahlendes Grinsen sehen, doch ich konnte mir nicht vorstellen, dass sie mich wirklich gehört hatte.

„Fantastisch, ich bestelle dir gleich morgen die Leute her, damit du ihnen deine Aufträge aushändigen kannst. Und jetzt, würdest du mir sagen, was du denkst, bevor wir den Anruf machen?" Ich stand auf und begann ihre Schultern zu massieren, die sich hart und angespannt anfühlten.

„Reden wir?" Sie nahm meine Hand. „Oder haben wir gleich Sex?" Sie lachte, aber es klang erzwungen.

„Ich versuch nur die Eisprinzessin etwas anzutauen." Ich ließ meine Hände ruhen.

„Ich verschwinde …", gestand sie schließlich. „Ich habe hier niemanden zum Anvertrauen, alle meine Leute sind in New York. Mit der Zeitverschiebung und allem, was meine Freunde sonst so um die Ohren haben, bleibt mir nur das Gefühl, dass ich weit weg in einer Glasvitrine lebe mit einem Zepter und einer Krone."

„Ich kenne das Gefühl gut." Ich umschlang sie und umarmte sie. „Mir vertraust du nicht?"

„Du hast anderweitige Motive." Sie machte damit zwar einen Scherz, traf den Nagel aber dennoch auf den Kopf.

„Was für welche? Die Weltherrschaft?" Ich senkte die Stimme zu einem unheilvollen Flüstern.

„Ja, in der Tat. Und unablässiges Kindermachen …"

„Denk nur mal an die arme Lucy, sie hat ihr ganzes Leben in dem Glauben zugebracht, irgendwann meine Frau zu werden. Sie war seit ihrem dritten Lebensjahr eine Gefangene der Monarchie. Stell dir vor, du hättest jede Chance auf Freiheit aufgegeben für nichts." Mit einem Mal begann ich die Welt zu erkennen, die um mich herum aufgebaut worden war, und wie sie sich auf die Leute auswirkte, die mir am Herzen lagen.

„Bekommst du Zweifel?", fragte sie und ich freute mich, so etwas wie Besorgnis in ihrer Stimme zu hören.

Ich hatte keine Zweifel, stattdessen entwickelte ich seltsamerweise ein ausgeprägtes Einfühlungsvermögen. Averys langsames Abgleiten zu beobachten hatte mich dazu gebracht, einen genaueren Blick auf die Dinge zu werfen, die mir bisher stets so natürlich erschienen waren.

„Nein, du bist die Frau, die ich heiraten will, jetzt noch mehr als zuvor. Es ist nur so, dass ich sehen kann, wie dich die Einschränkungen durch das Königshaus zu verändern beginnen, und es lässt mich darüber nachdenken, welche Opfer Lucy bringen musste, indem sie ihr ganzes Leben lang auf mich gewartet hat. Zu meiner Verteidigung, ich habe ihr nie gesagt, dass sie eine Chance hätte, doch sie hat wohl immer daran geglaubt, mein letzter Ausweg zu sein. Ich glaube nicht, dass irgendwer hier je vermutet hätte, dass ich dich finden würde." Als ich in ihre umwerfenden haselnussfarbenen Augen blickte, wurde ich noch glücklicher darüber, sie gefunden zu haben, trotz des Schmerzes, den sie durchmachte.

„Vielleicht sollte ich Lucy zum Tee einladen. Denkst du, sie würde sich mit mir treffen wollen?" Wow, sie bat mich um ein Treffen mit Lucy? Warum?

„Vielleicht würde sie sich schon mit dir treffen, immerhin würde das ihre Chancen verbessern, dein Getränk zu vergiften, aber wieso solltest du das tun wollen?"

„Ich weiß nicht. Ich hab das Gefühl, als würde sie mich hassen, weil ich sie plötzlich aus dem Leben gedrängt hab, das sie zu führen hoffte. Vielleicht würde es ihr besser gehen, wenn wir es schaffen, eine Freundschaft zu begründen." Ah, da war es, mein Mädchen mit dem großen Herzen.

Ich streichelte ihren Arm. „Du hast im Moment eine Menge zu tun, aber wenn es dir ein gutes Gefühl gibt, sie würde die Geste vermutlich zu schätzen wissen. Und jetzt, da ich meinen Vater davon überzeugen muss, dass du dein Hochzeitskleid selbst entwirfst, und dafür ungern auf dem Scheiterhaufen landen möchte, würde ich zu gern sehen, was du so geplant hast. Es bringt zwar Unglück, dich vor der Hochzeit in deinem Kleid zu sehen, aber wir schmeißen ja ohnehin die meisten unserer althergebrachten Traditionen in die

Tonne." Ich schenkte ihr ein großes Lächeln und endlich begann auch ihr Gesicht zu strahlen.

„Hier." Sie schob mir ihren Zeichenblock hin.

Ihre Entwürfe waren vorzüglich. Ich hatte insgeheim befürchtet, zerfetzte Lumpen vorgelegt zu bekommen, wie sie sie bei ihrer Benefizgala in New York verwendet hatte, doch stattdessen waren ihre Zeichnungen elegant, geschmackvoll und vor allem absolut majestätisch.

„Das gefällt mir. Ist das dein Kleid?" Ich streichelte ihr Haar und wollte ihr einfach nahe sein.

„Ja, und die hier sind für die Brautjungfern." Ihre Schönheit wurde von der Freude in ihrem Gesicht und der Leidenschaft für ihre Arbeit untermalt.

„Wow, Avery, du bist ein Genie." Ich strich ihr weiterhin übers Haar. „Vielleicht solltest du das Catering einfach mir überlassen und dich voll und ganz auf die Kleider für die Hochzeit und die Arbeit an der Fashion Week konzentrieren. Es wäre mir nicht recht, wenn du damit in Verzug gerietest." Ich küsste ihren Kopf und drückte sie an mich. „Bist du bereit für das Telefonat?" Ich versuchte es so sanft wie möglich zu fragen. „Ich denke, wir sollten."

Sie legte die Arbeit nieder und sah mich an. „Ich hab wirklich Angst. Was ist, wenn ich schwanger bin?"

„Dann bekommen wir ein Baby." Ich streichelte zärtlich ihre Schulter. „Das haben wir schon besprochen."

„Ja, richtig." Das helle Licht, dass erstrahlt war, als sie mir ihre Entwürfe zeigte, ging in der Sekunde der Erwähnung einer möglichen Schwangerschaft wieder aus.

Ich holte mein Telefon aus der Tasche und rief den Doktor zurück. Ich zog einen Stuhl zu Avery heran und wir warteten darauf, dass er abhob.

„Praxis von Dr. Clancy", sagte eine Frauenstimme.

„Hier spricht Liam McMurrough, Dr. Clancy bitte."

„Ich hole den Doktor sofort, Eure Hoheit." Sie klang etwas panisch, weshalb Avery mich besorgt anschaute.

Ich nahm ihre Hand, als der Arzt den Hörer abhob. „Eure Hoheit, danke für den Rückruf. Ich wollte mit Euch den Bluttest besprechen, den Miss Johnson neulich bei mir machen hat lassen."

„Ja, wir hören beide mit." Ich stellte den Doktor auf Lautsprecher.

„Gut, nun, ich darf Ihnen beiden mitteilen, dass der Test positiv lautet. Wir werden uns Avery in den kommenden Wochen für eine erste Schwangerschaftsuntersuchung ansehen müssen. Ich empfehle in der Zwischenzeit, dass sie viel Ruhe bekommt, reichlich Wasser trinkt und Alkohol sowie jegliche Medikamente meidet, die nicht zuvor mit mir abgesprochen worden sind. Der Bluttest zeigt, dass sie leicht anämisch ist, wir werden ihr also ein paar Tabletten verabreichen, um sie bei Kräften zu halten." An dem Diensteifer in seinem Ton konnte ich erkennen, dass er seine Reaktion bewusst mäßigte.

Ein uneheliches Kind war für die Krone natürlich ein Stressfaktor. In der Vergangenheit hatte das zu Bestechung und verschiedenartigen Verträgen geführt, um die Existenz des Kindes zu verschleiern. Aber Avery und ich waren in jüngster Vergangenheit sehr publik gewesen. Wir hatten eben erst unsere Verlobung verkündet und es würde eine PR-Katastrophe verursachen, sollte der Presse zu Ohren kommen, dass die Empfängnis vor der Hochzeit stattgefunden hatte. Das war der Grund für die Beharrlichkeit des Doktors. Ich freute mich zwar riesig über die Schwangerschaft, weil damit mein Teil der Abmachung mit meinem Vater erfüllt war, doch ich konnte nicht die Tatsache ignorieren, dass Avery weiß war wie ein Geist.

„Danke, Dr. Clancy. Wir sind erfreut über die Neuigkeiten. Ich weiß, ich brauche das nicht zu erwähnen, aber da es bis zu unserer Hochzeit noch zwei Monate hin ist, möchte ich, dass alle unsere Besuche bei Ihnen und die soeben erteilten Informationen vertraulich bleiben." Es war nicht nötig, ihm das zu sagen, aber es kam dennoch seltsamerweise immer mal wieder vor, dass Informationen durchsickerten, die es nicht sollten.

„Natürlich, Eure Hoheit, die medizinischen Akten Eurer Familie werden stets mit dem größtmöglichen Augenmerk auf Eure Privatsphäre bedacht." Er klang brüskiert.

„Bei der Krebsdiagnose meiner Mutter war es zum Beispiel nicht so und ich möchte nicht, dass das in der Presse landet, bitte. Wir werden Averys Schwangerschaft gerne verkünden, wenn sie etwas weiter fortgeschritten ist. Wann denken Sie denn, dass es soweit ist?" Ich konnte meine Vorfreude kaum verbergen.

Ein Baby bedeutete ein Königreich … Zumindest für mich.

„Ich müsste noch eine genauere Untersuchung machen, aber gemessen an den Laborergebnissen dürfte das Baby irgendwann spät im Januar oder Anfang Februar nächsten Jahres kommen."

„Das sind wunderbare Neuigkeiten, danke, Doktor. Wir freuen uns beide wirklich sehr." Mein Entzücken kannte keine Grenzen.

„Ich werde mit dem Büro der Krone einen Termin für Miss Johnsons nächste Untersuchung vereinbaren lassen. Ich gratuliere, Eure Hoheit." Mit diesen Worten beendete der Doktor das Gespräch.

Avery schwieg und starrte mich aus großen, glänzenden Augen an.

Kapitel 25

Avery

Ich hatte gewusst, dass ich schwanger war. Es konnte ja auch gar nicht anders sein. Wir hatten nicht aufgepasst, womöglich unterbewusst absichtlich. Wann immer ich Sex mit Liam hatte, verlor ich mich in ihm, und nun saß ich hier mit diesen Neuigkeiten, von denen ich geglaubt hatte, dass ich sie wollte. Plötzlich war ich mir nicht mehr so sicher. Vielleicht lag es daran, dass ich so hart schuftete, um meine Arbeit fertig zu bekommen, und währenddessen tapfer so tat, als sei ich ein völlig anderer Mensch. Der winzige Rest von mir, an den ich mich noch klammerte, begann zu schwinden. Nach der Botschaft meiner Schwangerschaft ließ Liam von der Küche etwas zu essen richten, wir machten Liebe und er ließ mir ein schönes Bad zur Entspannung ein. Nichts davon half. Ich fühlte mich taub … Alles geschah viel zu schnell.

Als ich ganz schrumpelig und gerötet aus dem Bad stieg, schlüpfte ich in gemütliche Klamotten und freute mich aufs Schlafen. Oder auf alles, was meine Gedanken von dem Baby ablenken konnte … Unserem Baby, dem königlichen Baby.

„Also wenigstens haben wir einen Startvorteil, was den ‚Überfluss an Kindern' angeht, den sich mein Vater gewünscht hat." Liam war noch immer gut aufgelegt und süß. Er hatte sich die ganze Zeit über viel Mühe gegeben, um mich zu beruhigen, und ich tat im Gegenzug wenig, um es ihm zu danken.

„Ich bin müde." Ich schaute ihn niedergeschlagen an.

„Ich auch." Er plumpste neben mir ins Bett.

„Freu dich drauf, wenn unser Jungspund erstmal da ist." Ich starrte ihn an.

„Oh nein, wir werden Leute haben, jede Menge Leute, das ist einer der Vorteile als König." Er zog mich an sich und wühlte sein Gesicht in meinen Nacken.

„Wirst du mir jemals vergeben können?" Sein Welpenblick war eindeutig aufgesetzt.

„Nein", neckte ich ihn und rückte dichter an ihn.

„Und jetzt?" Er kitzelte mich und ich quiekte.

„Nein", brachte ich keuchend hervor.

„Und jetzt?" Er hakte sein Bein über mich, hielt mich nieder und kitzelte mich noch fester.

Ich konnte nicht mehr. „Ja, ja … Jetzt. Okay. Ich vergebe dir. Hör auf!" Ich kicherte und konnte kaum atmen.

Das brauchte ich. Ich sehnte mich nach Spaß. Alles war so heftig gewesen, ich hatte völlig aus den Augen verloren, dass ich Liam gernhatte und vielleicht sogar anfing, mich in ihn zu verlieben.

„Gut." Er küsste mich. „Ich mag es nicht, wenn du sauer bist. Das ist furchteinflößend. Der vorgetäuschte Ausdruck von Entsetzen auf seinem Gesicht war zum Totlachen.

„Nein, schwanger sein, einen Prinzen heiraten, Königin werden, dabei nicht den Verstand verlieren … Diese Dinge sind furchteinflößend." Ich schmiegte mich an seine nackte Brust.

„Ich weiß." Er hielt mich fest und küsste meinen Kopf.

In den darauffolgenden Wochen arbeitete ich an meinen Entwürfen gemeinsam mit einem Team von Designern und Designerinnen und wir bereiteten gemeinsam mein Hochzeitskleid, die Kleider der Brautjungfern und die Looks für den Laufsteg bei der Fashion Week vor. Anstatt eine Stellvertreterin für mich zu finden, solange ich nicht in New York sein konnte, hatte ich Maralis überredet auszuhelfen. Sie und Kylie hatten gemeinsam die Models ausgesucht, ihre Maße genommen und mit mir zusammen per Videokonferenz die Abläufe für die Laufstegshow vereinbart. Ich begann langsam ein besseres Gefühl wegen meiner Arbeit zu bekommen, aber je mehr die Zeit voranschritt, desto weniger erfreulich war mein körperliches Befinden.

Liam war stets aufmerksam und liebevoll und trotz aller Pflichten, der vielen Termine mit der Presse, Wohltätigkeitsaktionen, hoheitlichen Anlässe und der vielen Gelegenheiten, wo wir uns in der Öffentlichkeit präsentieren mussten, blieb er immer gut zu mir und unterstützte mich. Ich tat mein Bestes, um ihre Wunschprinzessin zu sein. Ich ging ein paar Schritte hinter Liam, lächelte devot, hielt die Beine an den Knien geschlossen, trug ausnahmslos Strumpfhosen und hohe Schuhe. Ich lachte zurückhaltend, schlug die Augen im fünfundneunzig-Grad-Winkel nieder. Sagte nie etwas, es sei denn, man stellte mir eine Frage, ließ Essen, das ich nicht ertrug, auf dem Teller liegen und aß, was ich konnte. Zu Hause machte ich jede Nacht mit Liam Liebe, dabei war er sowohl wild als auch zärtlich. Wir gingen zum Arzt und er zeigte mir auf einem Ultraschallbildschirm das Fleckchen, das unser Kind war. Ich kotzte morgens, schlief nachmittags, trank Wasser, arbeitete an meinen Entwürfen und hielt Liams Schwanz gehörig bei Laune.

Jetzt, wo wir bereits schwanger waren, gab es natürlich keine Vorsicht mehr für uns. Wir testeten die verschiedenen Positionen, auf die wir beschränkt waren, wenn ich einmal zu dick sein würde, um mich groß zu bewegen. Ich nahm nicht an Gewicht zu, weil mir jeden Tag so schlecht war, wobei sich das gottseidank auf den Morgen beschränkte. Ich bemühte mich, öfters aus dem Büro zu kommen, und entdeckte, dass Martha und Finnegan sehr liebenswerte Leute waren, sodass ich mich inzwischen regelrecht auf unsere Plaudereien beim Tee freute, wenn Liam aus offiziellem Anlass außer Hauses war.

Ich lernte viel über Irland und blieb über den neuesten Klatsch und Tratsch auf dem Laufenden, wobei mich sehr betrübte, wie es Lucy erging, nachdem sie von Liam zurückgewiesen worden war.

„Er hat mir immer erzählt", sagte ich eines Morgens bei Tee und Gebäck, nachdem es mir wieder etwas besser ging, „dass er ihr immer mitgeteilt hat, dass er sie nicht heiraten würde."

„Ja, nun, es war eben so, dass Liam ihr das eine erzählt hat und ihre Eltern das andere. Selbst der König hat ja versprochen, dass sie ihn heiraten würde." Martha tadelte mich nicht etwa, denn es war ja nicht meine Schuld, dass Liam sich gegen Lucy und für mich entschieden hatte. Sie teilte bloß ihre Ansichten in der Angelegenheit mit.

„Das muss entsetzlich sein. Ich habe etliche Male versucht, ein Treffen mit ihr zu arrangieren, aber sie reagiert nicht auf meine Einladungen." Ich war nicht recht sicher, was ich zu ihr sagen sollte, falls sie sich je dazu entschloss, doch mit mir zu reden, aber ich hatte das Gefühl, als schulde ich ihr eine Gelegenheit, mir zu sagen, wie sie sich fühlte.

Vielleicht lag es ja daran, dass ich eben wusste, wie es sich anfühlte, allein zu sein. Und auch wenn Liam und ich gut miteinander auskamen, so beraubten mich meine ständigen Verpflichtungen gegenüber der Krone, nun, sie beraubten mich meiner Selbst. Ich fühlte mich sehr einsam.

An jenem Abend trug ich gerade Lotion auf, wie ich es jeden Abend seit nunmehr fast drei Monaten tat, als Liam ins Bett schlüpfte.

„Noch eine Woche." Er wollte mich wohl foppen, weil er wusste, wie sehr ich wegen der Hochzeit gestresst war.

„Bis zum jüngsten Gericht. Werden unsere sieben Jahre vom Tag unserer Hochzeit gerechnet oder von da an, wo du mich nach Irland geholt und nie mehr hast gehen lassen?" Womöglich foppte ich ihn zurück.

„Nope, unsere sieben Jahre fangen erst ab der Hochzeit an, aber bei dem kleinen Kerlchen hier hatten wir einen Frühstart." Er beugte sich hinab und küsste meinen Bauch und die winzig kleine, kaum vorhandene Babybeule.

„Du meinst wohl diese kleine Dame“, korrigierte ich ihn. Wieso bloß ging er davon aus, dass ich einen Jungen bekam? „Man weiß nie, vielleicht ist sie ein Mädchen.“ Ich zerzauste ihm die Haare, während er meinen Bauch abschmuste.

„Oh, ich hoffe doch, dass ich eine Tochter bekomme, die genau so schön ist wie du … Ich hoffe, ich bekomme sieben.“ Er hob sein Gesicht für einen Kuss.

„Naja, die musst du dann definitiv selbst bekommen, ich hör nämlich spätestens bei drei auf … Wenn ich überhaupt so weit komme. Das hier allein tritt mir schon gehörig in den Allerwertesten.“

„Helfen die Tabletten nicht, die dir Dr. Clancy gegeben hat?“ Plötzlich wirkte er besorgt.

„Sie helfen ein bisschen.“ Ich versuchte ihn zu beschwichtigen, weil er immer so überfürsorglich wurde, wenn ich gestresst war.

„Das ist, weil du zu viel arbeitest“, rügte er mich.

„Nein, das ist, weil ich schwanger bin.“ Ich lachte und legte meine Lotion weg. „Schwangere Leute kotzen, das kommt vor. Die Anämie macht mich nur Müde, kein Grund zur Sorge.“

„Mannomann, es gibt nicht genug Reichtümer auf der Welt, um dich dafür zu bezahlen, dass du unser Kind zur Welt bringst“, sagte er und küsste meine Brüste.

„Ich brauch keine Reichtümer.“ Ich schmiegte mich an ihn. „Ich brauche nur … Ich weiß auch nicht.“

„Das hier.“ Zeitgleich stieß er mir neckisch seine eiserne Erektion in die Rippen. Er war wirklich stets bereit.

„Das hier“ ich packte sanft seinen Schwanz, „ist der Grund dafür, dass ich überhaupt erst in dieses Schlamassel hineingeraten bin.“

Ich begann mit übertriebenem Akzent übertrieben zu schauspielern. „Oh, pardon, bin ich soeben in dir gekommen? Ich bin verzagt, es soll nicht wieder vorkommen. Oh, gütiger Himmel, ist es schon wieder passiert? Mein Fehler, ich werde mich künftig zu zügeln wissen. Oh Gott, um Gottes Willen, war das mein Sperma, das da in dich reingespritzt ist, Entschuldigung, es tut mir aufrichtig leid. Böser Schwanz, du böser, böser Bube. Und ich so, egal … hmpff, gwaargh, zu spät.“ Ich tat, als würde ich kotzen.

„Nein, so war das überhaupt nicht … Vielmehr so …“ Er schraubte seine Stimme schön hoch und schrill. „Oh, Liam, Liam, Liam, oh mein Gott, dein Schwanz, dein glorreicher, unglaublicher Wunderschwanz, ich muss ihn einfach haben, gib's mir … Gib mir jeden einzelnen Tropfen. Oh ja, Liam, ja, ja, ja.“ Er spielte einen erdbebenartigen Orgasmus vor und sosehr ich mich auch wehrte, ich konnte mich nicht länger zusammenreißen und lachte mir den Arsch ab.

„Genau … Exakt so war's.“ Ich hieb ihm auf den Arm. „Wunderschwanz? Herrje, dieser Größenwahn.“

„Du weißt doch, was man über Könige mit großem Thron erzählt …“ Er spielte noch immer weiter.

„Sie haben große Egos.“ Ich warf ihm ein Kissen an den Kopf.

„Nicht mit dir als Ehefrau, das steht fest.“ Er warf mir das Kissen zurück.

„Jemand muss dich ja auf Spur halten.“ Ich schaute ihn an mit aufrichtiger Liebe im Blick.

So gern ich auch gesagt hätte, dass es nicht stimmte, aber ich war dabei, mich Hals über Kopf zu verlieben. Ich hätte auch niemals die ganze Tortur als Prinzessin ertragen können, wenn ich ihm nicht längst verfallen wäre.

„Oh, du hältst mich schon auf Spur … Vertrau mir.“ Seine Lippen fanden mich und verlangten, dass ich aufhörte zu reden und anfing zu küssen.

Dazu war ich gern bereit, denn das Reden ließ mich ohnehin nur immer daran denken, dass ich in weniger als sieben Tagen mit Liam verheiratet sein und ein Leben führen würde, von dem ich nicht wirklich wusste, ob ich es wollte. Der Sex allerdings, der war immer gut. Er küsste und knabberte an meinem Hals, was mich sowas von feucht machte. Es war fast, als gebe es eine Art erotischen Knopf zwischen meinem Ohr und meinem Schlüsselbein. Er war verschlagen, er wusste genau, wie er mich kirre machte, aber das Spiel beherrschte ich auch.

Er hatte einen Punkt an der Seite, wenn ich den fest stupste, musste er kichern und wenn ich hartnäckig genug war, konnte er spontan abspritzen. Ich liebte es, ihm mit dieser Taktik zu drohen. Dazu brauchte ich nur den Finger in die Luft zu heben.

„Nein." Er packte meine Hand. „Heute nicht." Seine Stimme war leicht und fröhlich und er ging daran, meinen Körper zu übermannen. „Du schuldest mir eine ausgiebige Runde nach dem, was du gestern mit mir gemacht hast." Er schlängelte an mir hinab und spreizte meine Beine vor sich auseinander. „Heute lasse ich mir Zeit." Er setzte seinen Weg nach unten fort und hob meine Beine in die Luft.

Die Position war zwar ein wenig unbequem, doch sobald seine warme Zunge ihren Kurs an meinen Innenschenkeln entlang aufnahm, vergaß ich das, denn Schauer liefen mir am ganzen Körper über die Haut.

„Ich bin in Schwierigkeiten", hauchte ich stimmlos.

„Oh ja, das bist du." Sobald er es gesagt hatte, begann sein Mund einen Pfad zu meiner Pussy zu küssen, wo seine Zunge eintauchte und alles zu einem verschwommenen Wirbelwind werden ließ aus Mund, Fingern und ach so unfassbar hartem, dickem Schwanz.

Sosehr er auf heftiges, hartes Durchficken stand, in letzter

Zeit war er viel sinnlicher und sachter gewesen. Vielleicht sorgte er sich um das Baby oder auch um mich, doch was es auch war, es hatte dazu geführt, dass sein Liebesspiel nun langsam und rhythmisch war, schneller wurde es erst dann, wenn er kurz vor der Ekstase stand. Doch ganz egal, wie viel Zeit er sich ließ, er kam stets aufs Heftigste. Ich liebte es, wie sein Gesicht rot wurde und sein Ausdruck gleichzeitig schmerzverzerrt und lustvoll war, wenn er knurrend und japsend seine Erlösung ausstieß.

Ich küsste seinen wundervollen Mund und benutzte meine Arme, um ihn in mir zu behalten. Das Gefühl seines Körpers in meinem gefiel mir, auch wenn ich kaum die Kraft hatte, ihn zu fassen, wo unser Sex mich doch meiner allerletzten Energie beraubte.

„Bleib", hauchte ich und meine Augen wurden müde und schwer.

Er gab mir einen zärtlichen Kuss auf die Schläfe. „Ich geh nicht weg …" Er zog sich sanft aus mir und ich begann in den Schlaf zu sinken. „… niemals", glaubte ich ihn noch sagen zu hören.

Kapitel 26

Liam

Ich erwachte zum Klang meines bimmelnden Telefons. Avery war fest an meine Brust gekuschelt und ich wollte sie nicht aufwecken, aber ich hatte das Geheimnis nun schon so lange bewahrt. Sie machte sich so gut und tat ihr Bestes, um perfekt zu sein. Ich bemühte mich nach Kräften, ihr Liebe und Trost zu spenden, aber in mancherlei Hinsicht war ich auch ihr Feind. Sie brauchte Leute, die zu einhundert Prozent in ihrer Ecke standen, also ging ich so gut ich konnte ran, ohne sie zu wecken. Sie brauchte ihren Schlaf dringend.

„Hallo", sagte ich leise und wusste bereits, dass James am

anderen Ende der Leitung war.

„Sie sind da“, sagte er und klang dabei ein ganz klein bisschen überfordert.

Mein Herz begann zu hämmern. Avery würde sowas von überrascht sein. Ihre Leute sollten erst zwei Tage vor der Hochzeit aufkreuzen und ihre Eltern hatten bereits Bedenken angemeldet wegen all der Presse und der Medienberichterstattung. Sie würden zur Hochzeit kommen, aber sie wollten so weit wie möglich im Hintergrund bleiben.

„Hey, Mom, Dad“, hatte Avery gesagt, als sie sie vor kurzem beide am Telefon gehabt hatte. „Also, ich bin schwanger.“

„Habt ihr denn nicht aufgepasst, du und der Prinz, mein Schatz?“, hatte ihre Mutter auf höchst passiv-aggressive Art und Weise gefragt.

„Offensichtlich nicht“, war der noch enttäuschendere Kommentar ihres Vaters.

Ich wusste, dass Avery einen Extraboost brauchte, also hatte ich ihren Mitbewohnerinnen Flugtickets gekauft, um sie eine Woche im Voraus herzuschaffen und ihr ein wenig zur Hand zu gehen. Es war ein riskanter Schachzug, denn es bestand die Möglichkeit, dass sie versuchen würden, sie zu Vernunft zu bringen und ihr einzureden, dass ihr Plan völlig beknackt war.

„Wir kommen gleich raus“, flüsterte ich und legte auf. Dann überlegte ich, wie ich Avery am besten überraschen sollte.

Nachdem sie so friedlich schlief, löste ich mich behutsam von ihr und schlüpfte aus ihrer Umarmung. Dann ging ich in meinen Wandschrank und schnappte mir die erstbeste Anzughose und ein passendes Hemd. Ich klatschte mir etwas Wasser ins Gesicht und in die Haare und ging Madison und Kylie im Wohnzimmer meiner Behausung empfangen.

„Willkommen!“ Ich achtete darauf, liebenswürdig und einladend zu klingen. Ich musste die beiden auf meine Seite ziehen. Je wohlwollender Kylie und Madison von mir dachten, desto mehr Unterstützung würde ich haben. „Danke, dass ihr gleich hergekommen seid, ihr beide müsst echt müde sein." Mir war völlig klar, dass ich plapperte, aber es war mir gleich, meine Nerven standen in Flammen.

„Alec und das Baby ruhen sich oben aus. Die Zimmer sind wirklich schön, danke." Kyle war höflich, aber ich sah deutlich, dass sie sich nicht besonders wohl fühlte.

„Alles gut. Mein Zimmer ist auch toll und ich hab eine Woche frei, ich hab also Bock, mir mein Mädchen zu krallen und Irland mit ihr unsicher zu machen", fügte Madison hinzu.

„Sie weiß noch gar nicht, dass ihr hier seid, und ich glaube, dass sie euch beide jetzt wirklich dringend braucht, wie ich schon am Telefon gesagt habe. Also, sie schläft noch, aber sie würde sich wahrscheinlich freuen, von euch beiden aufgeweckt zu werden. So kann sie sich nicht davonschleichen und arbeiten. Ich weiß zufällig, dass sie fast fertig ist mit allem, meine kleine Streberin."

Ich war so stolz auf sie. Sie tobte sich voll aus mit den Hochzeitsentwürfen und ihrer Laufstegshow, aber laut dem Team, das ich zu ihrer Unterstützung angeheuert hatte, war die Arbeit so gut wie erledigt. Es musste eigentlich alles nur noch in die Schneiderei, was für diesen Nachmittag angesetzt war.

„Lass mich auf sie los", jauchzte Madison enthusiastisch.

„Gleich hier entlang." Ich führte Averys Spießgesellinnen zum Schlafzimmer.

Sobald ich die Tür aufgemacht hatte, sprangen sie auch schon auf sie drauf. Selbst die sonst so zurückhaltend Kylie hüpfte direkt ins Bett. Mein Herz wurde ganz leicht jetzt, wo sie für sie da sein würden. Sie würden die ganze Woche über hier bei uns bleiben, Avery verhätscheln und ihr helfen, sich auf unsere Hochzeit vorzubereiten.

„Raus aus den Federn, Dornröschen. Wenn ich schon extra

einen Nachtflug über mich ergehen hab lassen, kannst du ja wohl auch aufstehen, es ist fast neun Uhr vormittags." Madison war zuerst über sie hergefallen.

Averys schläfriger Blick erfasste ihre Freundinnen und im nächsten Augenblick geriet sie voll aus dem Häuschen.

„Oh mein Gott, Madison, Kylie … Seid ihr da!? Ihr seid nicht da! Bitte, sagt mir, dass ihr da seid!" Es sah so aus, als würden ihr gleich die Tränen kommen.

„Wir sind da!", jubelte Kylie und warf überschwänglich die Arme in die Luft.

Avery wiederum breitete ihre Arme aus und holte die Freundinnen an die Brust, bis sie die morgendliche Übelkeit überrumpelte.

„Oh nein … Das Morgenkotzen geht los." Sie hechtete aus dem Bett und legte einen Sprint ins Badezimmer hin.

So lief das bei uns jeden Morgen.

„Die Damen müssen mich für einen Augenblick entschuldigen", sagte ich und eilte hinterher, um Averys Haare zu halten und ihr den Rücken zu reiben, wie ich es jeden Morgen tat.

Es brach mir stets das Herz, wenn sie über der Schüssel hing und für unser Kind litt. Je mehr ich sie durchmachen sah, desto weniger ging es für mich hierbei um einen Vertrag. Sie war eine bemerkenswerte Person und es würde mir zu Ehre gereichen, sie meine Frau nennen zu dürfen. Je mehr Zeit wir miteinander verbrachten, desto mehr akzeptierte ich, dass Avery nicht nur auf dem Papier perfekt war, sie war einfach schlicht und ergreifend perfekt.

„Danke", krächzte sie, als ihre Hand nach dem Tuch fischte, das ich ihr reichte. „Tschuldigung." Sie schaute mich beschämt winselnd an.

„Nein, mir tut's leid." Ich streichelte ihren Bauch, der sich ganz schüchtern abzuzeichnen begann.

Der einzige echte Beweis ihrer Schwangerschaft waren ihre Brüste, die inzwischen doch ein kleines bisschen größer geworden waren. Der Unterschied fiel mir natürlich auf, weil sie zu meinen Lieblingsbereichen an ihrem prächtigen Körper gehörten, aber für jeden anderen Menschen, der ihre Formen nicht so gut kannte wie ich, sah Avery noch ganz und gar nicht schwanger aus. Sie richtete sich auf und ging ans Waschbecken, um sich die Zähne zu putzen und ihre Haare in Ordnung zu bringen. Danach schaute sie mich an.

„Danke, dass du sie hergebracht hast." Das entzückende Lächeln auf ihrem Gesicht wärmte mein Herz.

„Ich weiß doch, dass du jetzt deine Freundinnen brauchst." Ich holte sie für eine Umarmung heran. „Ich wusste nicht wirklich einen anderen Weg, wie ich dir hätte helfen können." Das war die Wahrheit. Ich war der Grund für ihren Leidensweg, doch ohne ihn konnte ich nicht bekommen, was ich wollte. Ich küsste sie und ließ sie sich für ihre Freundinnen frisch machen.

„Sie wird gleich so weit sein", sagte ich, als ich aus dem Bad kam. „Wir haben im Esszimmer Tee und Frühstück, falls ihr euch dort zu mir gesellen möchtet. Ich bin sicher, Avery kommt gleich nach. Und Kylie, ich weiß, ihr konntet eure Nanny nicht mitnehmen, aber Martha kann ganz wundervoll mit Kindern umgehen, ich bin sicher, sie würde sich freuen, auf Elijah aufzupassen, wenn du möchtest." Ich hoffte, dass Kylie auf mein Angebot zurückgreifen würde, denn ich wünschte mir, dass sie ganz für Avery da war.

„Danke, Eure Hoheit", begann sie zu sagen.

„Oh Gott, bitte, nenn mich einfach Liam, von der Hoheit krieg ich sonst wirklich genug, glaub mir", unterbrach ich lachend.

„Ach ja. Okay, Liam. Alec hat alles im Griff. Wenn wir zusammen ohne Elijah wohin müssen, nehmen wir dein großzügiges Angebot gerne an, aber Alec ist super gerne Daddy. Genau wie du bestimmt auch." Ihr Lächeln war wissend und durchtrieben.

Ich hatte noch gar nicht wirklich darüber nachgedacht, wie es werden würde, Vater zu sein oder auch Ehemann, wenn man's genau bedachte. Kylie hatte allerdings recht, in sehr kurzer Zeit schon würde ich ein Baby haben, auch wenn ich mich deshalb nicht zwangsläufig damit befassen musste. Ein König musste seine Kinder nie selbst großziehen, aber das war genau mein Problem gewesen. Ich hatte selbst stets nur meine Mutter gehabt, und sie war gestorben.

Die Woche vor unserer Hochzeit lief besser, als ich zuvor zu hoffen gewagt hätte. Avery lebte umgeben von ihren Freundinnen richtig auf und während sie plauderten, kleine Ausflüge machten und allgemein Averys Stimmung aufheiterten, verbrachte ich meine Zeit damit, mich mit Alec anzufreunden, dessen Gesellschaft ich als sehr angenehm empfand. Er hatte einige Erfahrung mit ‚der Truppe', wie sie sich selbst bezeichneten, und obwohl sie bei jeder größeren Entscheidung zu Rate gezogen werden mussten, berichtete Alec mir, dass Kylie, Avery und Madison füreinander genau jene Art von Freundinnen waren, die sich jede Frau (und vielleicht auch jeder Mann) nur wünschen konnte.

Ich sah zu, wie Avery ihr Strahlen und ihren Schneid zurückgewann. Sie war auch im Bett wieder liebevoller und verspielter und ich verstand, wie wichtig ihre Freundinnen für sie waren. Wenn ich sie für immer in Irland festhielt, hätte ich sie damit einer Freundschaft berauben müssen, die sie zum Leben brauchte. Das zeigte sich am allerdeutlichsten am Morgen unserer Hochzeit.

„Ich kann das nicht!", schluchzte sie sofort nach dem Aufwachen und heulte dicke, hässliche Tränen.

Sie hatte eine ruhelose Nacht hinter sich, was ich zunächst nur für ein Produkt ihrer Nerven hielt, doch als ich sie so aufgelöst sah, rutschte mir das Herz in die Hose. Ich nahm sie in den Arm und streichelte ihren Kopf.

„Warum denn?", fragte ich sanft, während mein Puls raste.

„Ich kann keine Lüge leben", flüsterte sie.

„Das sind wir nicht, Avery." Ich küsste ihre warme, feuchte Wange. „Ich liebe dich."

Ich fand mich mit einem Kloß im Hals wieder und sprach einfach diese Worte aus, die ich noch nie zuvor gesagt hatte. Ich liebte sie tatsächlich, so gut ich eben lieben konnte. Alles, was zwischen uns vor sich ging, war ein Wirbelwind, aber irgendwo in all dem Wahnsinn gab es ein warmes, nie erlöschendes Glühen der Liebe. Jetzt konnte ich nur noch hoffen, dass sie es auch spürte.

Sie wandte mir ihr Gesicht zu. „Ich will nicht verschwinden." Die Tränen wichen allmählich, doch sie wirkte noch immer so verloren und allein.

„Ich verspreche dir, das wirst du nicht."

Nachdem ich sie eine Stunde lang einfach im Arm gehalten und stumm gestützt hatte, stieg sie aus dem Bett und musste sich zu meiner großen Erleichterung nicht gleich übergeben. Ich gesellte mich in der Dusche zu ihr und machte zärtlich mit ihr Liebe, bevor Georg sie nur in ihren Bademantel gekleidet im Nu wegbrachte. Ich würde sie bis zur Hochzeit nicht mehr sehen dürfen, welche am späten Nachmittag stattfinden sollte. Ich wusste von da an nicht mehr, wie sie sich fühlte und was sie durchmachte, solange Georg und die Schneiderinnen Avery und ihre Crew für den großen Moment herrichteten.

Auf der Fahrt zur Hochzeitskapelle begann ich sehr nervös zu werden, doch dort angekommen bekam ich Alec noch kurz zu fassen, bevor ich mich meinem Vater und allen anderen stellen musste.

„Geht's Avery gut?", fragte ich und versuchte dabei nicht allzu verzweifelt zu klingen.

„Ihr geht's okay. Kylie ging's genau gleich kurz vor unserer Hochzeit. Ein Fluch und ein Segen, diese unabhängigen Frauen, manchmal sind sie so stark, dass es ihnen schwerfällt, einfach nachzugeben und sich lieben zu lassen." Der Ausdruck von

Zärtlichkeit in Alecs Augen war inspirierend.

Da stand er vor mir, der berühmte amerikanische Milliardär, im Smoking und mit einem Baby auf dem Arm, und er strahlte, sosehr betete er seine Frau an. Es war alles, was man sich von einer Beziehung wünschen konnte, es war der Inbegriff von Liebe. Ich dachte an meine eigene Beziehung und begriff, dass es mir genau gleich ging mit Avery, nur war ich nicht sicher, ob sie auch wusste, wie ich fühlte.

„Du warst eine riesige Hilfe, Alec, danke." Ich klopfte ihm aufrichtig auf die Schulter und stellte mich der Menschentraube, die mich draußen vor der Kirche bereits erwartete.

Bei all dem Geschrei und den Glückwünschen gab es doch nur eine Person, die ich allzu dringend sehen wollte, und als ich sie endlich erblickte, verstummten in mir all die Angst und all die Sorgen. Sie war die schönste Frau, die ich je gesehen hatte. Avery schritt die Reihen der Bänke entlang auf den Traualtar zu, gehüllt in ein anmutiges Hochzeitskleid mit langem, wogendem Rock, bestickt mit zarten weißen Blumen und goldenem und silbernem Garn, das über den Stoff tänzelte wie verzaubert. Ihre wunderschönen Brüste wurden stolz in die Höhe gehalten und der hauchdünne Schleier lenkte kein bisschen von ihrem makellosen Antlitz ab. Das war sie … Die Frau, die bald schon meine Ehegattin sein sollte.

Ich stand neben dem Priester und wartete auf Avery, bereit und voller Vorfreude darauf, mein Ehegelübde abzugeben. Ich lächelte breit, um ihr zu sagen, dass ich sie liebte, ohne die Worte auszusprechen. Das Lächeln, mit dem sie meines erwiderte, war einfach nur perfekt.

Kapitel 27

Avery

Der Tag war gekommen. Nun stand ich vor dem Altar, in voller Montur, und schickte mich an, Liam zu heiraten und Prinzessin von Irland zu werden. Ein wahr gewordenes Märchen für manche, doch für mich fühlte es sich eher an wie ein Albtraum. Liam war immer der liebenswürdigste und hilfsbereiteste Mann gewesen, den sich eine Frau nur zum Heiraten wünschen konnte, an ihm lag es nicht. Es lag an der Vorstellung, mein Leben aufzugeben für eine Monarchie, die ich bis vor Kurzem noch gar nicht gekannt hatte und die mir nicht sonderlich viel bedeutete. Im Laufe der stürmischen drei Monate bis hin zu meiner hastigen Eheschließung mit Liam hatte ich eine Achterbahn der Gefühle mitgemacht, ganz zu schweigen von den hormonellen Hochs und Tiefs der Schwangerschaft. Und dennoch, trotz alledem sagte ich …

„Ja, ich will."

Ich zitterte wie Espenlaub, als ich mein Gelübde vortrug. Liam hielt mich fest und ließ mich über den Großteil unseres Hochzeitstags nicht mehr los. Alles verschwamm vor meinen Augen. Ich musste an die Dinge denken, die Georg mir gesagt hatte … Kopf hoch, Fragen freundlich und mit möglichst wenigen Worten beantworten. Nicht zu viel essen, nicht zu viel trinken, davon muss man nur pinkeln und das geht in dem Kleid nicht, hör nie auf zu lächeln. Als wir am Schluss endlich alle im Jet unterwegs nach New York saßen, fiel es mir schwer, die Augen offen zu halten.

„Nur zu, schlaf", sagte Liam, als wir uns auf der Couch niedergelassen hatten und Madison, Kylie, Alec und klein Elijah alle sicher angegurtet waren und nachdem wir ein kurzes, gestelztes

Hochzeitsmahl hinter uns gebracht hatten. Wir hätten ursprünglich gleich mehrere Feiern abhalten sollen, doch Liam hatte alle abgesagt, nachdem entschieden war, dass ich statt einer Hochzeitsreise zur New York Fashion Week fliegen würde.

Obwohl der König ziemlich sauer war, weil wir uns solche Freiheiten in Bezug auf die traditionellen Hochzeitsfeierlichkeiten herausnahmen, hatte Liam es geschafft, meine Schwangerschaft als Ausrede vorzuschieben. Als der König Dr. Clancys Arztbericht sah, ließ er sich erweichen. Die Krone war zwar noch nicht sofort bereit, unsere Schwangerschaft zu verkünden, aber wir hatten immerhin den Segen, gleich direkt nach New York zu fliegen. Argumentiert hatten wir das damit, dass ich nach Hause wollte, um die Hochzeit auch mit meinen Eltern und Angehörigen zu feiern, und dass ich meine eigene Ärztin aufsuchen wolle, um wegen der Anämie eine zweite Meinung einzuholen.

Das meiste, was wir dem König erzählten, entsprach also ohnehin der Wahrheit.

Alles in meiner Welt fühlte sich falsch an, ich hatte es kaum durch meinen Hochzeitstag geschafft und lag den gesamten Flug nach Hause über in Liams Armen. Er war mein Fels, was immer auch um uns herum geschah. Ich begann ihn aus ganzem Herzen zu lieben. Er hatte mir einmal gesagt, dass er mich ebenfalls liebte, aber ich war mir nicht ganz sicher, ob seine Worte nicht doch nur Teil seines Plans gewesen waren, mich von der Hochzeit zu überzeugen.

Ich schlief an seiner Schulter ein, während er sich noch mit meinen Mädels unterhielt.

„Es war eine schöne Hochzeit", schwärmte Madison. „Eines Tages wird sie sich bestimmt auch daran zurückerinnern", bemerkte Kylie gerade, als ich in den Schlaf sank.

„Dafür haben wir ja die Fotos", scherzte Liam, doch ich konnte die Traurigkeit in seiner Stimme hören.

Als wir in New York ankamen, ging es direkt weiter. Kylie

und ich arbeiteten zwei Tage daran, unsere Kleider an die Models anzupassen und der Show den letzten Schliff zu geben. Liam und ich wohnten in Alecs Stadtwohnung, während die beiden in ihrem Loft blieben, damit wir alle nah am Veranstaltungsort sein konnten. Madison blieb zur moralischen Unterstützung stets in der Nähe, was ich sehr gut gebrauchen konnte. Ich hatte nicht einmal Zeit, mir durch den Kopf gehen zu lassen, dass ich verheiratet war, und in jenen Tagen war es mir auch egal.

Sehr zu meinem Leidwesen war ein Teil von Liams Belegschaft mitgekommen und wohnte nun bei uns im Apartment, namentlich Liams Butler James und mein Stylist Georg. Ich kam am Abend vor meiner Show komplett fertig nach Hause, doch ich war so aufgeregt wie lange nicht, dass ich endlich wieder hinaus konnte auf den Laufsteg meines Lebens. Tatsächlich fühlte ich mich fast wie das Ich, das ich noch von früher in Erinnerung hatte.

„Du solltest ins Bett, Avery“, mahnte Liam, als ich noch ein letztes Mal die Bilder der Models in ihren jeweiligen Outfits durchging und mich im Geiste auf den nächsten Tag vorbereitete. „Du brauchst Schlaf.“ Er klang so besorgt.

„Ich will nur sichergehen, dass alles bereit ist“, beteuerte ich, kurz bevor ich dann auch ins Bett kroch.

Meine Augen brannten, mein Körper schmerzte und ich konnte mich kaum erinnern, wann ich das letzte Mal etwas gegessen oder Wasser getrunken hatte, ich lebte schlicht nur noch für die Arbeit. Ich wusste nicht, wie ich es ihm beibringen sollte, aber ich hatte ganz einfach absolut keine Energie mehr übrig, um jetzt noch mit seinem Schwanz fertig zu werden.

„Ich bin mir ziemlich sicher, dass du für das alles schon sehr lange bereit bist.“ Obwohl er dabei aufmunternd klingen wollte, glaubte ich vor allem Enttäuschung bei ihm zu hören.

„Sobald die Show vorüber ist …“ begann ich in der Hoffnung, seine Ängste zu lindern.

„Werden weitere Shows kommen und mehr Arbeit." Er küsste meine Schläfe und sein Schwanz stupste mir in den Rücken, willig und hart wie immer.

Wenigstens hatte seine Hingezogenheit zu mir nicht unter meiner Schwangerschaft, der Arbeit oder unserer nagelneuen Ehe gelitten.

„Vielleicht eine kleine Weile lang", flüsterte ich. „Denk dran, alle Einnahmen gehen an gemeinnützige Organisationen."

„Irgendwann einmal, meine Liebe, wirst du deine unglaubliche Arbeitsmoral auf deine Rolle als Mutter und Königin konzentrieren müssen." Daran brauchte er mich nicht zu erinnern.

„Ich weiß."

Ich drehte mich um und rutschte etwas weg von ihm, um seiner Härte zu entkommen und der Aussicht auf jenes Leben, die mich so verzagt machte. Es war die erste Nacht in unserer gesamten Zeit, in der ich ihm den Sex verweigerte, doch er beschwerte sich nicht.

„Gute Nacht, Avery", sagte er leise. „Ich kann's kaum erwarten, was du der Welt morgen zeigen wirst."

Ich konnte die Pein in seiner Stimme kaum ertragen, aber ich war über alle Maßen müde und konnte mich in jenem Moment einfach nicht damit befassen. Ich schlief ein, bevor ich noch in der Lage gewesen wäre zu antworten. Am nächsten Morgen erwachte ich von seiner sanften Stimme in meinem Ohr.

„Es ist Zeit, Liebes. Georg erwartet dich." Ich drehte mich zu ihm um und sah Liams Gesicht, das mich anhimmelte.

Ich berührte mit meiner Hand seine stopplige Haut, denn er hatte die kurzen Borsten noch nicht rasiert. Es gefiel mir, wenn er so aussah, doch ich wagte es ihm nicht zu sagen. Er hatte ein Image aufrechtzuerhalten, aber mir gefiel er etwas rauer. Es erinnerte mich an den Mann, den ich vor nicht allzu langer Zeit kennengelernt hatte, damals am St. Patricks Day, von dem ich nicht gewusst hatte, dass er ein Prinz war.

Er nahm meine Hand und küsste sie. „Du wirst fantastisch sein." Er küsste mich erneut.

„Ich hoffe es", konnte ich nur sagen, denn ich fühlte mich, als hätte ich einen Sack Steine geschluckt.

Ich stand auf, duschte, und machte mich bereit, den Laufsteg in Flammen aufgehen zu lassen. Liam unterstützte mich, musste sich aber aus zwei Gründen vom Rampenlicht fernhalten: Erstens war es ihm vermutlich schon gar nicht sehr recht, dass ich überhaupt hier war, und zweitens, je weniger die Presse über unsere Anwesenheit hier erfuhr, desto besser. In Irland waren wir nach der Hochzeit mehr oder weniger vom Erdboden verschwunden. In den Vereinigten Staaten war die irische Monarchie bestenfalls ein Mythos, solange man mich hier also nicht unter dicken Schlagzeilen als neue Prinzessin von Irland outete, waren wir vor dem Zorn seines Vaters und möglichen Repressalien soweit sicher.

Als ich soweit war und mich für die Show meines Lebens an den Laufsteg begeben wollte, hielt mich Liam zurück, gerade als ich Backstage gehen wollte, um noch ein paar letzte Anpassungen vorzunehmen und dann abzuwarten, bis ich an der Reihe war.

„Avery, ich bin stolz auf dich." Er küsste mich, doch so wie er es sagte, klang es fast wie ein Abschied, obwohl wir gerade erst bei Tag fünf unserer sieben Jahre angelangt waren …

„Danke, Liam, für deine Unterstützung." Ich erwiderte seinen Kuss und ging hinter die Bühne, meine Gedanken waren zu sehr auf meine Arbeit fokussiert, um mir Sorgen wegen ihm zu machen.

So wenig ich es zugeben wollte, und am wenigsten vor mir selbst, allmählich begann mir wirklich schlecht zu werden. Ich wusste nicht, ob ich nur nervös war oder ob ich mich einfach völlig überarbeitet hatte, doch was es auch war, die Welt begann sich um mich herum aus ihrer Bahn zu drehen. Zum Glück sah Kylie, was mit mir los war, und bugsierte mich in eine ruhige Ecke.

„Wir bräuchten hier mal etwas Saft“, rief sie in die Menge an Stylisten und Models, die soeben in ihre Outfits genäht wurden.

Ich hätte sie selbst noch einmal mustern sollen, aber ich hatte mich so gut vorbereitet, es gab kaum noch etwas zu mustern. Alles lief ziemlich reibungslos, die Einzige, bei der es nicht lief, war ich.

„Mein Körper fühlt sich daneben an“, presste ich hervor. Schon stand mir der Schweiß auf der Stirn.

„Du bist nervös, schwanger und schuftest wie ein Hafenarbeiter. Avery, du bist k.o. Wir bringen das mit dem Laufsteg hinter uns, dann bring ich dich ins Haus am See. Alec und ich sind uns einig, dass du mal ein bisschen von allem wegmusst.“

Ich schaute sie an und lächelte. Ich hatte nicht die Kraft, sonst irgendwas zu tun.

„Du siehst allerdings gar nicht gut aus. Bist du sicher, dass du keinen Arzt brauchst?“ Kylie schien nun sehr besorgt.

„Nein, alles gut, es sind nur die Nerven. Du weißt doch, wie ich mich reinsteigere …“, sagte ich.

„Das sieht mir mehr nach Fieber aus, aber okay. Du bist in zehn Minuten dran.“ Sie hatte recht, vermutlich hatte ich Fieber.

Ich schaffte es dann doch noch, einen letzten Blick auf unsere Models zu werfen. Sie waren allesamt Klientinnen und Klienten von Every Dream und repräsentierten alle Nationalitäten, Körperformen, sexuelle Orientierungen, Geschlechteridentitäten und körperlichen Zustände, denn eines der Mädchen saß im Rollstuhl, weil sie zwischen die Fronten einer Schießerei unter Gangstern geraten war. Das Programm, das ich bestimmt hundert Mal durchgegangen war, um jedes Wort perfekt zu platzieren, erklärte, dass die Models allesamt Kids waren, denen das harte Leben nicht fremd war. Alle Erlöse gingen an Every Dream und die Kollektion stand für Majestätisches auf der Straße. Sie war ausgefallen, vielseitig und dynamisch. Ich nahm mir eine Minute und begutachtete alle noch ein letztes Mal und dabei überrollte eine Welle von Stolz meine

Erschöpfung.

Die Freude über das, was ich geschaffen hatte, gab mir die nötige Kraft. Die Musik begann zu wummern, alle machten sich bereit … und los ging's. Kylie nahm meine Hand und es war ein toller Moment. Ich war in diesem Augenblick so viel präsenter als kurz zuvor bei meiner eigenen Hochzeit, die inzwischen eine seltsame und neblige Erinnerung war, vergraben irgendwo in einer hinteren Ecke meines Verstands.

Kapitel 28

Liam

Mein Herz begann vor Aufregung zu hüpfen, als ich die Musik hörte und die ersten Models mit Averys Designs den Laufsteg entlangkamen. Ich war schon bei so mancher Fashion Show gewesen, und bei einigen auch in jüngster Zeit mit Avery, doch keine war nur annähernd so berauschend wie das hier, was ursprünglich als reine Ideen in ihrem Kopf begonnen hatte und irgendwann nach vielen Skizzen und viel Arbeit zu einer voll ausgearbeiteten Modekollektion geworden war. Nicht nur waren die Entwürfe an sich umwerfend, sondern sie waren gleichzeitig auch ein Statement über Obdachlosigkeit, Verzweiflung und Hoffnung. Ich hätte gar nicht stolzer sein können auf das, was Avery in den vergangenen drei Monaten geschaffen hatte. In meinen Augen war sie viel mehr als nur eine Königin.

An den gespannten Gesichtern um mich herum, ging es allen anderen mit Averys Arbeit genauso. Georg, der neben mir saß, sah ehrfürchtig gebannt zu.

„Sie ist großartig, einfach großartig.“ Er hielt sich die Hände vors Gesicht mit jedem neuen Kleid, das vorgestellt wurde, manche liebte er mehr als andere, aber alle schienen ihn vom Hocker zu hauen. „Ich wünschte, Jarvis könnte hier sein, das würde ihm so gefallen.“

James steckte seinen Kopf herüber und brachte seine königliche Lehnstreue an: „Er beschützt den Thron, tut seinen Job, genau wie du und der Prinz es auch tun sollten.“

Ich starrte ihn an. „Was soll das heißen?“ Ich war so wütend, wollte mich aber nicht von der Show ablenken lassen, also versetzte ich James einen erbosten Blick und warnte ihn: „Du und ich werden uns noch unterhalten, wenn die Show zu Ende ist."

„Oh, das werden wir." Er schien ebenso wütend zu sein.

Der Rest der Show verlief weiterhin umwerfend. Avery glühte und es war nicht nur Stolz, sondern sie glühte tatsächlich. Ich stand unten mit dem Rest des Publikums bei der abschließenden Standing Ovation und mir fiel auf, dass sie nicht gut aussah. Sie stand bei ihren Models und genoss die Beifallsbekundungen, aber ihr vernebelter, abwesender Blick machte mir Sorgen.

Sobald sie die Bühne verlassen hatte, ging ich los, um mich hinten mit ihr zu treffen, doch James hielt mich auf.

„Ich weiß ja nicht, ob Ihr Zeit hattet, die irischen Nachrichten zu lesen, aber Ihr und Avery seid auf jeder Titelseite", zischte er.

„Ja, das weiß ich, wir haben gerade geheiratet." Es war mir egal, dass ich höhnisch klang.

„Ihr seid in den Nachrichten, weil Ihr in New York seid und Avery bei dieser Modenschau unterstützt. Man macht sich über sie lustig. ‚Was soll das für eine zukünftige Königin sein, die sich zu Modedesign herablässt?' Man wirft ihr vor, nicht loyal gegenüber der Krone und Ihrem Land zu sein. Man schreibt die furchtbarsten Dinge über Euch und sie." James war nicht etwa mitfühlend, er war außer sich vor Wut. „Ich habe mich nicht all die Jahre über abgemüht, Eure Eskapaden von der Presse ferngehalten, damit das alles jetzt zunichte gemacht wird. Sie hat nicht das Zeug zu einer Königin. Ihr hättet sie niemals heiraten dürfen und jetzt ist sie auch noch schwanger und Eure Chancen auf den Thron sind gleich null." Noch nie hatte ich James so anmaßend erlebt.

„Und wie kommst du zu diesem Schluss?" Ich baute mich über ihm auf, kochend vor Wut, genau wie er.

„Euer Vater sagte, Ihr müsstet heiraten und ein Kind bekommen, bevor er Euch den Thron überlässt, aber er wollte eine

Frau wie Eure Mutter. Er hatte nicht im Sinn, dass Ihr eine Modedesignerin aus Amerika an Eure Seite setzt, er wollte Lucy O'Day."

Ich hätte ihn würgen mögen. „Wag es ja nicht, du hast nicht das Recht, meine Frau zu beleidigen!"

„Eure Frau, sagt Ihr? Ich habe den Vertrag gesehen, den sie unterzeichnet hat, Ihr etwa nicht? Das alles ist bloß eine List und Euer Vater wird es erfahren. Er kann und wird Euch zugunsten Eures Cousins enterben. Es wird ihm das Herz brechen, doch er wird es tun, für Irland."

„Du führst dich auf, als wäre sie eine Hure." Ich konnte meine Rage kaum im Zaum halten.

„Sie ist eine Bürgerliche, sie könnte genauso gut eine Hure sein."

Ich schaute zu Georg in der Hoffnung auf Unterstützung, doch er hatte nur vor Schreck die Augen weit aufgerissen. Alec und Madison hatten sich nicht zu uns gesetzt, um kein Aufsehen zu erregen. Plötzlich fühlte ich mich unterlegen.

„Georg, du kennst Avery, sag du was. Was ich sage, macht hier offensichtlich keinen Eindruck", flehte ich Georg an.

„Avery ist wunderbar, Eure Hoheit, und ich kann sehen, dass Ihr sie liebt, und sie betet Euch auch an, aber sie ist nicht glücklich als Prinzessin. Das hier macht sie glücklich … und das ist es, was sie verdient", fügte er leise hinzu.

„Ach, soll euch der Teufel holen." Damit stand ich auf und ging Avery suchen.

Ich hatte genug von diesem engstirnigen Quatsch. Ich würde König sein, ob sie nun für mich waren oder gegen mich. Ich bahnte mir einen Weg durch die tosende Menge hinter die Bühne, wo ich Avery in Kylies Armen vorfand, eine Flasche Wasser zwischen die Hände geklammert.

„Was ist passiert?“, fragte ich erschrocken.

„Sie braucht etwas frische Luft. Sie wird schon wieder. Ich lasse meinen Arzt kommen, sobald wir im Haus am See sind“, sagte Kylie etwas unsicher.

„Haus am See? Wir müssen heute Nacht noch in den Flieger nach Irland steigen.“

„Heute fliegt sie auf keinen Fall mehr, Liam. Sie braucht Ruhe“, wehrte Kylie ab, als gerade Alec und Madison hinzukamen.

„Wir werden ihr etwas Zeit zur Erholung geben, Liam. Wenn du heute zurückmusst, dann tu das. Wir werden uns gut um sie kümmern.“ Sogar Alec war gegen mich.

„Avery?“ Ich schaute meine Frau an, die blass und abwesend wirkte. „Was ist hier los?“

„Ich bin nur müde, Liam. Ich verspreche, ich komme bald nach Irland zurück.“ Bald?

„Wir haben morgen einen Benefizball wegen unserer eigenen Obdachlosenkrise. Denk doch mal dran, wie es aussieht, wenn du dort nicht auftauchst?“ Ich war verzweifelt, doch gleichzeitig hatte ich keine Ahnung, was wahre Verzweiflung überhaupt war.

Tränen schossen ihr in die Augen. „Ich bin müde, Liam. Ich brauche eine Pause“, flehte sie.

„Du kannst in Irland eine Pause machen.“

„Ich werde mit Kylie gehen. Ich ruf dich an, wenn ich bereit bin zurückzukommen.“ Daraufhin stand sie auf und Kylie, Madison und Alec geleiteten sie hinaus.

„Wir bleiben in Verbindung“, sagte Alec, der sich noch einmal umgedreht hatte.

Alles Leben floss aus meinem Körper, da holten James und Georg mich ein.

„Wir müssen zum Flughafen“, war alles, was James sagte.

Auf dem Flug nach Hause schwieg ich. Ich wollte von niemandem gestört werden, also versperrte ich die Tür zu meiner Suite und ließ niemanden herein. Unterwegs schrieb ich Avery Nachrichten.

Wir müssen reden.

Keine Antwort. Etwas später …

Wie fühlst du dich?

Noch immer keine Antwort.

Bitte … hilf mir.

Endlich kam eine Reaktion, aber nicht von Avery. Alec rief an.

„Wie geht es ihr?", fragte ich, ohne überhaupt hallo zu sagen.

„Alles gut. Der Arzt war bei ihr. Sie ist blutarm und braucht Ruhe, damit sich ihre Eisenwerte verbessern. Wenn sie sich nicht ausruht, wird sie das Baby verlieren. Ich hatte einen ähnlichen Schreckmoment mit Kylie, ich weiß aus erster Hand, wie ernst das ist." Alec klang tatsächlich sehr ernst.

„Sobald ich sie wieder in Irland hab, kann sie sich ausruhen. Ich werde meinem Vater sagen, dass es Komplikationen mit der Schwangerschaft gibt, er wird ihre Verpflichtungen verringern." Wieder dieses Gefühl völliger Hilflosigkeit. Ich saß in einem Flugzeug und die Distanz zwischen uns wurde immer größer, meine Welt geriet aus den Fugen.

„Ich fürchte, es könnte eine Weile dauern, bis sie es wieder zu dir schafft." Verflucht sollte er sein.

Er fürchtete? Dann sollte er sich mal überlegen, wie es sich anfühlte, womöglich die Krone zu verlieren und damit das letzte verwelkte bisschen Liebe und Akzeptanz des eigenen Vaters.

„Kann ich mit ihr reden?"

„Sie schläft, aber ich bring sie dazu, dass sie anruft, sobald sie wach ist.“ Alec spielte sich als ihr Beschützer auf und es pisste mich an. „Sie ist meine Frau, Alec. Ich habe das Recht, mit ihr zu reden.“

„Das ist sie und das wirst du, aber lass sie schlafen. Sie gibt sich solche Mühe, sie selbst zu sein und gleichzeitig dich zufriedenzustellen. Vielleicht ist es an der Zeit für dich, dass du mit dem zufrieden bist, was sie ist. Du hast sie geheiratet, aber hast du auch daran gedacht, dir zu überlegen, wen du da geheiratet hast? Du kannst sie nicht zwingen, sich zu ändern, Liam … Ich weiß das besser als jeder andere. Man kann die Leute nicht zwingen, anders zu sein als das, wie es ihnen schon immer bestimmt war. Denk drüber nach, bevor du sie zurück nach Irland schleifst. Denk drüber nach, wer sie sein muss, deine Frau und Königin, und überleg dir, ob das die Person ist, die du geheiratet hast?“ Nachdem er das gesagt hatte, verabschiedete er sich und beendete den Anruf.

Ich verbrachte den Rest des Fluges mit diesem Gedanken … Wer war sie? Avery hatte sich auf meine Forderungen eingelassen, aber nur, weil sie Gefühle für mich hatte. Die Vorstellung, unsere kurze Ehe zu beenden und die Krone zu verlieren, klang genau genommen nicht so schrecklich, wie sie zu verlieren. Der Gedanke, dass Avery vielleicht nie mehr nach Irland zurückkehren würde, dass ich womöglich unser Kind nicht beim Aufwachsen begleiten konnte, schmerzte mich viel mehr, als aus der Königsfamilie verstoßen zu werden. Gewiss hätte ich sie und ihr Kind aus den Büchern löschen lassen können. Das war im Laufe der Jahrhunderte oft genug so gemacht worden. Avery würde einfach verschwinden. Unsere großspurige Hochzeit würde verblassen und maximal als impulsiver Fehler in Erinnerung bleiben. In einem Jahr würden wir der Krönung meines Cousins beiwohnen und ich würde im Stillen Lucy zur Frau nehmen, mich rehabilitieren.

All das, so schrecklich es auch klang, war nichts im Vergleich dazu, Avery zu verlieren. Ich konnte nicht, ich konnte und würde sie einfach nicht gehen lassen. Sie bedeutete mir mehr als die verdammte Krone.

Mit der Kraft einer Überzeugung, größer als alles, was ich bisher gekannt hatte, stieß ich meine Tür auf, womit ich Georg und James einen gewaltigen Schrecken einjagte, und platzte hinaus.

„Hol meinen Vater ans Telefon. Ich will, dass du die offizielle Nummer wählst, James, denn es ist eine offizielle Sache." Ich würde mir von niemandem je wieder diesen Mist bieten lassen.

Scheiß auf die Monarchie, ich würde nicht die Frau zerstören, die ich liebte, um sie zu meiner Königin zu machen, und ich würde sie nicht verlieren, weil sie nicht das sein konnte, was die von ihr wollten. Sollten sie alle zur Hölle fahren, mir war es gleichgültig.

Kapitel 29

Avery

Ich war nun seit einer Woche in Kylies Haus am See. Der Arzt war noch zweimal dagewesen und wir hatten schließlich das Okay bekommen, zurück nach Irland zu fliegen. Dem Baby und mir ging es gut. Kurz nach der Show hatte die Gefahr einer Fehlgeburt bestanden, aber mit Bettruhe, Schlaf, viel Wasser und vernünftigem Essen hatte ich es letztlich über den Berg geschafft. Der Arzt wusste inzwischen das Geschlecht des Babys. Ein Teil von mir wollte das Ergebnis kennen, ohne es Liam zu sagen, aber ich hatte gleichzeitig auch das Gefühl, dass er das Recht hatte, es zu wissen.

Er rief mich jeden Tag mehrfach an, um sich nach meinem Befinden zu erkundigen und unsere Intimität wiederherzustellen. Meine Liebe für ihn war nicht verblasst, aber ich wusste nicht wirklich, was ich wollte. Ich liebte die Aufregung am Laufsteg, und die Berichterstattung über meinen Erfolg war berauschend. Aber so viel überschwängliches Lob ich auch bekam, in Irland kriegte ich auch einiges an hasserfüllter Presse ab.

Man nannte mich die „Almosenprinzessin“, die „davonlaufende Laufstegbraut“, und es gab noch Schlimmeres, von dem zu lesen mir Kylie abriet.

Sie hatte sich der Presse viel öfter stellen müssen als ich und sie wusste, wie man diese Dinge an sich abperlen ließ. Ich hielt mich an ihren Rat, nach dem ich einen Artikel gelesen hatte, in dem ich als Schwindlerin beschimpft wurde. Liams Volk forderte, dass er in der Thronfolge übergangen wurde, weil er ein Playboy war und unsere Ehe als Betrug empfunden wurde. Liam hatte den Titel ‚der große Heuchlerprinz‘ bekommen. Ich musste zu ihm zurückkehren und das alles in Ordnung bringen. Ich hatte versprochen, ihm zur Seite zu stehen, und dieses Versprechen musste ich halten.

Ich liebte meine Arbeit und die Tatsache, dass mein Zeug so gut ankam war fantastisch, aber wenn ich das kleine Leben in meinem Bauch spürte … Nun, ich spürte das Baby eigentlich nicht wirklich, aber ich wusste, dass er oder sie da war, und ich fühlte mich zu einer höheren Bestimmung berufen. Ich brauchte meine Mädchen, um mir zu helfen, mir auf das alles einen Reim zu machen, also holte ich Madison und Kylie für ein ernstes Gespräch zu mir. Meine Eltern waren dafür nicht zu gebrauchen, sie lasen nur die Schlagzeilen und machten sich viel zu viele Sorgen um mich, um mir vernünftige Ratschläge zu erteilen, also setzte ich mich stattdessen mit der Truppe hin und wir überlegten uns was.

„Also, willst du Prinzessin sein oder Modedesignerin?“, fragte Madison sofort.

„Oder Ehefrau und Mutter?“, warf Kylie ein.

„Ich will alles das.“ Ich zuckte die Schultern und verzog das Gesicht, weil ich wusste, dass ich mir das Unmögliche wünschte.

Madison legte es mir dar: „Du wirst dich entscheiden müssen. Du kannst die Hochzeit sicher annullieren lassen und hierbleiben. Liam wird wütend sein, aber er wird damit klarkommen müssen. Er hat keinerlei Strafklauseln in den Vertrag aufgenommen, was für dich super ist. Dann kannst du halt leider den ganzen Quatsch mit der Königin von Irland vergessen.“

„Aber du solltest dich jetzt entscheiden, damit Liam mit seinem Leben weitermachen kann. Dein Label geht richtig ab, Avery. Es ist keine leichte Entscheidung“, fügte Kylie hinzu. „Und du tust Gutes für die Straßenkids. Das Ganze bringt Licht in ihre Welt.“

Und das war es ja. Ich tat Gutes für die Kids. Ich hatte kein Bedürfnis nach noch mehr Berühmtheit, ich empfand sie viel mehr als furchtbare Last, aber diesen verlassenen Jugendlichen zu helfen, ihnen einen Sinn zu geben … Das war alles, was ich wirklich wollte.

„Ich will den Kids helfen und das kann ich mit Mode.“ Ich sah, wie die Gesichter von Kylie und Madison sich gleichzeitig aufhellten.

„Dann bleibst du also?“ Madison konnte ihre Freude nicht verheimlichen.

„Ich gehe zurück.“ Die Erleichterung im Raum stürzte fühlbar ins Bodenlose. „Ich hab Liam geheiratet. Ich hab ein Gelübde abgegeben und ich schulde ihm und unserem Kind, ihm treu zu bleiben. Eines Tages werde ich wieder designen können und ich hoffe, dass meine Kleider denen helfen, die es brauchen. Gott, ich werde die ganzen zehn Millionen an wohltätige Zwecke spenden, wenn es vorbei ist, darum geht's mir nicht. Aber fürs erste hab ich Liam versprochen, dass ich die verdammten Strumpfhosen tragen und hinter ihm herlaufen und ihn König sein lasse. Er hat mir meinen Traum vergönnt, jetzt ist es Zeit, einen Schritt nach hinten zu tun und ihm seinen zu gewähren. Wenn es aus diesem ganzen Schlamassel einen Ausweg gibt, dann werde ich ihn eines Tages finden.“ Mein Herz fühlte sich schwer an, aber mir war klar, dass ich das Richtige tat, und das machte es irgendwie einfacher.

„Bist du sicher?“, fragte Kylie, um zu sehen, was meine wahren Absichten waren.

„Jetzt bin ich es.“ Ich nahm den Kopf hoch und setzte ein Lächeln auf.

Als hätte Liam unser Gespräch belauscht, was ich nicht mit Sicherheit ausschließen konnte, rief er mich auf dem Handy an.

„Ich komme heim“, sagte ich als Erstes, nachdem ich ran gegangen war. „Ich hab die Erlaubnis vom Doktor bekommen und wir haben auch das Geschlecht des Babys. Es ist in einem versiegelten Umschlag, den können wir zusammen in Irland aufmachen.“ Ich ratterte das alles runter, ohne auch nur Luft zu holen, es musste einfach raus.

„Bist du sicher, dass du einen Flug schaffst?“ Er klang so

besorgt, der arme Kerl, er hatte sich die ganze Woche so verrückt gemacht.

„Ja. Wir müssen uns nur mit deinen Sicherheitsleuten absprechen und sicher gehen, dass ich bei einer regulären Fluglinie fliegen kann. Ich meine, das geht doch bestimmt, oder? Hier weiß ja niemand, wer ich bin." Ich musste jedes Mal mit dem Sicherheitsteam Absprache halten, wenn ich irgendwohin ging, besonders mit der Schwangerschaft, und jetzt noch viel mehr, wo ich verheiratet war und mein Baby für die Thronfolge von Irland vorgesehen war.

„Nein, Liebling. Du wirst einen Privatjet nehmen müssen. Ich kann dich und das Baby nicht in ein Linienflugzeug setzen." Ich hätte ahnen müssen, dass es so sein würde.

„Na schön, dann sag mir einfach, wann ich beim Flugzeug sein soll." Der Verdruss in meiner Stimme konnte nicht zu überhören sein.

Wenn ich den Jet nahm, würde ich wieder zur Prinzessin werden. Ich hätte noch ein paar Stunden länger an meiner Individualität festhalten wollen, aber aufgeben musste ich sie ohnehin, also sollte ich sie mir wohl am besten einfach runterreißen wie ein Pflaster.

„Ich hole dich ab, sobald du in Irland gelandet bist. Und wir haben das Geschlecht, Avery, wie aufregend!" Er war wie ein kleines Kind, das seine Freude kaum zurückhalten konnte.

„Ich kann's kaum erwarten, dich zu sehen." Das stimmte, ich vermisste ihn wirklich … viel mehr, als ich es geahnt hatte.

Ich beobachtete, wie die Gesichter von Madison und Kylie säuerlich wurden.

„Es war unerträglich ohne dich. Ich hab dir etwas sehr Wichtiges mitzuteilen, wenn wir uns sehen." Ich konnte mir denken, dass er mir sagen wollte, sein Vater habe ihm vergeben und dass das Datum für die Krönung feststand, was für mich so wichtig auch wieder nicht war.

„Ich kann's kaum erwarten, die Neuigkeiten zu hören." Ich tat mein Bestes, um echte Freude in meine Stimme zu legen, aber es wollte mir nicht so recht gelingen.

„Ich schicke Lucy mit dem Flugzeug los, um dich abzuholen."

Ich hatte eigentlich Georg erwartet, aber Lucy? Warum? Wir hatten noch nie ein Wort miteinander gewechselt. Er musste es geschafft haben, sie zu überzeugen, mit mir zu fliegen und zu versuchen, aus mir eine gute irische Adlige zu machen. Wahrscheinlich war er irgendeine Art von Handel mit ihr eingegangen, warum sonst sollte er sie mit mir im Flieger haben wollen?

„Warum?", flüsterte ich ins Telefon.

„Vater hat sie zu deiner Hofdame gemacht. Sie wird auf eine angemessene Partie warten." Er sagte das ohne viel Emotion. „Sie wird dich bei öffentlichen Veranstaltungen begleiten und dir zur Hand gehen, wenn das Baby einmal da ist."

Was für eine verdammte Scheiße war das denn? Hatte die arme Frau nicht schon genug ertragen müssen?

„Ich wusste nicht, dass es sowas wie Hofdamen noch gibt. Wo sind wir denn? Im finsteren Mittelalter?" Ich glaubte, gleich wieder vor Stress ohnmächtig zu werden.

„Lass ihr das, Avery. Du magst es nicht gutheißen, aber das ist die einzige Art, wie ich es ihr gegenüber wiedergutmachen kann, dass ich dich geheiratet habe. So hat sie immerhin die Chance, einen ehrbaren Ehemann zu finden, ansonsten würde sie auf ewig nur die Frau bleiben, die von mir ausgestoßen wurde. Die irische Presse liegt zwar sehr falsch in ihren Ansichten über dich, aber dass sie für eine Frau fallengelassen wurde, die am Tag nach der Hochzeit aus dem Land geflüchtet ist, ist eine Katastrophe für ihren Ruf. Keine Sorge, ich habe mich ausführlich mit ihr unterhalten und sie ist willens, diese Rolle zu übernehmen. Sie war anfangs genauso zögerlich wie du, glaub mir." Er schien sich wirklich Gedanken um sie zu machen, also ließ ich es gut sein.

„In Ordnung, Liam, ich vertraue dir." Und ich liebte ihn auch, das war ja der Grund, weshalb ich zu ihm zurückkehrte.

„Ich danke dir. Georg schicke ich auch mit, nur um sicherzustellen, dass ihr beiden euch nicht gegenseitig erwürgt", lachte Liam.

„Ha-ha", witzelte ich halbherzig.

Liam und ich beendeten das Gespräch und ich legte auf. Mir graute schon jetzt vor dem morgigen Flug. So traurig Kylie und Madison waren, so verstanden sie doch, warum ich gehen musste.

„Wir lieben dich, Mädchen", sagte Madison, als wir zusammen auf dem Rollfeld standen.

„Ich liebe euch auch, Maddy", sagte ich und umarmte sie fest.

„Wir kommen bald rüber, um dich zu besuchen", hauchte Kylie und fiel in unsere Umarmung ein.

Wir würden immer die Truppe bleiben, ganz egal, wo wir waren, wir würden uns immer gegenseitig den Rücken stärken.

„Wir kommen, wenn das Baby da ist", rief Madison mir noch hinterher, als ich bereits von zwei Männern im schwarzen Anzug zum Jet eskortiert wurde.

Ich hatte mich sehr an den Anblick der Sicherheitsleute gewöhnt, die Liam überallhin folgten. Sie waren gekommen, um mich zurück in mein Prinzessinnengefängnis zu bringen. Ich betrat das Flugzeug und wurde von einem adrett aufgemachten Georg begrüßt, neben ihm stand die wie immer konservativ gekleidete Lucy.

„Willkommen zurück, Eure Hoheit. Ich hoffe, Ihr habt Euch bestens erholt." Bäh, sogar Georg machte jetzt einen auf Hofdiener. Ich wollte kotzen. „Ich denke, Lady O'Day kennt Ihr ja bereits."

Lucy machte einen Hofknicks und mein Magen vollführte einen Salto rückwärts. Das arme Baby. Sie oder er hatte in den letzten

Wochen wegen mir ganz schön viel durchmachen müssen.

„Guten Tag, Eure Hoheit." Sie war perfektestens perfekt.

Ich nickte Lucy und Georg zu.

„Ich fühle mich schon viel besser, danke", sagte ich und ging nach hinten in die Lounge, wo Liam und ich unseren Rückzugsort hatten.

Ich hatte die Hoffnung, dass sich niemand zu mir gesellen würde, doch zu meiner großen Überraschung folgte mir Lucy.

„Ähm." Ich wandte mich um und wollte sie bereits wegschicken.

„Es tut mir leid, Euch behelligen zu müssen, Eure Hoheit, aber Seine Hoheit, Prinz Liam, hat mich gebeten, Euch auf diesem Flug zu begleiten." Ihr Kopf senkte sich und es wirkte, als würde sie gleich weinen.

„Nun, technisch gesehen kannst du das auch von der Kabine aus, aber ähm … sicher, komm rein, wenn es sein muss." Ich öffnete die Tür und schaute zu Georg. „Du bist ebenfalls willkommen. Wir könnten uns etwas Popcorn besorgen und einen Film anschauen." Ich versah ihn mit einem flehenden Blick.

„Danke, Eure Hoheit, aber es wäre nicht weise von mir, mich zwischen eine Prinzessin und ihre Hofdame zu setzen. Ich stehe natürlich zur Verfügung, solltet Ihr etwas brauchen, und ich werde Euch zurechtmachen, wenn wir landen."

Niedergeschlagen schloss ich die Tür. „Okay."

„Soll ich mal sehen, welche Filme es gibt, Eure Hoheit?" Lucy wirkte mindestens so angespannt wie ich.

„Wenn du magst." Einen Moment lang geriet ich in Panik. Ich wusste einfach nicht, was ich mit dieser Frau einen ganzen Atlantikflug über anfangen sollte, doch dann sah ich den Schmerz und die Angst in ihren Augen und das reichte, um mich wieder zu mir kommen zu lassen. Ich änderte meine Taktik.

„Eigentlich, wenn es Euch nichts ausmacht, Lady O'Day. Ich möchte Euch ein paar Fragen stellen." Ich sah sie erzittern, als ich sie so förmlich ansprach.

„Natürlich, Eure Hoheit." Sie neigte den Kopf.

„Erstens, müsst Ihr mich Eure Hoheit nennen? Ist das Vorschrift? Bekommt Ihr sonst Probleme?" Ich hasste es, wie eine Prinzessin behandelt zu werden.

„Nun, in der Öffentlichkeit ja, aber im Privaten … Wie möchtet Ihr denn genannt werden?" Sie sah aus, als werde ihr gleich übel.

„Einfach Avery, bitte. Ich glaube nicht, dass ich wirklich mit Euch reden kann, wenn Ihr mich weiterhin Eure Hoheit nennt." Ich schenkte ihr ein warmes Lächeln. „Und dürfte ich bitte auch einfach Lucy sagen?"

Ihr Rücken wurde noch steifer, so als wäre ihr Titel womöglich das Letzte, woran sie sich noch festklammern konnte. „Wenn Ihr wollt … Ich meine du … Dann wohl ja." Sie schaute entsetzt zu mir auf, jetzt, wo sie ihren Schutzschild aufgegeben hatte.

„Okay. Danke. Als erstes möchte ich wissen, … ähm, wie machst du das? Die Strumpfhosen, die Absätze, das ständige Gemustertwerden? Wie schaffst du es, dich selbst so aufrecht zu geben, ohne absolut irre zu werden?" Ich nahm unterdessen meine High Heels ab und rieb mir die Füße, wobei ich mich schon jetzt vor dem fürchtete, was noch kommen würde, vor allem bei meinen von der Schwangerschaft ohnehin schon geschwollenen Knöcheln.

„Man macht es wohl einfach, denke ich. Ich mache das schon so lange, es kommt mir völlig natürlich vor." Es war keine sehr ergiebige Antwort, aber es war ihre Meinung.

„Nun, dann ist es wohl das, was getan werden muss. Ach Gott! Was auf der Welt wünschst du dir am meisten? Ich meine, außer Liam." Das Thema hätte ich wohl eher nicht anschneiden sollen, aber ich war nun mal, wer ich war.

Der Ausdruck von Zorn, der kurz in ihrem Gesicht aufflammte, machte mich traurig, doch er war so schnell verschwunden, wie er gekommen war.

„Einen Mann und eine Familie, denke ich. Ich möchte eine gute Ehefrau und Mutter sein.“ Es würde ein langer Flug werden.

„Das sind bewundernswerte Wünsche. Hat es dich verletzt, dass du das nicht für Liam sein kannst?“ Ich musste die Mauern einfach niederreißen, ich konnte nicht diesen ganzen Flug mit einer Plastikpuppe verbringen.

„Hat es.“ Wow … Ja, Ehrlichkeit.

„Es tut mir leid“, sagte ich und meinte es auch so. „Ich hoffe, dass das, was auch immer du jetzt für mich bist, dir dabei hilft, den Richtigen für dich zu finden.“ Ich dachte, ich wäre nett zu ihr gewesen.

„Liam war der Richtige für mich“, sagte sie an den Boden gewandt.

„Das wäre er gewesen, hätte er sich für dich als seine Frau entschieden, doch das hat er nicht. Ich will mich nicht brüsten, glaub mir, aber du möchtest doch mit jemandem zusammen sein, der dich liebt und für den du an erster Stelle stehst … und nicht der letzte Ausweg bist.“

„Ich wäre jetzt verheiratet ohne dich.“ Sie starrte weiterhin den Boden an.

„Ja, du wärst in einer lieblosen Ehe mit einem Mann, der einen Vertrag abgeschlossen hat mit dir, um dir auszuweichen. Das willst du nicht, versprochen.“ Ich lächelte und hoffte, dass sie mich ansehen würde.

„Weißt du was, Georg ist fantastisch. Er ist der beste Stylist und Visagist auf der Welt … Naja, vielleicht nicht gerade auf der Welt, aber er ist großartig. Ich wette, wenn wir diesen Flug nützen, um dich rauszuputzen, werden die Leute dich sehen. Schau, ich werde nicht die hübsche Prinzessin auf einem Podest sein, ich werde wild sein und aufbrausend und die sein, als die ich geboren wurde, und das solltest du auch!“ Hui, die Inspiration hatte mich gepackt.

„Oh, gütiger Himmel, bitte nicht. Du wirst die Krone zugrunde richten und Liams Chancen auf den Thron zerstören. Jetzt schon hassen dich alle.“ Das hatte sie bestimmt nicht so sagen wollen … oder vielleicht ja doch.

„Du denkst vielleicht, dass mich das sehr schmerzt, aber das tut es nicht. Ich hab kein Problem damit, dass es Menschen gibt, die mich hassen. Es ist mir egal, das meine ich ernst, ist es wirklich. Der einzige Mensch, um den ich mir in dieser Situation wirklich Gedanken mache, ist Liam … und naja, unser Baby wohl auch. Meine Familie, das sind die einzigen Menschen, auf die es ankommt. Also werde ich mich für sie einsetzen. Wenn mich Irland nie lieben lernt, … Pech für Irland. Das einzige Ziel für mich im Moment ist, Liam zu helfen, König zu werden … Weil es das ist, was er sich wünscht. Und du solltest dich jetzt darauf konzentrieren, was du dir wünschst, denn was geschehen ist, ist geschehen. Ich werde Liam nicht verlassen, nicht jetzt und auch in Zukunft nicht.“

„Aber du hast gesagt, ihr hättet nur einen Vertrag.“ Sie sah furchtsam aus. „Der endet doch irgendwann, oder nicht? Irgendwann ist es vorüber?“

„Nein, Lucy, ich habe eine Ehe und ich habe die Absicht, diese Ehe erfolgreich zu meistern.“ Noch einmal lächelte ich.

Sie schaute zu mir auf mit tränenfeuchten Augen. „Warum? Warum kann ich ihn nicht haben?“

„Weil er nicht dir gehört. Mädel, du hast hier die perfekte Prinzessin, um dir bei der Suche nach dem Mann zu helfen, der nur für dich bestimmt ist. Du wirst jemanden finden, der nur lebt, um dich zu lieben, ich verspreche es.“ Ich schnippte mit den Fingern in die Luft.

„Okay, wir haben Arbeit vor uns.“ Ich öffnete die Tür zur Kabine und steckte den Kopf hinaus. „Georg, komm hier rein.“ Ich war verspielt, aber nachdrücklich.

Am Ende des Fluges hatte Georg Lucy in eine Göttin verwandelt. Ich machte mir inzwischen selbst mein Make-up und richtete meine Haare. Ich trug ein Kleid aus meiner Kollektion, das sprühte, aber geschmackvoll genug war für den Anlass. Ich steckte Lucy ebenfalls in einen meiner Entwürfe und zusammen legten wir einen starken Auftritt hin, als wir aus dem Flieger stiegen und die Rollbahn entlang stolzierten. Ich amüsierte mich köstlich darüber, wie Liam die Augen hervorquollen, als er uns zusammen anmarschieren sah. Wir waren eine Naturgewalt. Achtung Irland … Aus dem Weg.

Kapitel 30

Liam

Avery und Lucy gemeinsam über die Rollbahn gehen zu sehen, zeigte mir, dass mein Mädchen zurück war. Verdammt, wie ich sie liebte. Niemals, niemals wieder würde ich ihr Feuer unterdrücken. Ich hatte mit meinem Vater gesprochen und ihm erklärt, dass ich ein König mit einer modernen Königin an meiner Seite sein würde. Eine, die den Frauen Irlands zeigen konnte, wie man eine stolze Königin mit Zielen und Ambitionen im Leben sein konnte. Eine Frau, die es verstand, Ehefrau, Monarchin und Draufgängerin zugleich zu sein. Ich konnte meinen Vater überzeugen, dass es für das Land keine bessere Königin gab als Avery, und zu meiner Überraschung stimmte er zu.

Avery und ich würden die Schäden reparieren, welche die Geschichte durch jahrhundertelange Unterdrückung angerichtet hatte, und wir würden einen neuen, nie dagewesenen Weg gehen. Wir hatten beide nicht vor, uns quer übers Gesicht tätowieren zu lassen oder eine Heavy-Metal-Band zu gründen, aber wir würden wagemutiger, strahlender und echter sein, als jedes gekrönte Paar vor uns.

„Im Ernst?“, quietschte Avery, als ich ihr die guten Neuigkeiten darlegte. „Ist das dein ernster Ernst?“ Ich liebte es, wenn sie so aus dem Häuschen geriet.

„Nun, wir können schon ein bisschen wild sein, aber ähm, korrekter Satzbau dürfte eine Grundvoraussetzung bleiben“, zog ich sie auf. „Aber ja, es ist mein ernster Ernst, mein Vater hat zugestimmt, dass ich König werden darf und du weiterhin zu wohltätigen Zwecken Mode entwerfen kannst, zumal du ja tonnenweise Geld verdienen wirst und die gesamten Einkünfte an heimatlose Jugendliche überall auf dem Planeten gehen werden."

„Das sind fantastische, unglaubliche Neuigkeiten." Sie warf ihre Arme um mich.

Fast dachte ich schon, sie würde sich gleich die Kleider vom Leib reißen und mich bespringen, doch gottseidank zeigte sie etwas Selbstbeherrschung. Junge, freute ich mich darauf, sie ins Bett zu kriegen oder auf die Couch, die Dusche, den Küchenboden, die Terrasse … Völlig egal, wo. Ich hatte es so lange ohne Avery ausgehalten, sobald wir ein bisschen Privatsphäre hatten, würde ich auf der Stelle mit ihr Liebe machen, bis wir nichts weiter waren als zwei verschrumpelte Häuflein, verbraucht, zitternd und ohne Verstand.

„Mein Vater hat gesehen, was du für die Kinder in New York alles erreicht hast, und ihm ist klar geworden, dass du unseren obdachlosen Jugendlichen hier in Irland dieselbe Liebe und Aufmerksamkeit schenken würdest. Tatsächlich freut er sich sogar ziemlich."

„Ich mich auch." Ah, ihr süßes Gesicht, wie sehr ich sie doch liebte.

„Und er kann gar nicht fassen, was du mit Lucy gemacht hast."

„Das war nicht nur ich, Georg hat auch geholfen." Sie war zu bescheiden. Sie hatte Lucy von einem matten Mauerblümchen in eine strahlende Frau verwandelt.

„Und … Lucy, natürlich. Als sie sich erlaubt hat zu träumen, hat sie ihre innere Schönheit entdeckt. Ich bin sicher, dass wir sie schnell verkuppelt kriegen." Oh, Averys teuflisches Grinsen, wie sehr es mir gefehlt hatte.

„Haha, ich bin äußerst gespannt, wie sich das noch entwickelt." Ich küsste ihren Hals und nahm den verschlossenen Umschlag vom Tisch. „Und, bist du bereit?"

„Ich bin nervös“, gestand sie.

„Und, was wünschst du dir?“ Mir war es ehrlich gleich.

Ein Sohn hätte in meine Fußstapfen treten können. Halt, nein. Ich wollte absolut keinen Sohn, der in meine Fußstapfen trat. Ich hatte Glück gehabt, über die richtige Frau gestolpert zu sein und mich noch einmal gefangen zu haben, aber ganz sicher wollte ich nicht, dass mein Sohn meine Fehler wiederholte. Eine Tochter wäre besser, eine mit Averys Schönheit, die ich anhimmeln und verhätscheln konnte. Es war mir wohl doch nicht gleich.

„Ich wünsche mir ein gesundes Kind“, antwortete sie vollendet diplomatisch.

„Ach, komm schon, du musst doch eine Präferenz haben“, versuchte ich sie aus der Reserve zu locken. „Die haben wir doch alle“, log ich.

„Nein, ich hab viel darüber nachgedacht. Ein Sohn wäre wie du, hübsch und vielleicht auch manchmal ein bisschen unartig, und eine Tochter wäre wie ich, vielleicht zum Schweigen gezwungen und dazu, zwei Schritte hinter ihrem Mann zu gehen.“ Ihre Stimme versiegte und sie wirkte plötzlich sehr traurig.

„Wir werden dran arbeiten, all das zu ändern, erinnerst du dich? Bis unsere Tochter Königin ist, wird sie sich nicht mehr mit solchem Quatsch herumschlagen müssen“, versicherte ich ihr, auch wenn ich nicht zu hundert Prozent sicher war, ob wir es wirklich so weit bringen würden.

„Ich hoffe, sie oder er ist glücklich … Das ist alles.“ Ihr schönes Lächeln sagte mir, dass sie es ehrlich meinte.

„Wollen wir also?“ Ich bebte etwas, als ich den Umschlag öffnen wollte.

Avery nahm meine Hand. „Lass uns warten.“ Sie küsste meinen Hals, meine Wangen und Lippen. „Ich finde, wir sollten das Geschlecht erst beim Kennenlernen herausfinden.“

Ich atmete erleichtert auf. Sie hatte recht, wir brauchten das Geschlecht unseres Kindes nicht zu kennen, kennen mussten wir nur unser Kind, und so legten wir den Umschlag weg und machten Liebe, die ganze Nacht … und bis in den Morgen hinein. Als wir wiederauftauchten, waren wir eins, eine Kraft, eine Nation … und eine verdammt starke Partnerschaft. Ich liebte Avery mit meinem gesamten Wesen und verbrachte die übrigen Monate ihrer Schwangerschaft damit, einfach ihre Gegenwart zu genießen.

„Ich liebe dich, ich liebe dich, ich liebe dich." So wachte ich jeden Morgen auf.

„Nicht mehr, als ich dich liebe", gab ich dann zur Antwort.

Während mein Vater sich darauf vorbereitete, seinen Ruhestand zu genießen, bereite ich mich drauf vor, König zu sein. Der Tag der Krönung war ereignisreich, Avery war himmlisch gekleidet, Lucy fing die Blicke von mehr als nur ein paar umherstreifenden Augen und wir starteten in eine wundervolle Zukunft.

Eines Tages bald danach kam Avery zu mir mit unseren Verträgen. Sie konnte mit ihrem großen Bauch kaum in einem Stuhl sitzen und sie starrte mich an. Ich hatte gedacht, dass alles so gut lief, also besorgte es mich, sie mit diesem zerknautschten Umschlag voller Papiere zu sehen, der so oft geöffnet und wieder verschlossen worden war.

„Schatz?" Ich legte meine Arbeit beiseite. „Warum hast du das dabei?"

„Haben wir eine ordentliche Heiratsurkunde?" Ihr hübsches Köpfchen neigte sich zur Seite.

„Ja, Liebes, haben wir. Du warst dabei in der Kapelle, als wir sie unterschrieben haben." Ich lächelte sie mit aufrichtiger Liebe und Zuneigung an.

„Gut." Sie machte sich daran, den Umschlag in Stücke zu reißen, und warf die Fetzen ins Kaminfeuer.

Danach stand sie mühsam von ihrem Stuhl auf und watschelte aus meinem Büro.

Verflucht, wie ich diese Frau liebte.

Epilog

Liam

Vier Monate nach meiner Krönung zum König kam Ihre königliche Hoheit, Avalon Fiona Catherine, zur Welt. Avalon, weil Avery das cool fand, Fiona zu Ehren meiner Mutter und Catherine für ihre. Und da war sie nun … Unsere Tochter, die nächste Königin von Irland. Avery arbeitete sehr hart als Mutter, den Großteil der Dienerschaft verscheuchte sie, wenn man ihr dabei unter die Arme greifen wollte, nur Georg und Lucy durften ran … und natürlich die Mitglieder ihrer Truppe, die oft durch die Gänge meines Landhauses wuselten. Kylies kleiner Junge wurde scherzhaft an unser kleines Mädchen versprochen und alle außer mir fanden das total witzig. Natürlich stimmte auch Avery mir zu, dass unsere Tochter ihren eigenen Weg wählen würde.

Obwohl wir den vielen Trubel und die Hektik durchaus genossen, war es harte Arbeit, alle zwei Stunden aufzustehen, um unsere neugeborene Tochter zu füttern. Wir waren glücklich als Familie und ich unterstützte Avery darin, unserer Tochter näher zu sein, als meine Eltern es bei mir gewesen waren, aber verdammt, die ersten Monate waren echt schwer. Ich wusste, dass meine Mutter sich gewünscht hatte, jeden Augenblick mit mir zu verbringen, genau wie wir es mit klein Ava machten, aber man hatte es ihr nicht erlaubt. Avery wollte sicher gehen, dass unser Kind genug von uns zu sehen bekam.

Wir waren also vielleicht nicht immer so munter und agil, wie man es vom royalen Paar vielleicht erwartet hätte, dem Schlafmangel sei Dank, aber wir waren glücklich. Vielleicht würde sich Avery bei Baby Nummer drei oder vier die Sache mit den Nannys noch mal überlegen, aber wahrscheinlich nicht, stures kleines Mädchen. Ich wusste noch nicht, wie ich das machen sollte mit zwei von ihnen im Haus. Aber ich hätte mein ganzes Königreich mit starrköpfigen kleinen Mädchen bevölkert, wenn ich gekonnt hätte und wenn sie alle so perfekt waren wie meine wunderschöne, vollkommene Frau.

Avery

Als wir so dalagen, mit der kleinen Ava zwischen uns, fiel mir kein Moment im Leben ein, in dem ich jemals glücklicher gewesen wäre. Einzig damals, als es nur Liam und mich gegeben hatte, ich in seine Arme gekuschelt, war es annähernd so schön gewesen. Meine Liebe zu ihm und zu meiner Tochter ließ sich gar nicht messen und nicht in meinen wildesten Träumen hätte ich je zu hoffen gewagt, dass mir etwas irgendwann so viel Freude bringen würde, wie Liams Frau und Avas Mutter zu sein.

„Zeit für Avas Bad." Lucy klopfte an, kam aber gottseidank nicht herein. „Ich bin heute damit dran. Du brauchst auch mal Ruhe", sagte sie von draußen, als ich mein winziges Töchterchen behutsam auf den Arm nahm, aufstand, während Liam sich grunzend umdrehte, und zu Lucy an die Tür ging.

„Danke, Lucy. Ich glaube, sie sollte heute das orange-geblümte Outfit tragen", meinte ich unter verschlafenem Gähnen.

„Oder vielleicht darf ich sie ja anziehen", setzte sie sich zur Wehr. „Mir gefällt das wilde lila Kleid mit dem Graffiti-Druck." Ihre Augen funkelten und ich musste lachen.

„Okay, du kannst ihr anziehen, was du möchtest, und danke für deine Hilfe." Ich schaute hinter mich zu meinem schönen, schlafenden Mann.

„Ist mir eine Freude", sagte Lucy und betrachtete Ava mit

liebevollen Augen.

Oh, wie dankbar ich für sie war. Sobald sie die Tür zugezogen hatte, riss ich mir das Nachthemd runter und hüpfte ins Bett.

„Baby ist weg!“ Ich kitzelte Liam auf der Seite, genau da, wo es ihn zusammenzucken ließ, und sein Schwanz schoss förmlich in die Höhe. „Wir müssen ein neues machen.“

Ich hatte endlich grünes Licht bekommen, dass ich nach Avas Geburt wieder Sex haben durfte. Man hatte mir eine Spirale eingesetzt, damit es dann doch nicht direkt noch mehr Königskinder gab, aber ich wollte auf keinen Fall aus der Übung kommen, bis es wieder Zeit für Nachschub war. Opa, der König im Ruhestand, würde sich sehr freuen … Die Gänge und Hallen hier würden definitiv vom Trippeln kleiner Füßchen erfüllt sein.

„Na schön … Du wolltest es nicht anders.“ Liam übermannte mich mit stolz wehendem Schwanz. Ich liebte meinen Ehemann wirklich sehr. „Was hältst du“, fragte er noch, bevor er über mich herfiel, „von einem Haus neben Alecs Hütte drüben am See? Du weißt schon, ein Ort für die Kinder zum Spielen … und wo wir mal verschwinden können?“

Ich rollte Liam auf den Rücken und drückte mich selbst auf seinen stahlharten Speer, weil er so verdammt lang brauchte, also steckte ich ihn mir, wohin ich ihn haben wollte. Verdammt, wie gut es sich anfühlte, ihn wieder in mir zu spüren.

„Hast du vor eins zu kaufen?“ Ich ließ mich an seiner Erektion entlang hinabgleiten.

„Unter Umständen habe ich das vielleicht bereits getan. Ich meine, als Alec angerufen und gemeint hat, das Haus gleich nebenan sei zu verkaufen, wie sollte ich da widerstehen?“ Das durchtriebene Grinsen, das ihm ins Gesicht geschrieben stand, war unbezahlbar.

„Du hast es gekauft?“ Ich freute mich so, ich hätte platzen können. „Gleich nebenan? Wir können da immer hin … Ich meine, manchmal … Wir haben ein Haus gleich neben ihrem?“ Ich konnte mein Entzücken gar nicht bändigen.

Liam stieß sich selbst nach oben in mich. „Das haben wir."

„Oh, ich liebe, liebe, liebe dich …" Und ich tat es mit jeder Zelle meines Körpers und jedem Teilchen meines Wesens, jetzt und für immer.

ENDE

Liebe Leser,

vielen Dank für das Lesen meines Buches, ich hoffe sehr, dass euch die Story gefallen hat! ;-)

Ohne begeisterte Leser wie euch wäre es für mich nicht möglich, meinen Traum zu leben und meine Fantasien in diese Romane zu packen.

Falls ihr einen kurzen Moment Zeit habt, so würde ich mich sehr freuen, wenn ihr mir eine kurze Rezension auf Amazon schenkt. Da ich nicht die Werbemittel eines großen Verlages habe, bin ich auf Empfehlungen meiner Leserschaft angewiesen und dankbar für jede Bewertung! ;-)

Herzlichen Dank,

Sarah

Über Sarah

Sarah schreibt seit ihrem sechzehnten Lebensjahr und hat schon mehrere Bestseller auf Amazon veröffentlicht. Egal, ob die Männer in ihren Büchern Milliardäre, Bad Boys oder beides sind - sie liebt es über heiße Kerle zu schreiben, die gleichzeitig ihre Liebste beschützen und herausfordern; ebenso wie über die Frauen, nach denen sie sich sehnen. Ihre unterhaltsamen Geschichten sind immer heiß und aufregend, mit vielen Wendungen und einem garantierten Happy End - genau so, wie es auch nach einem wilden Ritt im Schlafzimmer sein sollte, wenn du verstehst, was ich meine ;-)

Kontaktiere Sarah direkt auf Facebook und erhalte den Liebesroman "Die Rückkehr des Milliardärs" gratis!

www.facebook.com/sjbrooksoffiziell

Printed in Poland
by Amazon Fulfillment
Poland Sp. z o.o., Wrocław

60061205R00159